do
outro
lado

CB060121

Carrie Hope Fletcher

do outro lado

Tradução de
Cláudia Mello Belhassof

FÁBRICA231

Título original
ON THE OTHER SIDE

Primeira publicação na Grã-Bretanha em 2016 pela Sphere.

Todos os personagens e acontecimentos deste livro, ou outros claramente em domínio público, são fictícios e qualquer semelhança com pessoas reais, vivas ou não, é mera coincidência.

Copyright © Carrie Hope Fletcher, 2016.

O direito moral da autora foi assegurado.

Todos os direitos reservados. Esta obra não pode ser reproduzida no todo ou em parte, sob qualquer forma sem autorização, por escrito, do editor.

FÁBRICA231
O selo de entretenimento da Editora Rocco Ltda.

Direitos para a língua portuguesa reservados
com exclusividade para o Brasil à
EDITORA ROCCO LTDA.
Av. Presidente Wilson, 231 – 8º andar
20030-021 – Rio de Janeiro – RJ
Tel.: (21) 3525-2000 – Fax: (21) 3525-2001
rocco@rocco.com.br
www.rocco.com.br

Printed in Brazil/Impresso no Brasil

Preparação de originais
LUIZA RAMOS

CIP-Brasil. Catalogação na fonte.
Sindicato Nacional dos Editores de Livros, RJ.

F631d   Fletcher, Carrie Hope
          Do outro lado / Carrie Hope Fletcher; tradução de Cláudia Mello Belhassof. – 1ª ed. – Rio de Janeiro: Fábrica231, 2017.

          Tradução de: On the other side.
          ISBN 978-85-9517-022-3 (brochura)
          ISBN 978-85-9517-025-4 (e-book)

          1. Romance inglês. I. Belhassof, Cláudia Mello. II. Título.

17-42106   CDD–823
                                                  CDU–821.111-3

Esse livro é dedicado àqueles que
estão sempre avançando, sem se importar
com o que está em seu caminho.

E à minha mãe e ao meu pai,
que me ensinaram a avançar.

1

recém-chegada

Luzes fixas cintilavam através de suas pálpebras fechadas, e ela escutava o sussurro e a trepidação de um trem nos trilhos. Evie Snow abriu os olhos, na esperança de estar no 20.32, parando numa estação desconhecida numa parte inexplorada da cidade, depois de ter divagado até dormir, como fazia com frequência quando era mais nova. Em vez disso, quando suas pálpebras tremeram e se abriram, como duas borboletas avoadas, ela se viu no elevador do prédio onde vivera aos vinte e sete anos. Olhou para o painel de botões e notou que o número 7 estava aceso, irradiando para ela. As portas deslizaram e foram abertas, e o elevador vacilante estremeceu um pouquinho, desequilibrando a postura já instável de Evie, forçando-a a sair e ir em frente. Tinha certeza de que não estava nesse elevador antes de adormecer. Tinha certeza de que não ia a esse prédio havia mais de cinquenta anos.

O olhar de Evie tremeluziu e foi até a superfície dourada e polida das paredes do elevador. Ela percebeu outra mulher no reflexo, alguém perto demais. Girou para ver a pessoa, mas o elevador estava vazio. Ela estava sozinha. Ao olhar de novo para o dourado, analisou o único reflexo que ele mostrava. Uma mulher com cerca de vinte anos, cachos louros caindo sobre os ombros de um jeito rebelde, cachos que Evie só via como ralos e grisalhos havia muito tempo. Olhos de chocolate a encaravam sem acreditar, cheios de vida e energia. Olhos que ainda não tinham se esquecido de como brilhar. A pele do rosto dessa mulher era mais macia que a dela; ainda não havia sido desgastada e surrada pelos anos de choro, gargalhadas, testa franzida e sorrisos. Evie estendeu a mão para o próprio rosto e sentiu a pele sedosa sob os dedos. Uma risada rápida e sussurrada escapou de seus lábios, como se ela tivesse levado um soco no estômago, forçando as lembranças desse rosto a virem para a frente de sua mente. Quando ela inclinou a cabeça, a imagem no espelho repetiu o gesto, e, quando ela sorriu com a súbita percepção de que esse reflexo era de fato o dela, a bela Evie de vinte e sete anos no dourado polido também sorriu.

Evie finalmente saiu do elevador, e os saltos de seus sapatos preferidos estalaram no piso de mármore. Ela os chamava de "sapatos de bolsa de tapete" por causa da semelhança com a bolsa de tapete que guardava os tesouros impossíveis de Mary Poppins. A barra de seu vestido florido farfalhou ao redor dos joelhos e, de repente, o calor de seu adorado casaco verde-esmeralda afundou em seus ossos, e ela foi envolvida num conforto que não sentia havia muito tempo. Mexeu os dedos, percebendo que ainda não tinha um anel de noivado. Um anel que não apenas pesou em sua mão com a esmeralda exagerada e extravagante, mas também em seu coração pelo significado. Estendeu as mãos para a frente, sorriu para seu vazio e as balançou nas laterais do corpo por toda a extensão do corredor.

Assim que virou no canto que levava ao seu apartamento, parou de repente ao ver seu vizinho, Colin Autumn, um homem que sempre fora gentil com ela, apesar de introvertido e calado. Ela se lembrava dele como um homem alto e forte. O típico professor de Oxford. Ele gostava de casacos de *tweed* com remendos de camurça nos cotovelos e de coletes, normalmente nas cores laranja ou verde. O cheiro de seu cachimbo nunca fora um aroma agradável, mas ele tinha um sorriso doce e raramente revelado, que Evie conseguira extrair dele apenas um punhado de vezes. Ele havia morrido de um ataque súbito do coração, enquanto Evie morava na porta ao lado. Foi um choque vê-lo ali, quanto mais naquele estado. O sr. Autumn agora era uma casca de seu eu anterior, encolhido no chão perto da porta do seu apartamento, segurando os joelhos no peito e se balançando para a frente e para trás. O casaco de *tweed* e o colete não existiam mais, e ele estava usando um pijama listrado de azul e branco que parecia engolir sua estrutura frágil e vazia. A pele estava branca e quase transparente. Ele tremia, murmurava alguma coisa bem baixinho e, quando Evie se aproximou dele com cuidado, achou que o ouviu dizer:

– Pesado. Estou pesado demais!

Evie colocou a mão hesitante no bolso direito, esperando sentir o formato familiar de suas chaves. Sim, elas estavam ali. Frias na sua mão levemente úmida. Ela as pegou e as balançou com alegria, se esquecendo momentaneamente da visão do sr. Autumn em seu estado histérico. Enfiou a chave rapidamente na fechadura, mas seu coração afundou até as botas de bolsa de tapete quando a chave não virou.

Ela tentou outra vez.

Sem sorte.

E mais uma vez, com um pouco mais de força.

Nada.

Agora, ela virava os dedos desesperadamente contra a chave, mas ela não se mexia. Lágrimas provocaram uma pontada no fundo de seus olhos. Ela recuou e olhou para a porta. Definitivamente era a dela. Apartamento 72. Os números dourados brilhavam muito na porta de madeira lustrada, provocando-a, agora que ela não conseguia entrar. Olhou para Colin, que tinha parado de se balançar e a observava.

– Sr. Autumn?

– Srta. Snow? Há quantos anos! – Sua voz crepitava como uma vitrola antiga.

– Onde estamos? – Ela agachou ao lado dele. Queria abraçá-lo, mas ele parecia tão fraco e frágil, que ela teve medo de que seus braços pudessem quebrá-lo.

– Onde estamos, você pergunta. Moramos aqui durante anos. Você conhece este lugar.

– Claro, mas... não consigo entrar.

– Pesada demais... você está pesada demais. Ai, meu Deus, Evie, você também não. Pesada demais. Pesada demais. – E, com isso, ele voltou a se balançar e murmurar.

Evie se levantou e saiu tropeçando até sua porta. Enquanto a socava, algumas lágrimas escaparam e escorreram pelas suas bochechas rosadas. Fechou os olhos com força, desejando, de todo coração, saber o que estava acontecendo.

– Por que não consigo entrar? – choramingou.

Através das pálpebras fechadas, ela viu pontos amarelos cintilando. Abriu rapidamente os olhos e viu sua porta brilhando com milhares de pequenas luzes delicadas, que dançavam na madeira. Elas se moveram com suavidade, criando palavras para ela ler:

Sua alma está pesada demais para cruzar esta porta.
Deixe o peso do mundo no mundo de outrora.
Depois que ela estiver mais leve, sua chave vai virar,
E o que você deseja acontecerá.

– Minha alma está pesada demais? O que isso significa? – Ela tirou o casaco, agora se sentindo quente e ruborizada.

– Tirar o casaco não vai ajudá-la a ficar mais leve, pequena Evie.

Um homem baixinho estava parado no fim do corredor. O sr. Autumn tinha se calado, e Evie percebeu que agora ele estava chupando o polegar, os olhos fechados com tanta força, que pareciam apenas linhas. O homem que falou estava na faixa dos quarenta e cinco anos, mas parecia muito mais velho. Havia um cigarro pendurado na lateral da boca, mas ele falava como se o cigarro não estivesse ali.

– Dr. Lieffe. – Evie soltou um suspiro de alívio quando o viu. Era um holandês rechonchudo e levemente careca, com o nariz de botão mais delicado que existia, e fora porteiro do prédio. Um calor irradiava dele em ondas inesgotáveis, como sempre acontecia quando Evie morava ali. Dr. Lieffe sabia o nome de todo mundo no prédio e também sabia da vida de todos. Não porque ele xeretasse, mas porque era impossível não confiar nele. O homem garantia que todos recebessem suas cartas e pacotes, e, no Natal, ele misturava saquinhos de moedas de chocolate com a correspondência dos moradores. Também se achava um pouco cupido e vivia tentando unir os proprietários solteiros. Numa ocasião, muito antes de Evie se mudar para o prédio, ele conseguiu ser bem-sucedido e acabou tendo a honra de ser padrinho do casamento de Danny Thorn e Rose Green. Dali em diante, ele se referia a si mesmo como dr. Lieffe, derivado de *liefde*, a palavra holandesa para amor. O apelido acabou pegando, até que ninguém no prédio se lembrava do seu nome verdadeiro.

Evie era uma de suas inquilinas preferidas, porque ela levava canecas de chocolate quente para ele quando o tempo esfriava e limonada rosa gelada no verão, quando o pequeno ventilador de mesa não dava conta. Ele havia morrido pouco depois de ela sair do apartamento 72, e ela fora ao enterro, junto com a maioria dos moradores do prédio, antigos e atuais. O prédio de apartamentos era o lugar preferido dele no mundo.

– Nem consigo começar a dizer como estou feliz de vê-lo! – Evie correu até dr. Lieffe, e ele deu uma risada rouca quando ela o abraçou, um pouco desajeitada, pois era pelo menos uns trinta centímetros mais alta que ele.

– Eu gostaria de poder dizer o mesmo. Espero que não tenha sido doloroso. Você morreu dormindo? – Seu inglês era impecável. Se ele não tivesse um sotaque muito discreto e não sentisse orgulho de seu país, Evie nem saberia que era holandês. Ele tirou o cigarro dos lábios e o apagou no cinzeiro preso na parede do corredor. Ele nunca fumava dentro do prédio, mas o estranho era que Evie não sentia o cheiro da fumaça.

Ela franziu a testa.

– Não sei se entendi.

– Ah, Evie. – Ele lhe deu um sorriso carinhoso, com um toque de tristeza. – Aqui é a vida após a morte. Bom, pelo menos, é a sala de espera da vida após a morte. – Ele colocou a mão no braço dela, que entrelaçou o braço no dele enquanto começou a conduzi-la de volta para o elevador.

– A sala de espera da vida após a morte – repetiu ela, tentando entender. Ela se sentia como se tivesse caído na toca do coelho, só que a queda não a levara a um mundo fantástico onde os animais sabiam falar e dizer a hora. Em vez disso, ela estava num mundo que pertencia ao passado, onde pessoas que haviam morrido muito tempo atrás estavam vivas de novo.

– Sabe, quando você morre, se tiver vivido uma boa vida na Terra, sempre tentando ser a melhor versão de si mesma, você vai para o seu lugar preferido – explicou dr. Lieffe.

– Céu? – perguntou Evie, a sobrancelha arqueada de confusão.

– Ah, sim, mas o seu céu pessoal. Você faleceu, Evie. Sinto informar que está morta. – Ele apertou a mão dela.

Claro, pensou ela.

– Sim, eu... acho que me lembro. Agora que você está falando. – Ela se concentrou muito, espremendo as lembranças da mente. – Tive uma boa vida. Eu me casei. Tive dois filhos. Fui... – ela fez uma pausa – feliz. E morri com meus filhos e netos ao meu lado no leito de morte. Sim, agora me lembro. – Seus lábios se curvaram nos cantos e ela se perdeu nos olhos da mente, se recordando de imagens dos filhos adultos. Em seguida, balançou a cabeça levemente e voltou ao dr. Lieffe, que estava parado diante dela, conduzindo-a para entrar no elevador.

Evie olhou para si mesma no dourado lustroso enquanto entrava de novo no elevador e viu que ainda parecia ter vinte e sete anos. Não que ela fosse vaidosa, mas, quando você gosta tanto das suas características, como seus cachos caramelo e seus olhos de chocolate, era difícil vê-los desbotando para tons de cinza, junto com toda a vida e a animação que ela havia sentido no passado.

– Você claramente teve seu período mais feliz aqui, neste prédio. Como eu. Assim, quando morremos, viemos para cá. – Dr. Lieffe apertou o número 2, mas ele não acendeu. – Maldito. – Ele apertou de novo, com um pouco mais de força, e a luz amarela brilhou fraca através do pequeno número fosco. – Porém... – Ele fez uma pausa, ainda olhando para o botão, uma expressão confusa no rosto.

– Ah, sempre há um porém. Você pode ter três desejos, mas nunca pode desejar mais desejos. – Evie deu uma risadinha leve, mas a expressão no rosto de Lieffe lhe deu a sensação de que poderia não ser tão fácil quanto ela queria.

– É só um pequeno porém, srta. Snow. Você não conseguiu abrir sua porta, não é? – Evie balançou a cabeça. – Isso é porque você está se prendendo a posses que não têm permissão de passar junto com você.

– Posses? Mas eu não trouxe nada. Eu estava usando estas roupas quando cheguei aqui, calçando estes sapatos, com as chaves no bolso do casaco. – Ela apalpou de novo as chaves e, quando seus dedos as envolveram, ela as apertou na palma da mão com toda a força que conseguiu, se obrigando a acreditar que estavam ali e que ela estava ali e tudo estava bem.

– Nem todas as posses são materiais, minha querida menina. – O elevador deu um sacolejo súbito e começou a descer tremendo pelo fosso. Dr. Lieffe bateu na parede com o punho fechado e com os nós dos dedos brancos – desproporcionalmente irritado com a situação. Evie deu um tapinha delicado em seu braço. As portas finalmente se abriram, devagar, como se não quisessem revelar o que estava além delas.

– Evie – dr. Lieffe respirou fundo e trêmulo –, este é o segundo andar.

– Sim... – Ela o esperou continuar, mas ele ficou calado e não se mexeu para sair do elevador. – Tem alguma coisa errada?

– Sinto muito, mas não venho aqui embaixo há muito tempo. Tento evitá-lo ao máximo, mas você tem que ver o que está aqui. – Ele deu um passo em direção à porta, segurando o braço dela com força. – Nossa alma é muito delicada e existem certas coisas que podem pesar sobre elas. Quando sentimos culpa, reprimimos sentimentos, não falamos o que queremos, guardamos segredos – isso coloca um grande peso sobre a alma frágil. Esses pesos artificiais se grudam ao nosso espírito e começam a nos arrastar para baixo. – Dr. Lieffe não tinha olhado para Evie desde que os dois chegaram ao segundo andar. Seu olhar estava firmemente concentrado adiante, na curva que se aproximava no corredor, seus passos diminuindo o ritmo. Luzes azuladas piscavam no alto e a eletricidade chiava.

– Para ser capaz de passar, de cruzar sua porta, você precisa se livrar desses pesos. Deixar seus sentimentos à mostra, abrir seu coração, perdoar pessoas. Quaisquer que sejam esses fardos, você precisa se libertar deles. Do contrário, não tem como passar pela porta, e você vai ficar presa.

Conforme eles seguiam pelo corredor, o som de gemido se tornou audível. Não apenas uma voz, mas várias, num coro estranho e sofrido.

– Dr. Lieffe... por que estamos no segundo andar? – Evie agora apertava-lhe a mão suada, os dedos entrelaçados enquanto eles seguiam devagar em direção às vozes assombradas.

Ele inspirou.

– Este é o andar onde moram os residentes mais... relutantes do prédio.

Eles fizeram a curva, e Evie ofegou.

2

o segundo andar

– O que eles estão fazendo? – Evie parou e puxou dr. Lieffe quando ele tentou prosseguir. – Por que não estão dentro dos apartamentos?

Se ela conhecera essas pessoas, não as reconhecia agora. Seus rostos eram cinza e esqueléticos, a pele era transparente. Estavam todos vestidos com as roupas casuais que usariam para ficar no apartamento. Pijamas, vestidos e roupas de ginástica que provavelmente nunca viram um dia de exercício. Tudo em tons de preto, branco e cinza. Ao redor deles, poças de cor – azuis, vermelhas, rosa, laranja, verdes – que tinham derretido de seus corpos e roupas e agora estavam ensopando o carpete e manchando o papel de parede.

– O que aconteceu com eles? Todos perderam... a cor – sussurrou Evie.

– Eles estão presos, minha querida menina – explicou dr. Lieffe. – Eles se recusam a se libertar do que os mantém aqui. Estão aqui há tanto tempo, que se tornaram cascas de quem eram. Eles não têm vida, não têm cor. Tudo simplesmente... derreteu.

Um homem estava apoiado na própria porta, arranhando pateticamente a madeira. A porta continuava brilhosa e incólume, mas seus dedos eram cotocos machucados e sangrentos, e seu sangue era preto retinto. Uma mulher resmungava, falava rapidamente, algumas palavras mais altas que outras. Estava encolhida na porta, batendo a cabeça na moldura. Outra mulher tentava capturar fantasmas imaginários no ar ao redor. Enquanto Evie a observava se debatendo, ela socou o próprio nariz, o que a fez gritar. A julgar pelo rastro preto que descia pelo seu rosto, não era a primeira vez que fazia isso. Havia uma mancha grande de sangue seco na sua camiseta branca, e suas mãos estavam cobertas de manchas pretas. Evie percebeu que o sangue se acumulava sob as unhas da mulher enquanto ela balançava as mãos no ar.

A cacofonia constante era exagerada. Os sons vinham em ondas e começaram a deixar Evie enjoada.

– Já vi o suficiente – sussurrou ela. – Quero voltar para o meu apartamento. – Tentou se virar, mas dr. Lieffe puxou seu braço e não a deixou ir.

– Olhe para eles, Evie. Absorva a imagem e não fique assim. – Ele falava de um jeito austero, parecendo mais sério do que ela jamais o vira – uma pessoa completamente diferente por um instante –, mas depois seu rosto ficou suave, ele a soltou e, juntos, os dois caminharam rapidamente até o elevador. Evie apertou o número 7 rápida e continuamente até as portas se fecharem e o elevador começar a subir. Ela se recostou na parede e soltou uma respiração que nem sabia que estava prendendo.

– Não posso ser um deles. – Ela balançava a cabeça de um jeito brutal, reforçando a ideia tanto para si mesma quanto para o pequeno holandês.

– Nós os chamamos de Os Desesperados. E fico feliz de ouvir você dizer isso. – O alívio era evidente no rosto do dr. Lieffe.

– Não, não serei uma desesperada. Estou cheia de esperança. Sou uma Esperançosa. – Evie falava rápido, convencendo a si mesma de que as palavras eram verdadeiras. – Mas não sei o que está pesando na minha alma. Não sei como corrigir isso. – Um nó havia se formado na sua garganta.

As portas do elevador se abriram, e os dois saíram imediatamente, querendo se livrar da lembrança do segundo andar, apesar de não irem logo em direção ao apartamento 72.

– Evie, ouvi todas as pessoas que voltaram a este prédio dizerem exatamente isso, e nem uma vez foi verdade. – Evie olhou para baixo, para seus sapatos de bolsa de tapete, envergonhada. – Lembre-se: fui o porteiro deste prédio, e todo mundo aqui me contava sua vida. Você e eu sabemos o que está mantendo você aqui. Você só precisa admitir para você mesma primeiro. – Ele começou a andar na direção da porta dela.

Evie entendia o que ele estava dizendo, mas outra coisa a perturbava agora.

– Dr. Lieffe, se esta é a sala de espera da vida após a morte, e as pessoas ficam presas aqui porque não conseguem seguir para a *verdadeira* vida após a morte, e se você sabe exatamente o que permite que as pessoas sigam em frente, por que *você* ainda está aqui?

Dr. Lieffe parou no meio do corredor. Olhou bem nos olhos dela, enquanto os dele se enchiam de lágrimas. Ela se sentiu envergonhada e olhou para os sapatos, deixando que ele tivesse um momento sozinho.

– Bom – disse ele, depois do que pareceu uma eternidade –, nunca me perguntaram isso. – Ela levantou o olhar enquanto ele secava uma lágrima do rosto com o polegar. – Evie, este prédio, estes corredores, eles são a *sua* sala de espera. Assim como o céu de todo mundo é diferente, o purgatório também é. Minha própria vida era tão miserável, que eu ficava feliz por meio de outras pessoas, conhecendo suas histórias e ocasionalmente fazendo parte delas. Quando cheguei aqui depois de morrer, as portas de entrada do prédio não se abriram. Não antes de eu perdoar minha ex-esposa por ter se divorciado de mim. No fundo, eu sabia que não era culpa dela; ela simplesmente não me amava mais. Mas eu a culpei durante anos. Minha sala de espera era na frente deste prédio e, depois que me livrei desse rancor, as portas se abriram para mim, e eu pude entrar no meu céu particular. – Ele apontou para seu lugar feliz ao redor, seu pequeno pedaço de paraíso. – Conversar com as pessoas deste prédio e oferecer meus serviços quando podia era minha vida. Assim, faz sentido que meu céu seja aqui, ajudando pessoas como você a encontrarem o caminho até seus apartamentos.

Naquele momento, Evie não conseguia pensar em ninguém que conhecera com um coração maior e mais altruísta que dr. Lieffe. Foi aí que ela se lembrou de outro homem que conhecera, e um peso no seu coração a puxou para baixo. Dr. Lieffe viu a dor passar pelo rosto dela.

– Evie. Você sabe o que está mantendo você aqui. Não sabe?

– Sei – fungou ela. – Sei, sim. – Ela não percebeu que estava chorando até dr. Lieffe se aproximar e, hesitante, secar uma lágrima do maxilar dela com o mesmo polegar que usara para secar a sua própria. – São... são meus segredos.

– Segredos, Evie? Tem certeza?

– Tenho. Total. Existem certas coisas que não contei à minha família. Em parte, porque ninguém precisava saber e, em parte, porque eu não aguentava revivê-las. Não se passou um dia sem que essas coisas não me pegassem de surpresa. Eu estava subindo a escada da minha casa e achava que havia mais um degrau, mas não havia. Eu estava no jardim, cuidando das flores, e meu fôlego ficava preso. Se você jogasse meu coração para o alto, ele cairia no chão no dobro da velocidade com o peso desses segredos, tenho certeza.

A ideia de falar de coisas que ela se obrigara a manter escondidas durante tantos anos parecia totalmente errada, mas, ao mesmo tempo, estranhamente certa. Havia uma chance de ela se sentir leve outra vez. Uma chance de dançar sem seus pés estarem pregados ao chão. Uma chance de colocar o passado não vivido para descansar.

Às vezes, pensou ela, chegamos a uma encruzilhada na estrada e escolhemos seguir um caminho, depois nos perguntamos o que teria acontecido se escolhêssemos o outro lado. Ainda mais quando o caminho que seguimos é escolhido para nós, e o outro é tão distante, que não há chance de voltar. Evie havia chegado a uma encruzilhada na estrada e não tivera chance além de escolher o caminho errado.

Dr. Lieffe suspirou pesadamente e deu um pequeno sorriso de alívio.

– Que bom, então. A parte difícil acabou. A próxima é comparativamente fácil, você vai gostar de saber. – Ele começou a conduzi-la pelo corredor de volta ao elevador, passando pelo sr. Autumn, agora encolhido e dormindo profundamente do lado de fora da sua porta, ainda chupando o dedo.

– Mas como posso começar a corrigir isso? Estou morta. Não posso voltar para... – ela fez uma pausa, tentando pensar em como chamar o mundo que deixara para trás – o mundo dos vivos e procurar todas as pessoas com quem preciso falar para abrir minha porta.

Lieffe pegou a mão dela e a apertou, ela não sabia se para acalmar-se ou para reconfortá-la. Depois, ele a conduziu de volta ao elevador, que Evie já estava cansada de ver. Desta vez, ele apertou o botão com o número 0.

– Sempre tem um jeito, Evie.

As portas se fecharam.

3

a parede

O elevador afundou até o térreo. Lieffe então a conduziu pelo vestíbulo, para trás de sua mesa – onde parou para pegar um cigarro e acendê-lo –, passou por uma pequena cozinha e desceu um lance de escadas que parecia levar apenas à escuridão. Lieffe ligou o interruptor, e uma luz fraca amarela revelou um porão decepcionante. Um andar que Evie nunca teve motivo para visitar tantos anos atrás. Ela achava que fosse apenas um depósito para objetos que moradores anteriores haviam deixado para trás ou onde ficavam pertences perdidos. Ela mesma havia perdido algumas coisas enquanto morava aqui: um guarda-chuva de bolinhas vermelho e branco, três pares de óculos que comprara em tamanhos progressivamente maiores, na esperança de serem grandes demais para perder, e um par de sandálias que ela chutara no saguão enquanto conversava com Lieffe numa noite quente de verão, depois de ter ido a uma festa no parque em que ficara um pouco tonta. Toda vez que percebia ter perdido alguma coisa, Lieffe desaparecia no porão e reaparecia alguns minutos depois segurando a Caixa de Achados e Perdidos, que estava sempre abarrotada.

— Devia se chamar apenas Caixa dos Perdidos — dissera Evie certa vez. — Mesmo quando alguém encontra alguma coisa e a coloca na caixa, o objeto ainda está perdido, até ser achado pelo seu proprietário. E, depois que é encontrado, o objeto não tem mais espaço na caixa! — Com isso, dr. Lieffe tinha pegado sua caneta marcadora e riscado as palavras "Achados e" da lateral da caixa.

Os olhos de Evie se ajustaram à luz. A Caixa dos Perdidos estava no canto do piso de concreto; não havia carpete verde como no andar de cima. Lieffe ligou um interruptor, que forneceu uma luz fraca amarelada, apenas o suficiente para ele conseguir atravessar o cômodo até a parede dos fundos. Era de uma cor bege pálida, mas Evie percebeu que um dia fora coberta com papel de parede listrado de azul e rosa, que desde então tinha sido rasgado em faixas desiguais, deixando restos nas pontas, dando à parede uma borda irregular. O grande remendo bege no meio brilhou delicadamente sob a luz fraca, e Evie poderia jurar que havia um sussurro no ar, como o som de uma tempestade elétrica a caminho.

Dr. Lieffe parou de frente para ela, diante da parede, e fez um sinal para a parede com um leve sorriso, como se a estivesse apresentando à parede. Ela o encarou com o olhar vazio.

— A parede, Evie! — resmungou ele, agora empolgado e levemente irritado por ela não entender. — A parede é o caminho de volta para o que você está procurando.

Ela se aproximou. O sussurro agora estava um pouco mais alto, e ela percebeu que, assim como a cacofonia do segundo andar era formada por vozes, esse som também era formado por conversas, apesar de serem muito menos agressivas, bem mais calmas. Como sussurros suaves para um amor secreto, corações repletos de champanhe ou aquele tom murmurado e delicado que as mães usam quando colocam os filhos para dormir.

— O que é isso? Por que consigo ouvir o mundo todo ao mesmo tempo? Todos estão tão... — As pálpebras de Evie pesaram, e ela deixou a testa se apoiar com delicadeza na superfície estranhamente quente da parede – alegres.

– É isso que você está ouvindo? Alegria? – Lieffe tinha puxado a cadeira de uma mesa até o centro do cômodo e agora estava sentado, observando Evie.

– Não é isso que *você* ouve? – Evie se deixou afundar até o chão e se sentou no concreto, com as costas firmemente apoiadas na parede, sem querer se separar dela. Evie virou a cabeça para o lado, de modo a deixar um ouvido no sussurro.

– Todos escutam uma coisa diferente, dependendo do tipo de vida que tiveram e de quem deixaram para trás. Ouço risadas. Muitas. – Através das pálpebras quase fechadas, Evie viu Lieffe sorrindo.

– Para mim, o mundo parece quente e sussurrado – disse ela. – Faz com que eu me sinta do mesmo jeito de como quando era adolescente, voltando para casa de uma noite maravilhosa com amigos e subindo a escada na ponta dos pés, tentando não rir nem acordar meus pais. – Imagens dançaram na sua mente, e ela sorriu, inebriada com o calor da parede.

– O som de uma vida feliz, sem dúvida.

Lieffe agora parecia distante de Evie. Ela se deixou afundar ainda mais na parede, sentindo-a envolvê-la, abraçá-la e balançá-la para dormir.

– Opa! – Lieffe tinha segurado as mãos dela e a estava puxando para ficar de pé. Pega de surpresa, Evie tropeçou levemente na direção dele, mas conseguiu recuperar o equilíbrio depois de respirar fundo algumas vezes. – Parece que você e a parede vão se dar muito bem.

– Se dar bem? Você dá a impressão de que ela é uma pessoa. – Evie limpou a saia e desabotoou o casaco, um pouco acalorada e confusa agora.

– Não tenho certeza total do que ela é, Evie, mas definitivamente é mais uma pessoa do que uma parede. – Lieffe passou a mão na parede, e sua sobrancelha franziu. – Ela é meio... sentimental. Ela tem uma compreensão de quem somos, mas é como uma criança. Se você for simpática, ela brinca com você. Se não for, ela não brinca. Eu não tinha dúvida de que ela ia gostar de você, Evie, mas é bom ver o efeito que vocês têm uma sobre a outra.

– Uma sobre a outra? Ela fez com que *eu* me sentisse maravilhosa, mas não sei se tive algum efeito sobre... – Ela se virou para onde tinha estado apoiada na parede e viu que aquela sensação de ser abraçada, na verdade, fora literal. A parede tinha afundado em si mesma, se moldado ao redor dela, e a marca do corpo de Evie estava entalhada na sua superfície. Agora ela estava se mexendo e brilhando, se remodelando para voltar a ser plana como antes.

– Venha, deixe-me explicar. – Lieffe girou a cadeira e a posicionou atrás de Evie, colocando-a no assento, e depois a guiou até uma mesa no canto. Ele pegou uma caneta e puxou um caderno, e depois começou a desenhar nas linhas azuis desbotadas. Ele fez cinco linhas horizontais paralelas. Entre as duas de cima, escreveu *CÉU*. No espaço seguinte, entre a segunda e a terceira linhas, escreveu *SALA DE ESPERA DA VIDA APÓS A MORTE,* no intervalo seguinte, *VIDA* e, no espaço inferior, *INFERNO.* Ele levou a caneta até a linha entre *CÉU* e *SALA DE ESPERA DA VIDA APÓS A MORTE* e a escureceu consideravelmente, depois fez a mesma coisa com a linha entre *VIDA* e *INFERNO*. A linha do meio, entre *SALA DE ESPERA DA VIDA APÓS A MORTE* e *VIDA,* ele rabiscou por cima, tornando-a irregular e bagunçada.

– Os portais para o céu e o inferno são muito bem protegidos. Você viu com seus próprios olhos que as portas para o céu são bem trancadas. – Dr. Lieffe usou a ponta da caneta como ponteiro, guiando Evie pelo diagrama.

– E o portal para o inferno? – Ela virou o caderno na sua direção para ter uma visão melhor.

– Se você soubesse que ia para o inferno, estaria animada a ponto de bater à porta do diabo? Não. As pessoas que vão para

———

céu

———

sala de espera da
vida após a morte

≈≈≈≈≈≈≈

vida

———

inferno

———

lá são recolhidas. Rezo para que você nunca precise testemunhar isso. – Os olhos do dr. Lieffe ficaram vidrados quando ele olhou para o desenho. A caneta foi até a linha preta e grossa entre *VIDA* e *INFERNO*, e ele acrescentou um pouco mais de escuridão. Evie se perguntou o que o fizera estremecer. Lieffe sempre provou ser um homem corajoso e ousado; se alguma coisa o deixava calado, você sabia que era algo ruim.

– E esta linha? – Ela apontou para a linha irregular no centro; o portal entre onde estava agora e o local para onde precisava ir. – Não é igual às outras.

Lieffe se apoiou na borda da mesa e olhou para a parede. Ele tirou o cigarro dos lábios e o jogou no chão, esmagando as brasas agonizantes com um de seus sapatos irlandeses.

– Não, não é igual, Evie. Este lugar – ele levantou as mãos, mostrando o cômodo ao redor deles – não é como o céu nem como o inferno. Não é tão sólido nem tão certo. – Evie ergueu uma sobrancelha, tentando desesperadamente acompanhar. Lieffe mudou o discurso, esperando que ficasse mais fácil para ela entender. – Se a vida é um desenho colorido, uma bela animação, este lugar, a sala de espera da vida após a morte, é o papel fino e transparente por cima dessa animação. É semelhante ao original, mas não é igual. É desbotado e translúcido, como olhar para o mundo através de uma janela fosca. Todos neste mundo não estão nem aqui nem lá. Certamente não estamos vivos, mas também ainda não estamos totalmente mortos.

Evie olhou para a parede, que brilhava sob a luz fraca. A superfície lisa pareceu oscilar, quase como se estivesse acenando para eles, tentando chamar sua atenção. *Ela realmente é como uma criança,* pensou Evie.

– A parede entre este mundo e o mundo dos vivos sempre foi mais permeável do que as paredes entre o céu e o inferno. Ao longo dos anos, centenas de almas torturadas tentaram forçar a passagem, no esforço de voltar para casa, sem conseguir aceitar a morte. Isso fez a parede se tornar ainda mais fraca em certos pontos. É triste para aqueles que ainda estão vivos, mas é bem útil para você, Evie.

– Triste para os que ainda estão vivos? – perguntou ela. – O que você quer dizer?

Lieffe suspirou, e a preocupação franziu sua testa já enrugada.

– Não deveria haver fantasmas na Terra. Não do tipo como as pessoas conseguem ver e pelos quais são atormentadas, na verdade. Quando *você* atravessar, vai fazer isso com boa intenção. Com o único propósito de completar seu... seu assunto inacabado, o que significa que você vai estar totalmente invisível para os que ainda estão vivos. Você nem vai fazer uma sombra. Aqueles que *forçam* o caminho de volta com a intenção de ficar não têm paz, e almas agressivas perturbam a natureza das coisas. As pessoas vivas veem essas almas de relance quando elas estão no estado mais agressivo e frustrado. A energia delas também pode derrubar coisas de prateleiras, bater portas, quebrar vidros... Não, isso não deveria acontecer. Fantasmas não deveriam existir. Mas eles tornaram mais fácil para você conseguir voltar para casa.

Evie voltou à parede, em parte porque gostava da sensação que lhe dava, mas também porque precisava inspecioná-la. Se ia ser... amiga dela, de modo que ela a deixasse passar, Evie precisava ficar íntima e pessoal.

– E você já fez isso? – Ela olhou para Lieffe, esperando que não fosse seu primeiro experimento.

– Comigo mesmo. – Ele fez que sim com a cabeça, exibindo um sorriso fraco. – Quando voltei para casa para perdoar minha esposa.

– É fácil? – Evie estava acariciando a parede com o dedo indicador e jurou ter ouvido a parede ronronar como um gatinho feliz.

– É... simples o suficiente. Só precisa de algumas coisas. – Lieffe foi até o local onde estava a Caixa de Perdidos. Ele a pegou e levou até ela, colocando-a diante dos pés de Evie.

Dentro da caixa, havia uma meia rosa e um chapéu de chuva infantil amarelo. Evie equilibrou o chapéu na cabeça, apesar de ser pequeno demais para ela. Lieffe riu da sua expressão séria embaixo de um chapéu tão bobo.

– Você nunca mudou, não é mesmo, Evie? – perguntou ele, ainda gargalhando. Ela tirou o chapéu da cabeça e o observou, passando os dedos nas abas de plástico.

– Ah, mudei sim, Lieffe. Um bocado, na verdade. Mas é muito bom estar de volta. – Ela olhou para cima e percebeu a expressão gentil do homenzinho. – Por que você me trouxe essa caixa?

4

a caixa de perdidos

— Evie, você se lembra de como as coisas costumavam aparecer nesta caixa que parecia não pertencer a ninguém? – perguntou Lieffe. – Os itens costumavam ficar aqui durante semanas, até meses, sem nenhum proprietário aparente e, de repente, um dia, alguém vinha procurar alguma coisa. Era uma vitória digna de comprar um bolo e pendurar faixas comemorativas.

Evie riu. Ela se lembrava de como eles se sentavam e inventavam histórias sobre as pessoas que eram donas de cada item e de como elas os perderam. Quando alguém vinha reivindicar alguma coisa, eles interrogavam a pessoa para ver se estavam certos (ou, com mais frequência, errados).

— Sim – respondeu ela, se recostando na cadeira –, me lembro.

— Bom, esta caixa meio que tem uma magia. – Ele pegou a caixa e a colocou no colo de Evie. Ela encarou o fundo bem simples e comum – papel kraft marrom.

— Magia? – Ela ergueu uma sobrancelha.

— Evie, você morreu com oitenta e dois anos, mas agora parece ter vinte e sete; você está num prédio que não visitava havia mais de cinquenta anos, com um homem que morreu muito antes de você; e você acabou de ser abraçada por uma parede. É claro que já passamos muito da fase de questionar a parte sobrenatural.

Ele tinha razão. Evie deu de ombros e colocou as palmas das mãos nas laterais da caixa. Ela a levantou acima da cabeça para ver a parte de baixo.

– É como tirar um coelho de uma cartola?

O rosto de Lieffe se comprimiu como se ele estivesse prestes a repreendê-la novamente, mas as rugas se suavizaram.

– Na verdade, acho que sim. – Ele tirou a caixa das mãos de Evie e a colocou de volta no colo dela, apontando com o dedo indicador para ela ficar ali, como se fosse um cão obediente. Evie escondeu as mãos ansiosas e agitadas sob as coxas. – Para chegar aonde precisa ir, você tem que dar à parede algo para continuar. Alguma coisa para dizer a ela exatamente aonde deve levar você.

A cabeça de Evie se inclinou para a direita.

Lieffe sorriu por dentro. Ele se lembrou da filha quando ela era jovem, tentando entender o dever de casa enquanto ele tentava explicá-lo para ela com seu próprio conhecimento muito limitado.

– Mais ou menos. Bom, não. Não de verdade. É um pouco mais *doce* do que isso. Sabe, a parede é sentimental. Ela se alimenta de sentimentos e lembranças. Portanto, você precisa dar a ela algo que tenha uma forte conexão entre você e a pessoa que está tentando encontrar. Uma palavra. Um objeto. Uma música. Um aperto de mãos secreto. Qualquer coisa. Ela vai se alimentar dessa conexão e se alinhar com a pessoa que você está procurando.

Evie olhou para a parede. Era apenas uma parede. Como poderia levá-la de volta a um lugar no qual ela estava morta e enterrada a sete palmos?

– Tem certeza de que uma *parede* consegue fazer tudo isso? Isto não é uma mentira, é, Lieffe? Um sonho esquisito? – Assim que ela jogou essa sombra de dúvida sobre o cômodo, o sussurro da parede aumentou de volume. Depois, acabou voltando à música mais delicada, embora com um som levemente insatisfeito, projetando o som de pessoas cujos companheiros de apartamento tinham deixado os sapatos na escada pela décima vez naquela semana ou de pessoas que tinham usado sandálias naquele dia só para receber uma chuva inesperada no caminho para casa.

– Desculpe – sussurrou ela pelo canto da boca. Com um suspiro, disse: – Tudo bem, Lieffe, o que eu preciso fazer? – O desejo de tirar as mãos de debaixo das pernas e começar a brincar com a caixa era insuportável.

– Essa caixa pode conjurar objetos. Você chegou aqui sem nenhuma posse individual, por isso ela vai permitir que você pegue as coisas de que precisa para atravessar a parede. Se palavras ou ações forem sua chave, você não terá necessidade da caixa, mas a maioria das pessoas precisa de *alguma coisa* que deixou para trás, e a Caixa de Perdidos ofereceu seus serviços. – Lieffe parecia orgulhoso da caixa e do que havia descoberto sobre o que ela conseguia fazer.

Evie o observou por sob os cachos.

– Como você sabe tudo isso? – Suas mãos saíram de debaixo das coxas, mas ela as colocou no colo, ainda resistindo à vontade de encostar na caixa. Lieffe deu de ombros, com um sorrisinho no rosto que parecia poder se transformar numa risadinha infantil a qualquer instante.

– Tentativa e erro! – respondeu ele. Evie teve a sensação de que havia um pouco mais além disso, mas não queria bisbilhotar, e havia assuntos muito mais urgentes no momento.

– Então, como eu faço? Tem um interruptor para ligá-la? Uma palavra mágica? Um lado me torna maior e o outro me transforma numa coisa minúscula? – Ela levantou o polegar e o indicador para mostrar de que tamanho poderia ficar e olhou para ele com um dos olhos através do intervalo entre os dedos.

– Não. – Ele foi até ela e lhe deu um tapa de brincadeira na mão, depois olhou para dentro da caixa. – É uma coisa meio Peter Pan.

– Você quer dizer ter pensamentos felizes?

– Bingo. Você precisa pensar na conexão que tem com a pessoa que está tentando encontrar e no significado do objeto para vocês duas. O que o torna tão importante a ponto de unir vocês entre os mundos?

Um pequeno nó se formara no estômago de Evie, e agora estava apertando. Ela pensou em seus segredos e em quanto eles haviam pesado sobre ela durante quase toda a vida, e percebeu que havia exatamente três deles. Três segredos bem grandes. Não era difícil descobrir isso, já que passara anos tentando escondê-los das pessoas que amava simplesmente por esse motivo – porque ela as amava. Evie queria evitar qualquer risco de magoá-las. Três segredos e três pessoas que ela precisava atravessar a parede para visitar. Encontrar suas chaves era fácil. A primeira exigia uma música. A segunda exigia uma ação. E a terceira... bem, a terceira exigia a caixa.

– É só isso? Eu penso e a coisa aparece?

– Sim, mas a caixa é um pouco... empolgada. Diferentemente da parede, ela só precisa de um leve estímulo, então não pense com muita força nem alto demais. Apenas coloque as palmas nas laterais e pense no que precisa e por que precisa.

Evie fechou os olhos e fez o que ele mandou.

Pensou num cabelo preto retinto que se enrolava nas pontas e em olhos verde-jade que piscavam. Ouviu o som de violinos suaves e trens chacoalhantes e vacilantes. Sentiu o cheiro de café caramelado e pipoca salgada. E sua boca se encheu de água com o sabor das balas.

– Evie – disse Lieffe, hesitante, quando sua pele começou a pinicar –, você está pensando alto demais.

As laterais da caixa empurraram as mãos de Evie e, em seguida, se encolheram em direção ao meio da caixa. Para Lieffe, parecia que a caixa estava respirando, rapidamente no início, depois as respirações ficaram mais longas. A cada inspiração, as laterais da caixa se expandiam um pouco mais, e, a cada expiração, as bordas superiores de cada lado quase se encontravam no meio. Evie estava perdida em pensamentos distraídos. Não ousava mergulhar neles havia muito, muito tempo, mas agora ela abrira as represas e não ia sair da própria cabeça sem uma briga.

Com uma inspiração final vigorosa, a caixa explodiu com um estouro, derrubando a cadeira para trás com Evie ainda sentada. Centenas de balas embaladas uma a uma de todas as diferentes cores e sabores choveram sobre eles. Evie se sentou e tirou uma do cabelo, ignorando as últimas que ainda caíam ao seu redor. Ela rapidamente a desembalou e a jogou na boca, chupando-a com prazer. *Tem gosto de esperança,* pensou.

Olhou ao redor. Não havia sinal de Lieffe, e ela pensou que ele deveria ter ido embora no meio da comoção, mas depois viu de relance seu rosto no canto do cômodo, refletindo a luz fraca, e percebeu que ele estava se aninhando de um jeito meio patético sob a mesa.

– Ah, pare com isso – disse ela, provocando. – Algumas balas nunca machucaram ninguém!

– Eu avisei para não pensar forte demais. E se você estivesse se lembrando de um bichinho de estimação da família? A pobre criatura teria sido catapultada da caixa em alta velocidade e poderia não ter sobrevivido à viagem!

– Vou me lembrar disso quando precisar invocar Horace, o gato da família. Por enquanto, só preciso das balas, apesar de elas serem para minha terceira e última jornada.

– Você não precisa delas agora? – perguntou Lieffe.

– Não – respondeu ela com mais seriedade do que pretendia. – É algo que eu preciso... hum... cultivar.

– Vai guardar o melhor para o fim? – perguntou Lieffe, hesitante.

– Alguma coisa assim. – A tristeza chegou aos olhos de Evie antes do sorriso sofrido. Ela começou a recolher as balas, colocando-as na caixa, e algumas, nos bolsos. Lieffe a ajudou, e os dois se movimentaram pelo cômodo engatinhando num silêncio pesado, se arrastando pelo carpete de dois centímetros e meio de altura de embalagens que crepitavam.

– Evie? – Lieffe levou o nome dela à boca como se fosse feito de um vidro fino que poderia se quebrar caso ele fosse muito violento ou muito barulhento. Sentia que precisava pisar com delicadeza. Havia algo na Evie silenciosa e pensativa que o deixava desconfortável.

– Sim, Lieffe? – Mas Evie sabia exatamente o que estava por vir. – Por que as balas?

Novembro

O violinista e a artista

Com as costas doloridas devido à péssima cadeira de trabalho e a cabeça girando por causa do tumulto e da confusão da vida no escritório, Evie estava sentada no trem, voltando para casa, encarando feliz pela janela, com um leve sorriso brincando nos cantos dos lábios. Os primeiros dias não costumavam ser fáceis. Eram cheios de expectativa, nervosismo e estresse. Ela esperara o pior, o que significava que não tinha ficado nem um pouco decepcionada quando o pior realmente acontecera. Na verdade, ela o recebera de braços abertos e coração escancarado.

A grande ambição de Evie era fazer filmes de animação. Por enquanto, pelo menos, ela teria que se contentar em desenhar quadrinhos para um jornal local que acabaria enrolado em peixes e batatas fritas. Mas tudo bem, porque ela sabia que todos os artistas começavam do início, e esse certamente era um passo na direção certa. Isso também calou sua mãe insuportável, que pensava que a filha desenhista não passava de um escândalo. Não, não era correto uma dama de sua classe querer fazer desenhos bobos dançarem e se balançarem numa tela. Evie tinha que lutar constantemente contra a perturbação da mãe para ela encontrar um homem e se casar.

Os lábios de Eleanor Snow ficaram cerrados por tanto tempo durante a vida, que sua boca agora se parecia demais com o traseiro de um gato. Ela era alta e esquelética, as roupas sempre desmazeladas e terrivelmente talhadas, e seus olhos endurecidos não tinham cor nem vida. Ela não andava; ela fugia correndo como uma centopeia, tirando toda a diversão e felicidade do mundo ao passar. Era uma senhora gravemente antiquada que achava que uma mulher não cumpria seu papel como fêmea se não se casasse e não tivesse filhos, e ter uma filha de vinte e sete anos com essas duas características era vergonhoso de um jeito fatal.

Até agora, Evie não tinha um emprego e era mantida escondida dentro da grande mansão da família, completa com quadra de tênis, piscina coberta e dez banheiros luxuosos. Estar desempregada significava que Evie era a vergonha *secreta* de Eleanor, e quanto menos pessoas interagissem com ela e soubessem de sua triste situação, melhor. Apesar de não desejar nada, Evie se tornara terrivelmente entediada com a própria vida. Tinha um mordomo, uma empregada e uma cozinheira que lhe dariam tudo que pudesse querer, mas nunca os usava. Queria fazer coisas por conta própria, para sentir que estava vivendo de verdade, não apenas existindo. E, apesar de Jeremy, o mordomo; Jane, a empregada, e Isla, a cozinheira, serem amigos maravilhosos, Evie ainda se sentia terrivelmente solitária e excruciantemente irritada.

Encontrar um marido nunca estivera no topo de sua lista de prioridades. Sua mãe e seu pai haviam lhe dado um péssimo exemplo, já que não se casaram por amor – tinham se casado por dinheiro e conveniência. Eram um casal incrivelmente competente, de acordo com os pais *deles*. O pai de Evie, Edward Snow, era filho de Edward Snow Sênior, da Snow e Summer Ltda., um escritório de advocacia terrivelmente bem-sucedido, construído com a fortuna do bisavô de Evie, outro Edward Snow. Bisavô Snow fora banido da família por motivos que Evie nunca soube e sabia que não deveria perguntar. Mas a família que o exilara não teve escrúpulos de usar o dinheiro dele para montar a própria empresa, e isso enojava Evie.

Eleanor era filha de Elaine e Ewan White, outro casal rico e sem amor, que conhecia os Snow havia várias gerações. Eles explicaram de um jeito inegavelmente incontestável para os pais do jovem Edward Snow que seus filhos se beneficiariam ao se casar quando tivessem idade suficiente, já que Edward assumiria o escritório de advocacia depois que Edward Sênior se aposentasse, e Eleanor estava bem preparada para ter filhos e fora criada para ser uma dona de casa exemplar. E assim foi feito.

Tudo isso só ensinou a Evie e seu irmão mais novo, Eddie (outro Edward, é claro), que eles *não* deviam se casar. Evie testemunhou os olhares frios e as conversas curtas dos pais e sua palpável falta de amor e jurou que nunca terminaria num relacionamento como aquele. Isso também a afastou da ideia de procurar um amor.

Apesar de sua mãe saber muito bem da aversão que Evie tinha ao casamento e aos homens, ela fizera diversas tentativas de empurrar a filha na direção do jovem James Summer, da Snow e Summer. James era poucos meses mais velho que Evie e, aparentemente, era o que todas as mulheres procuravam num homem: rico, inteligente e lindo. Como seus pais eram sócios e as famílias moravam na mesma rua, Evie e James eram amigos desde a infância, e Evie conhecia um lado de James que ele nunca teve coragem de mostrar à família: o lado que gostava de "imaginar". Ele criava histórias que Evie tentava desenhar e, juntos, eles criavam mundos imaginários onde moravam, apenas para ser arrancados de lá pelas mães, que desaprovavam isso. Mas o que realmente selara a amizade dos dois foi o fato de que Evie se recusava a se referir a ele como James. Mesmo aos oito anos de idade, ela não tinha tempo para tradições absurdas, especialmente aquela que fazia todos os homens de uma família terem o mesmo nome. Era muito confuso ela chamar uma pessoa e várias responderem. Assim, para Evie, ele era Jim, o que fazia as bochechas dele corarem todas as vezes que ela falava com ele.

Eleanor Snow não poderia esperar que uma amizade melhor florescesse entre Evie e Jim. Mas, apesar de Evie saber que a mãe queria que essa amizade se tornasse algo mais e apesar de saber que Jim seria um marido maravilhoso, ela simplesmente não conseguia se obrigar a amá-lo.

Finalmente, depois de aturar anos dos argumentos de Evie, planejados com brilhantismo e bem executados, Eleanor concordou e disse que, se ela conseguisse um emprego como artista em uma semana, ela pagaria um apartamento perto do trabalho de Evie, mas só por um ano. Se não tivesse progredido no trabalho até novembro do ano seguinte, Evie deveria deixar o emprego para se casar com qualquer um que a mãe achasse adequado e para fazer o que as mulheres deveriam: ter filhos e fazer o jantar.

Eleanor não esperava que ela conseguisse encontrar um emprego em uma semana, mas Evie nunca esteve tão determinada a conseguir uma coisa na vida. Ela entrou sorrateiramente no escritório do pai, pesquisou suas fichas de contatos e ficou empolgada quando encontrou alguém que trabalhava para o jornal local. Conseguiu uma entrevista para o segundo dia e, por causa do portfólio cheio de anos de desenhos, que ela escondia da mãe, no quinto dia estava empregada. Evie ficara eufórica. Um emprego de verdade durante um ano. Uma aventura adequada. Agora, com o pé no primeiro degrau, ela precisava subir a escada, talvez ilustrar um livro ao longo do ano, e aí não seria obrigada a se casar com seu melhor amigo, Jim.

O trem parou no fim da linha, e o maquinista anunciou "Desembarquem, por favor!" pelo alto-falante que estalava. Evie, apressada, guardou o livro na bolsa. Quando saiu do trem, prendeu o salto direito do sapato novo na borda do trem e tropeçou, a bolsa deslizando do ombro e o livro caindo no chão. Ele caiu no meio da passagem, desaparecendo entre os pés agitados dos trabalhadores que voltavam para casa. Evie se concentrou e se levantou bem a tempo de ver uma mulher de negócios alvoroçada chutá-lo acidentalmente para longe.

– Droga – disse ela.

Abrindo caminho na multidão, apesar do pé machucado, Evie viu que o livro tinha caído no pé de uma escada rolante de descida e estava sendo empurrado na parte elevada, onde a escada desaparecia sob o chão, e suas páginas eram amassadas e esmagadas a cada passo.

Seu coração deu um leve salto ao vê-lo naquele estado, e ela correu para socorrê-lo, tomando cuidado para não pisar na escada rolante. Foi aí, no instante em que se abaixou para tirar o livro das garras dos degraus deslizantes de metal, que ela ouviu.

Era muito baixo, mas definitivamente estava ali, e seu coração cresceu ao ouvir o som: um violino sendo tocado pelo que parecia um violinista extremamente talentoso. Evie ainda não tinha descoberto qual era o melhor caminho do trabalho até o novo apartamento e não queria nada além de afogar os músculos cansados numa banheira quente e depois se aninhar na cama quentinha, mas, ignorando a dor nas costas, a cabeça ainda girando e o salto quebrado, ela abandonou a ideia de seguir para o próximo trem e pisou na escada rolante que subia.

Conforme era carregada cada vez mais para cima, o som ficava mais alto e mais bonito, e o violinista surgia lentamente no seu campo de visão. Ela viu o cabelo preto retinto desmazelado e o casaco preto combinando, com debrum roxo tão escuro, que não dava para ver que era roxo, a menos que você olhasse com atenção – e Evie estava olhando com atenção. Pouquíssimas pessoas passavam, e nenhuma parecia notar o talento que estava bem ali. As sobrancelhas rebeldes e selvagens eram tão próximas, que Evie se perguntou se um dia se separariam. E aí, quando a música se suavizou, seu rosto também o fez. Sua expressão mudou para contentamento, e as sobrancelhas se separaram com facilidade e se acomodaram sobre os olhos fechados.

Ele era bonito de um jeito engraçado. O nariz tinha uma fenda na ponte, supostamente onde havia sido quebrado, e a ponta era grande e redonda, o tipo de nariz que Evie daria a seus personagens de quadrinhos mais adoráveis. O cabelo levemente cacheado não via uma escova havia pelo menos uma semana e, encurvado sobre o violino, ela achou que, se ele se empertigasse, seria quase trinta centímetros mais alto do que ela. Mas o que ela achou mais impressionante foi que ele *vivia* a música. Quando tocava em tom menor no violino de madeira preto, o rosto ficava melancólico, comprimido ou retorcido. Se a música fosse num tom maior, seus lábios se contorciam num sorriso e toda a sua expressão ficava eufórica. Se as notas se moviam, ele as imitava. Ele não existia neste mundo, só no mundo que ele criava com os dedos e o arco.

Evie não sabia nem se importava por quanto tempo o estava observando. Ela se apoiou na parede oposta ao local onde esse homem estava se apresentando e ficou imobilizada. Percebeu o estojo do violino aos pés dele. Apesar de as pessoas que passavam não darem muita atenção, ele ganhara um bom dinheiro hoje. Desejou ter algo para contribuir, mas tinha gastado o último troco num saquinho de suas balas preferidas na loja perto de onde ela trabalhava. Pegou um punhado de balas coloridas no bolso. Eram embaladas uma a uma em plástico transparente, e cada bala era vidrada com algumas bolhas dentro. Evie pegou uma verde, para combinar com o próprio casaco. Em seguida, prendendo a bolsa no ombro com firmeza, foi até o estojo dele e colocou a bala por cima da pilha de moedas.

Com os olhos ainda fechados e a mente firme na música, ele não percebeu que havia alguém ali. Evie olhou para ele uma última vez, se balançando com a melodia que ele girava nos dedos, depois saiu para encontrar sua plataforma. Coincidentemente, a entrada era bem ao lado do violinista. Era quase como se ele a tivesse guiado até ali com sua música.

♦

Depois de um mês, o trabalho de Evie tinha virado rotina. Ela ajeitou a cadeira de trabalho na altura perfeita, para nunca ter que se encolher enquanto desenhava. Quando chegava ao trabalho às quinze para as nove, e não exatamente às nove, perdia a constrangedora conversa de elevador com o chefe miserável. Ela descobriu que, no intervalo matinal de dez minutos, conseguia ir até a cafeteria mais próxima e voltar, se a fila não estivesse muito longa. E, o mais importante, no caminho para casa à noite, o som daquele violino solitário a acalmava. Ele desligava um interruptor no cérebro dela e a mandava para casa totalmente relaxada. Um dia ruim no trabalho era esquecido numa única nota e, em troca da ajuda musical involuntária, ela deixava uma bala no estojo do violino todas as vezes que passava por ele.

Certa noite, Evie estava passando pelo violinista, com uma bala roxa com sabor de cassis na mão. Estava prestes a deixá-la no estojo, como sempre, quando um pequeno pedaço de cartolina chamou sua atenção. Ela olhou para o homem, com os olhos fechados como sempre, e se inclinou para ler o recado escrito numa caligrafia redonda e espiralada:

> Gosto mais das que têm cor de laranja.
> Obrigado, Docinho
> xxx

Ela olhou de novo para o homem com o violino preto aninhado sob o queixo. Ele não sabia quem ela era nem mesmo que ela estava ali, mas ela se sentiu mais próxima dele do que de qualquer outra pessoa no mundo. As pessoas com quem trabalhava a tratavam como se ela se achasse uma princesa, por causa da família em que nascera e que não podia negar. Tudo que ela queria era desenhar até os dedos formarem bolhas por causa dos lápis, para poder ser promovida por um chefe que achava que os olhos dela ficavam nos peitos, para poder ter uma carreira e uma vida de mulher independente, em vez de ceder à mãe e se casar com um homem que não amava.

Agora, ela estava agachada, olhando para um homem pelo qual passava todos os dias e que proporcionava a trilha sonora de sua viagem para casa, um homem que nunca lhe dissera uma palavra nem olhara para ela e, mesmo assim, sabia que ela existia por causa das balas que ela deixava, e agora ele estava tentando se comunicar pela primeira vez, e Evie se sentiu mais conectada a ele do que às pessoas às quais supostamente deveria se sentir conectada. O pai poderia ser um desconhecido, devido ao pouco envolvimento que tivera na criação da filha. Nas raras ocasiões em que ele a via agora, levava meio segundo a mais do que deveria para se lembrar de que a mulher adulta diante dele era, na verdade, sua filha. O irmão se tornara estranhamente calado nos últimos anos. Os dois foram próximos durante a infância, e Eddie sempre admirara Evie, mas, recentemente, ele começara a se esquivar de longas conversas e a se esconder. Antes de se mudar, Evie o vira conversando muito com Isla, a cozinheira, e teve um forte palpite do motivo pelo qual ele se retraíra. E sua mãe... bom, a mãe era a fonte da maioria dos problemas de Evie.

Houve um leve tremor no coração de Evie, uma fagulha crepitante dentro dela que disparou um pensamento no seu cérebro: *Será este o início de uma nova aventura?* Para uma mulher que só usara o coração economicamente nas ilustrações e animações e nunca em assuntos que envolviam homens, parecia estranho olhar para alguém que ela mal conhecia e sentir um delicado aperto no peito. As leis da gravidade tinham mudado, e ela não estava mais sendo puxada em direção à Terra, mas sim em direção a ele.

Enfiou a mão na bolsa, passando pelos cadernos de desenho e lápis soltos, indo até o fundo, onde os dedos encontraram embalagens vazias e as últimas balas. Empolgada, ela pegou todas que conseguiu e separou as três últimas de cor laranja. Depois, pegou uma caneta, virou a cartolina para o lado em branco e rabiscou rapidamente um pequeno autorretrato desenhado que acentuava o cabelo cacheado, as bochechas gorduchas e o sorriso largo. E assinou com *Amor, Evie*, depois o colocou de volta no estojo e arrumou as três balas de cor laranja numa fileira sobre a cartolina.

Ele ainda estava tocando, os olhos bem fechados, enquanto ela permanecia parada em pé diante dele. Ela percebeu que era o mais perto que ousara chegar e nunca desejara tanto que ele abrisse os olhos como agora. Queria saber qual era a cor deles, se eram cheios de vida ou endurecidos, se ele a *veria* de verdade quando olhasse para ela. Mas, no momento, ele continuou a tocar, e ela relutou em perturbá-lo. Evie achava que interromper um músico no meio de uma canção era como acordar um sonâmbulo no meio do sono, e ela odiaria que a primeira impressão que ele tivesse dela, se um dia isso acontecesse, fosse ruim.

🍃

Evie pegou o elevador até o sétimo andar e cambaleou até o apartamento 72 em suas botas curtas marrons sem salto. Por mais que adorasse os novos sapatos que se pareciam com a bolsa de tapete de Mary Poppins, os saltos de dez centímetros tornavam descer dos trens mais difícil do que ela gostaria, então eles agora ficavam escondidos embaixo da mesa no escritório. Enfiou a chave na fechadura, empurrou a porta e entrou na sala de estar. Foi recebida pelo cheiro de tinta. Ela estava passando as noites pintando as paredes num tom profundo de verde e tinha deixado apenas as bordas irregulares para terminar, mas hoje havia outra coisa para fazer. Tirou o casaco, pendurando-o numa poltrona perto da porta, tirou as botas e foi na ponta dos pés até a cozinha.

Dizer que Evie era uma formiguinha era eufemismo e, embora sua cozinha não tivesse a maioria dos produtos essenciais (pão, leite, café – tinha chá, é claro), tinha um pote cheio de balas, que ela agora pegara e levara para a sala de estar. O colchão ficava no chão, porque ela ainda não tivera tempo de montar a cama, que estava encostada desmontada na parede. Ela colocara o colchão de um jeito, que ficava de frente para duas janelas altas que se abriam para uma sacada. Não tinha uma vista notável, só outro prédio de apartamentos do outro lado da rua, mas os moradores do tal prédio eram muito interessantes de observar, e a maioria deixava as cortinas abertas e as luzes acesas. Evie se jogou no colchão, abriu o pote e começou a separar as balas de cor laranja.

🍃

Todo dia no trabalho era um pouco difícil para a garota nova e apresentara desafios que Evie nem sabia que existiam. Ela trabalhava num departamento de duas pessoas, junto com um homem bajulador chamado Grayson Pear. Grayson odiava tudo que desenhava, mas, mesmo assim, submetia os desenhos ao editor e sempre eram escolhidos no lugar dos de Evie para todas as edições do jornal, apesar de não terem emoção nem humor e, muitas vezes, serem pejorativos com todas as raças, gêneros ou sexualidades que ele decidia não gostar naquele dia. Para piorar a situação, o chefe dela parecia pensar que a resposta adequada ao trabalho árduo de Evie era um tapinha na bunda. Mas, apesar de tudo isso, Evie sabia que o escritório ficaria muito pequeno e sem importância quando ela ouvisse aquele violino. Quando o primeiro trem parava na estação, ela saboreava aquele som distante enquanto atravessava a passarela e depois se deleitava na maravilha da música enquanto subia pela escada rolante e o cabelo desgrenhado, o casaco com debrum roxo e o violino preto apareciam no campo de visão.

Depois de uma noite bem movimentada, o dia que se seguiu foi sombrio, para dizer o mínimo. Grayson tinha escondido o portfólio dela pouco antes de Evie precisar mostrar o trabalho ao editor, que, de qualquer maneira, deu um jeito de dar um tapa na sua bunda e, quando ela saiu do escritório, sentiu que o som daquele violino era a única coisa na vida pela qual ansiava. A coisa à qual ela se agarrava com todas as forças. A coisa... que ela não conseguia ouvir. Quando saltou do trem, ela apurou os ouvidos, mas não havia nada. Pensou que talvez a agitação e o ruído dos passageiros da noite estivessem abafando a música, por isso correu pela passarela até a base da escada rolante e parou, fazendo alguém atropelá-la e murmurar alguma grosseria bem baixinho. Agora mais perto, teve certeza de que não havia nada, nenhum som, e seu coração estava desabando pelo peito e chegando até os sapatos. E se ele tivesse se mudado para outra estação? E se ela nunca mais o visse? E se nunca conseguisse dar a ele o punhado de balas de cor laranja que estava no bolso dela, embrulhado em papel marrom?

Ela pisou na escada rolante e se preparou para ver o ponto de apresentação dele vazio ou, pior, ocupado por alguém que fosse muito menos talentoso e muito menos interessante de observar. Mas, conforme a escada rolante a carregava para cima, lá estava ele, no local de sempre, com o violino no colo, sob suas mãos protetoras. O coração dela flutuou, depois despencou imediatamente até os pés quando ela percebeu que este era o dia em que ia falar com ele. Foi pega totalmente de surpresa e despreparada e, quando recebeu um solavanco de outro passageiro, percebeu que tinha parado de repente ao sair da escada rolante e estava bloqueando o caminho de todo mundo. Deu um passou à direita e demorou um instante para tentar organizar os pensamentos, mas seu cérebro provavelmente nem estava na cabeça.

Os olhos dele encontraram os dela durante um segundo antes de se desviarem. Ele parecia ansioso. Como se estivesse esperando alguém. Evie puxou a gola do casaco, se perguntando por que os túneis dos trens de repente pareciam tão quentes. Mas sua blusa cor de vinho estava com manchas de tinta e, se ela fosse falar com ele (e ela definitivamente *tinha* que falar com ele), não queria parecer bagunçada, então manteve o casaco e sentiu o pescoço e as bochechas corarem. Os olhos dele encontraram os dela de novo, e, desta vez, ele sustentou o olhar dela por um pouco mais de tempo, inseguro.

Ela não aguentava mais. Inspirando fundo e expirando de um jeito demorado e trêmulo, começou a caminhar na direção dele. Conforme se aproximava, um pensamento a atingiu: *Eu finalmente vou saber a cor dos olhos dele.* Seu estômago virou do avesso. E outro pensamento: *O que eu vou dizer?* Tarde demais. Seus pés estavam encostando no estojo do violino, e ele estava olhando para ela de seu banquinho portátil.

Ele sorriu, e ela quase vomitou o coração no colo dele.

– Olá, Docinho. – Ele estava sorrindo, mas o leve tremor na voz entregava seu nervosismo. Esse homem desmazelado, todo vestido de preto, com toques daquele roxo muito escuro, quase imperceptível, tinha o tipo de sorriso que fazia você confiar a ele tudo que mais adorava. Você sabia que ele manteria tudo em segurança. Evie ergueu uma sobrancelha, mas não conseguiu evitar um sorriso.

– Como você sabia que era eu? – *Evie, você está ficando vermelha?*, repreendeu a si mesma. *Pare neste instante.* Mas a voz em sua mente era da mãe dela, e Evie preferiu ignorá-la. Ele levantou o autorretrato desenhado que ela fizera para ele.

– Você é muito boa. Se bem que eu acho que suas bochechas não são tão grandes quanto você as fez parecer. – Ele colocou o desenho de volta no bolso, e Evie percebeu que ele estava determinado a mantê-lo.

– Obrigada. Meu nome é Evie.

– Eu sei – disse ele. – E eu gostaria de agradecer por todas as balas. Especialmente as que são de cor laranja. São...

– Suas preferidas, sim, eu sei. E esse é o motivo pelo qual eu achei que você poderia gostar disto. – Ela pegou o pacote de papel marrom embrulhado com cuidado, repleto de todas as balas de cor laranja que encontrou no apartamento. Num instante, o homem se transformou num garotinho, seus olhos se iluminando como se fosse manhã de Natal.

– Para mim? – Um brilho de incerteza passou pelo rosto dele, e sua mão flutuou sobre o pacote, mas não o pegou.

– Não conheço mais ninguém que goste das balas de cor laranja tanto quanto você. Pessoalmente, são as que eu evito. – Quando ela empurrou o pacote para a mão dele, seu dedo mindinho roçou no polegar dele, e ela puxou a mão como se tivesse se queimado. Por dentro, ela revirou os olhos para si mesma. *Calma, sua idiota.*

– Obrigado. – Ele pegou o pacote sem o olhar. Seus olhos estavam grudados nela, e ele percebeu que ela irradiava um brilho.

Estava bem ali nos olhos dela. Não era um truque de luz. Estava ali de verdade, fisicamente. Talvez tivesse origem no leve franzido do nariz quando ela sorria para ele, que fazia rugas se formarem nos cantos dos olhos, ou talvez fosse o modo com que suas sobrancelhas emolduravam os olhos, mas, não importava o motivo, quando ele viu aquele brilho, só conseguiu escutar o próprio coração rindo. Ele estava bem consciente de que estava suando neste túnel subterrâneo quente, com o casaco fechado quase até em cima, e com essa garota muito bonita e incomum parada diante de si, e sabia que seu cabelo estava grudado na testa. Fez o possível para escondê-lo, de modo que Evie não percebesse. Mas ela percebeu, e isso a fez se sentir melhor pelas gotas de suor que escorriam pelas suas costas naquele momento.

– E eu gostaria de agradecer a *você* pela música... – Ela deixou a voz sumir. *Isso foi* muito *idiota,* pensou. – Quero dizer, por você tocar. Você realmente é extraordinário.

Ele olhou para as mãos calejadas segurando o pacote de balas embrulhado com cuidado.

– Tente dizer isso a todas as escolas de música num raio de oitenta quilômetros.

– Eles já não sabem? – Evie se sentia esquisita parada acima dele, agora, olhando para baixo, e se perguntou se ele teria um banquinho portátil a mais.

– Por mais que eu goste de tocar, não me apresento nas ruas por diversão. – Ele deu um chute no estojo de violino fechado, fazendo as moedas lá dentro se agitarem.

– Mas parece que você se sai muito bem. Todas as vezes que passei por aqui, seu estojo estava transbordando.

– É suficiente para pagar o aluguel de um apartamento minúsculo numa parte esquisita da cidade. Com que frequência você passa por aqui, afinal? Tenho visto balas no meu estojo há algum tempo. – Ele apoiou os cotovelos nos joelhos, e ela percebeu como era desengonçado e não sabia muito bem como se portar.

– Comecei a trabalhar para o jornal *The Teller* há um mês. No primeiro dia, me perdi no caminho para casa. Ouvi você tocar, decidi investigar e, por acaso, minha plataforma é bem ali. – Evie apontou para o cartaz na parede atrás dele. – Então, obrigada por me conduzir até aqui. Sem você, eu teria levado muito mais tempo para encontrá-la.

Ela sorriu, se sentindo quente por dentro, e ele deu uma risadinha, mas ela percebeu um silêncio apreensivo se aproximando e não queria que houvesse uma pausa, porque isso significava...

– Eu devia ir para casa – disse ela, relutante. De qualquer maneira, era pouco provável que ele planejasse conversar com ela por muito tempo. Era só uma conversa por cortesia, por todas as balas que ela lhe dera.

– É mesmo?

Uma borboleta no estômago dela bateu as asas. Era decepção no rosto dele? Ela era horrível por ter uma esperança que fosse?

– Provavelmente – disse ela, inclinando a cabeça. *Então isso é flertar,* pensou, se sentindo sorrir e olhar para ele por sob os cílios. A sensação era estranhamente natural. Ela não tinha certeza de que gostava.

– Antes de você ir, tem uma coisa que eu queria perguntar. – Ele se inclinou e abriu o estojo do violino. Grudadas na parte interna da tampa, todas as embalagens de bala de cor laranja que ela dera a ele estavam arrumadas para formar a pergunta *JANTAR?*. As embalagens capturaram a luz e farfalharam na brisa criada pelos trens que passavam em túneis próximos.

Qualquer sensação natural de flertar que ela sentira antes havia desaparecido completamente. Ela levantou o olhar do cartaz improvisado. Apesar de ele estar claramente um pouco nervoso (ela percebeu pelas sobrancelhas trêmulas), o sorriso significava que ele evidentemente estava gostando do silêncio surpreso dela.

– Não sei como devo responder.

O rosto dele ficou envergonhado de imediato. Suas bochechas já estavam avermelhadas pelo calor do túnel, mas agora estavam em chamas, e a vermelhidão se espalhou diretamente até a ponta das orelhas.

– Ai, meu Deus, me desculpe. É tudo um pouco exagerado, não? Afinal, eu nem conheço você. Não somos Romeu e Julieta. – Ele se repreendeu e fechou a tampa, mantendo a cabeça baixa. – Só achei que você parecia muito agradável. O tipo de pessoa que eu gostaria de conhecer e...

– Não, não! Não foi isso que eu quis dizer...

– Tudo bem, você não precisa inventar desculpas. – Ele falava com o chão.

Evie se abaixou, desajeitada, para tentar captar o olhar dele.

– Não, sério, o que eu quis dizer foi...

– Sinceramente, eu aceito que é um não.

– NÃO! Não é um não!

Ele espiou através do cabelo, que estrategicamente tinha jogado sobre o rosto, e seus olhos verdes cintilaram.

– Eu só queria dizer que, diante de um gesto tão grandioso, não sei como dizer sim de um jeito comparável – disse ela de uma vez, antes que ele pudesse falar outra vez. – Mas é definitivamente isso. Um sim, quero dizer.

– Uau. Hum. Está bem. – Ele tirou o cabelo do rosto, que ainda estava meio avermelhado. – Está bem. Sim. Está bem. Jantar. Eu e você. Evie...

– Snow.

– Evie Snow? – Ele ergueu uma sobrancelha.

– Evie Snow – confirmou ela, e estendeu a mão.

– Sou Vincent.

– Vincent... – provocou ela, querendo saber o nome completo. (Na verdade, querendo saber *tudo* em relação a ele.)

– Vincent Winters. – E, quando ela viu os olhos dele sorrindo sem ver seus lábios, teve a sensação de que este poderia ser o início da maior aventura da sua vida até agora.

5

atravessando a parede

Evie e Lieffe estavam sentados no chão em frente às embalagens de bala que Evie arrumara para formar a pergunta *JANTAR?*. Ela olhou radiantemente para ele com uma bala grudada no rosto.

— Mas todas as embalagens eram laranja – explicou ela. — E ele parecia tão bobo e nervoso! — Ela deu uma risadinha enquanto terminava a história por trás da doceria que pedira à Caixa de Perdidos para conjurar.

— Mas você disse sim do mesmo jeito. — Lieffe sorriu.

— Eu disse sim do mesmo jeito. — Ela também sorriu. — Não só porque ele era bonito e eu gostava dele. Mas porque ele foi a primeira pessoa em anos, talvez até desde sempre, que realmente me *viu* em vez de apenas me olhar.

— Qual é a diferença? — perguntou Lieffe, acrescentando mais uma embalagem para formar o ponto de interrogação.

— Quando uma pessoa olha para você, só vê o que está na superfície e costuma deixar passar grande parte dos detalhes. Quando uma pessoa *vê* você, ela vê quem você é, do que você realmente é feita. Ela vê mais do que está diante dos olhos. Ela quer descobrir mais, no mínimo. — Evie deu uma última olhada para a arrumação que eles fizeram e, com uma das mãos, empurrou as embalagens para o lado.

– Você vai visitar Vincent primeiro? – Lieffe reuniu as embalagens na mão e as colocou na lata de lixo embaixo da mesa no canto.

– Não – respondeu ela, muito segura de sua decisão. – Isso seria mergulhar num poço profundo. – Ela olhou de relance para a Caixa de Perdidos. – Vou deixar essa viagem para o final.

– Muito bem, então. Para onde, primeiro? – Quando Lieffe se apoiou na mesa e cruzou os braços, o ar pareceu pinicar de tanta empolgação. Era a mesma sensação que Evie costumava ter quando sua família viajava de avião para um lugar exótico nas férias. A sensação de aventura iminente. Embora a maior aventura que ela teve em todas as férias da família tenha sido no Marrocos, onde se perdeu e quase foi vendida para um homem de lá por um camelô muito persistente. O pai dela ficou bem irritado quando teve que comprar a própria filha de volta. Se Edward Snow pudesse escolher, ele a teria deixado para trás, mas Eleanor o persuadiu com gritos:

– O que os Summer iam pensar se voltássemos para casa sem a futura esposa do filho deles? – Dali em diante, Evie não teve permissão de sair do campo de visão deles, e as aventuras cessaram.

A parede sussurrou mais alto, se preparando para o que estava adiante. Evie respirou fundo. Tirou o casaco e o colocou sobre a Caixa de Perdidos, cobrindo a montanha de doces, depois colocou a palma da mão na parede. Ainda estava quente e pulsando, como um coração batendo no peito.

– Suponho que preciso ver meu filho.

A parede parou de sussurrar e pulsar e fez uma breve pausa. Ela estava prendendo a respiração.

– Tem certeza? – perguntou Lieffe. – Você não pode supor nem pensar nem achar. Você precisa *saber*.

Evie sabia que podia inventar desculpas para escapar dessa viagem através da parede, mas não havia dúvida em sua mente, seu coração e sua alma de que, de algum jeito, de alguma forma, ela precisava falar com o filho.

– Sim. – Ela fez que sim com a cabeça. – Tenho certeza absoluta.

– Nesse caso, você precisa descobrir o que dar à parede para ela encontrar seu filho e levá-la até ele.

Evie se afastou da parede, olhando para ela com olhos semicerrados.

– Primeiro, preciso saber o que esperar quando chegar ao outro lado. Como falo com meu filho? Ele vai conseguir me escutar? Me ver? Terei que explicar por que a mãe morta o está visitando do além-túmulo?

Lieffe sorriu.

– Sinto muito, querida. Não lhe dei uma ideia muito boa, não é? Você lidou tão extraordinariamente bem com tudo até agora, que eu me esqueci de que tudo isso é novo para você.

Ele pegou a cadeira da mesa e a girou até Evie de novo, fazendo um sinal para ela se sentar. Depois, ficou em pé entre ela e a parede, como um professor entre os alunos e o quadro de giz.

– Quando você atravessar a parede, nenhuma pessoa viva será capaz de ver você, e você não será capaz de ter nenhum impacto sobre o mundo ao seu redor. Sua alma pode ser pesada demais para seguir, mas está muito calma e serena, não é mesmo? – Ela fez que sim com a cabeça. – Ótimo. Agora, como eu disse, você não será vista pelas pessoas que ama e, na maior parte do tempo, elas também não conseguirão ouvi-la.

– Na maior parte do tempo? – perguntou Evie.

Lieffe começou a andar ao longo da parede, de um lado para o outro. Evie imaginou um cachimbo na mão dele e um casaco de *tweed* sobre os ombros, bem parecido com o sr. Autumn. *Eu provavelmente devia estar fazendo anotações*, pensou.

– Em determinado momento, os vivos ficam mais suscetíveis ao nosso mundo. Quando sua mente está mais aberta a acreditar no impossível. Me diga, você já sonhou com pessoas que morreram? Elas lhe disseram coisas nos sonhos que você nunca as ouviu dizer quando estavam vivas?

– Talvez... – Evie pensou na própria vida e se lembrou vagamente de ter sonhado com uma amiga que morrera subitamente de ataque cardíaco aos quarenta anos. No sonho, a amiga disse que, uma vez, tinha roubado dinheiro da carteira dela, e isso a deixara com um sentimento de culpa durante toda a vida. Evie não tinha como saber se isso era verdade, por isso anotou como se fosse um sonho esquisito provocado por ter comido queijo e torradas antes de dormir, mas ficou com uma sensação estranha e prolongada.

– Quando os vivos estão dormindo, temos a capacidade de penetrar em seus sonhos e sussurrar nossos segredos para eles. Quando acordam, eles se lembram desses sonhos porque foram mais do que apenas o subconsciente se divertindo enquanto eles dormiam. Na verdade, nem foi um sonho. Fomos nós. – Lieffe fez um gesto amplo, estufando o peito, orgulhoso de fazer parte desse mundo estranho de almas perdidas. Seu rosto estava tão cheio de afeto e ternura por este lugar que ele amara tanto em vida. – Quanto mais a pessoa tiver a mente aberta, mais fácil é entrar em seus sonhos. Algumas pobres almas daqui tiveram muito trabalho para fazer as pessoas as ouvirem, mas, em algum momento, em épocas de necessidade, todas as pessoas têm a capacidade de abrir a mente o suficiente para deixar o impossível entrar.

– Então, eu só preciso sussurrar meu segredo para meu filho enquanto ele estiver dormindo?

Lieffe fez que sim com a cabeça.

– Você acha que ele tem a mente aberta o suficiente para escutá-la? – perguntou ele.

Evie não conseguiu evitar um sorriso.

– Ah, acho que meu marido e eu o criamos bem o suficiente para isso. – Ela pensou no marido, deixado no mundo dos vivos. Duvidava de que ele fosse demorar muito para chegar. Ele nunca fora capaz de viver sem ela, mesmo quando Evie estava apenas em outro cômodo, e sempre inventara desculpas para estar perto dela. Evie duvidava de que seria diferente desta vez.

Usou os pés para empurrar a cadeira para mais perto da parede silenciosa, e Lieffe deu um passo para o lado.

– Por que ela está tão silenciosa, agora? – Ela bateu com o nó do dedo indicador na superfície bege.

– Ela está tentando escutar. Está esperando você dizer aonde precisa ir.

– Ela só precisa de uma lembrança forte? Para fazer a conexão?

– Só uma.

Evie, de olhos fechados e com a ponta do nariz encostada na parede, expirou devagar, o calor da própria respiração fazendo seu rosto corar. Ela abriu um dos olhos e espiou Lieffe à esquerda, observando-a de perto.

– Desculpe. Devo lhe dar um instante?

– Não, não. Só estou sendo engraçadinha. Não faz sentido ter vergonha, já que estou morta, não é? Mas você vai ter que me aturar cantando. Pode ser?

– Nada me agradaria mais. Se me lembro bem, você tinha uma bela voz.

– Não era digna de nota, mas, para o objetivo em questão, é perfeita.

Evie fechou os olhos de novo, e imagens do primeiro filho inundaram sua mente. Lembranças de embalá-lo nos braços poucos instantes depois do nascimento e de cantar para ele dormir com palavras que ela inventara para uma melodia que sua caixa de música da infância tocava. Quando ele estava mais velho e caiu do balanço de pneu no jardim dos fundos, ela cantara para afastar a mente dele dos joelhos doloridos e para impedi-lo de chorar. E, quando ela estava no hospital, semanas antes de vir parar aqui, ele segurara a mão dela e cantara junto, só para o caso de nunca mais ouvi-la cantar a música que ele tanto amava. Era essa música que ela cantava agora, porque sabia que assim o encontraria, não importava onde ele estivesse.

Se eu o seguisse,
Você me levaria para perto?
Confio em você de todo coração
Para me levar pelo caminho correto.
Pegue minha mão e me conduza
Pelos meus dias mais escuros.
Porque, se você me seguisse,
Saberia que ficaria bem em tudo.

A parede começou a sussurrar, pulsar e cintilar, e a energia que gerou empurrou a cadeira de Evie até a outra metade do cômodo. Ela observou a tinta rachada se alisar e ficar azul-carvão. Pequenas ondas começaram a surgir, no início apenas algumas, mas depois centenas delas, formando cavidades na superfície, dando a ilusão de uma poça na chuva. O sussurro virou um estrondo baixo que fez Evie se lembrar do pai pigarreando, algo que ele fazia sempre que se sentia desconfortável.

– Acho que, onde quer que seu filho esteja, Evie, o tempo está ruim – gargalhou Lieffe.

Um choque de luz passou pela parede como um raio. Instintivamente, Evie começou a contar – *um, dois, três, quatro* –, e um trovão sacudiu o cômodo. A parede oscilou, e a cadeira se aproximou um pouco dela.

– O tempo deve estar *muito* ruim – comentou Lieffe, e a risada foi substituída por um tremor nervoso enquanto ele segurava a mesa para se firmar.

Um raio atingiu de novo a parede. *Um. Dois. Três...* Desta vez, o trovão foi mais alto e, enquanto a cadeira de Evie se aproximava ainda mais da parede de água, ela percebeu que era mais do que apenas o trovão sacudindo o cômodo e fazendo a cadeira se mover aleatoriamente; ela estava realmente sendo puxada em direção à parede. O raio atingiu o cômodo novamente, mas foi mais claro, e Evie teve certeza de ter ouvido o ruído da eletricidade. *Um, dois...* No raio seguinte, a cadeira deu um solavanco tão forte, que Evie foi arremessada para fora dela e caiu a poucos centímetros da parede. Olhou para Lieffe, atrás de si, que ajeitava a cadeira cujas rodinhas giravam.

– Acho que o trovão está contando! – gritou ela acima do ruído da chuva e do vento que fustigava seu cabelo e seu vestido.

– Sinto muito, Evie! – gritou ele. – Algumas almas têm sorte suficiente para encontrar as pessoas amadas em férias nas Bahamas ou em casa, aninhadas na cama. Esta não é a melhor introdução que você poderia ter para sua jornada de volta. – Ele tentou sorrir, mas se encolheu um pouco quando o raio atingiu mais uma vez.

Um... Raio. Evie correu para pegar seu casaco na Caixa de Perdidos. Parecia que ia precisar dele. Teve a sensação de que não teria tempo de vesti-lo, por isso o colocou sobre os ombros e ao redor do corpo e o segurou sobre a cabeça. No instante em que o tecido encostou no seu cabelo, uma forquilha de eletricidade perfurou a parede, a pegou pela cintura e a arrastou pela água.

o primeiro segredo

o pássaro preto

Dezembro

Jantar

Evie passou o dia todo impaciente. Cruzava e descruzava as pernas sob a mesa e batia com o lápis no caderno de desenho, e isso não acelerou o tempo nem um pouco, mas fez Grayson lançar alguns olhares perplexos para ela.

— Algum problema, princesa? — perguntou ele, colocando a mão delicadamente no lápis dela para interromper o barulho incessante. — Estou deixando você... nervosa? — Ele deu um sorriso amplo.

Não se impressione com o sorriso cordial; ele está imaginando se você ficaria bem na pele dele, cantarolou ela na cabeça. Evie odiava o fato de Grayson ser bonito. Alguém tão arrogante não merecia ser atraente. Viu diversas mulheres se encontrarem com ele depois do trabalho para jantar, só para escutá-lo se vangloriando na manhã seguinte sobre levá-las para a cama, detalhando o desempenho delas num relato minuto a minuto para os fotógrafos do *The Teller*. O telefone dele zumbia na mesa, mostrando o apelido horrendo que dava para elas na lista de contatos, mas ele pressionava o botão de recusar a ligação. O sangue de Evie fervia ao ver o prazer malicioso no rosto dele quando sabia que havia conquistado o afeto de mais uma mulher — um afeto que ele jamais retribuiria.

— Não, sr. Pear — respondeu ela, sem mais do que um olhar de relance na direção dele. — Você está me deixando enjoada.

Era o fim da tarde de sexta, e, à noite, ela jantaria com Vincent. Evie não tinha pensado muito na roupa pela manhã. Optou pelo conforto no trabalho, e não por estar deslumbrante no jantar, e agora desejava ter escolhido a segunda opção. Estava se sentindo meio suada e suja no escritório abafado, e o olhar malicioso de Grayson bastava para lhe dar vontade de tomar um banho... ou dois. Havia um perfume na bolsa, e ela esperava que fosse suficiente. Observou o relógio com os nervos à flor da pele o dia todo, e seus desenhos estavam se comportando mal, saindo rabiscados e sem conteúdo.

— Comporte-se, Evie — murmurou para si mesma.

O relógio marcou cinco horas, e Evie arrastou as coisas de cima da mesa, recolhendo-as com a bolsa aberta. Jogou o casaco nas costas enquanto corria porta afora, apenas com um aceno de despedida para Grayson.

Não tinha pensado no local aonde iam nem no que poderiam comer. Ela se perguntou se estava nervosa demais para comer alguma coisa. Tudo o que sabia era que queria conhecer a vida de Vincent. Evie teve uma vida protegida, mas, apesar dos melhores esforços de seus pais, deu um jeito de viver muitas aventuras. Certa noite, quando estava com dezesseis anos, saiu sorrateiramente de casa com Isla, a cozinheira dos Snow, e foi a um bar no centro da cidade. Eleanor tinha tanta certeza da obediência da filha naquela época, que nem pensou que o bloco com formato de Evie sob as cobertas não era Evie de jeito nenhum, mas sim almofadas do sofá arrumadas de um jeito meticuloso. As duas tinham acabado de voltar quando o sol estava nascendo, com os sapatos na mão, rindo, silenciando uma à outra e rindo ainda mais desse silenciar. Evie não sabia como elas tinham conseguido quando acordou na própria cama duas horas depois, totalmente vestida, cheirando a champanhe e cigarro e com rímel escorrendo pelo rosto. Agora que estava a caminho do encontro com esse homem do qual nada sabia, a mesma sensação travessa borbulhava sob sua pele.

Sabia que esse era um sinal garantido de que havia uma aventura prestes a começar.

Os dois iam se encontrar no ponto de apresentação de Vincent, e Evie tinha estado relativamente calma durante a maior parte da viagem. Só quando o trem parou na estação foi que sua pele começou a formigar. Quando pisou na escada rolante, ouviu Vincent tocando. Achou que ele deveria estar tocando uma música para fechar a noite, mas, quando ele ficou visível, ela também viu uma pequena mesa redonda coberta com guingão vermelho e um banquinho desmontável de cada lado, tudo espremido no local onde ele tinha permissão para tocar. A mesa estava arrumada com dois pratos de papel, um com uma rosa amarela em cima e uma vela acesa no meio. Mais uma vez, Evie ficou imóvel assim que saiu da escada rolante e foi empurrada para o lado por uma criança de uniforme escolar. Gritou um pedido de desculpa atrás do menino, mas seu olhar estava fixo em Vincent. Como sempre, seus olhos estavam fechados enquanto tocava. Ela tirou o casaco e se sentou num dos banquinhos, tentando ao máximo não fazer barulho. Esperou e o observou até que ele tocasse a nota final maravilhosa e, quando teve certeza de que a música terminara, aplaudiu com educação. Vincent abriu os olhos.

— Srta. Snow. — Ele fez um sinal com a cabeça.

— Olá, Vincent. — Ela riu.

— Você está com um brilho nos olhos — comentou ele.

— Estou? — Ela levou um dedo instintivamente até o canto do olho esquerdo.

— Está sim. — Ele sorriu e equilibrou o violino em cima das moedas que havia recebido naquele dia, depois se sentou no banquinho de acampamento de lona verde-escura em frente a ela.

Uma garota com manchas de tinta nas mãos, cabelo permanentemente desgrenhado e que parecia precisar de uma boa noite de sono, mas aquele brilho, na opinião de Vincent, a tornava mais interessante e mais bonita do que qualquer uma que ele já conhecera.

— Uma rosa amarela. — Evie a levou até o nariz e inalou o aroma sutil.

— Hum-hum. — Vincent apoiou o queixo na mão e alisou a barba por fazer. Estava tentando deixar a barba crescer. Enquanto isso, Evie desejava que ele tivesse se barbeado, porque não conseguia evitar de se lembrar do alerta da mãe, de que homens de barba não eram confiáveis. Talvez estivesse pensando muito à frente, mas se perguntou o que a mãe diria se um dia conhecesse Vincent. Mesmo assim, apesar do rosto de desagrado de Eleanor Snow piscando em sua mente, seu pensamento principal era como seria sentir o rosto áspero de Vincent e, de repente, a estação esquentou mais uma vez.

— Pela amizade? — Ela colocou a rosa entre os pratos de papel e se sentiu um pouco boba.

— Hum-hum. — Ele murmurou de novo, concordando, mas, desta vez, Evie percebeu um leve sorriso entre os dedos dele.

— Entendi. — Ela endireitou as costas e a expressão no rosto, colocou as mãos no colo e tentou fingir que era a própria mãe: fria, difícil e indisposta a fazer joguinhos. Vincent tirou o cabelo dos olhos e olhou para ela com sinceridade.

— Quero ser seu amigo. Quero conhecer você melhor. Só nos encontramos pra valer uma vez antes e, como eu disse, não somos Romeu e Julieta. — Ele riu, com um som profundo e harmonioso. — Podemos levar o tempo que quisermos para descobrir exatamente com quem estamos conversando. Você pode chegar à metade desta conversa e concluir que sou um selvagem com quem não gostaria de ter contato, e eu não a culparia! Mas é para isso que serve — ele apontou para a mesa — este jantar. Você e eu, apenas conversando durante um tempo. Depois, talvez, se você não se importar, podemos ser amigos, srta. Snow? — Ele pegou a rosa e a ofereceu a ela, esperando que a aceitasse com mais delicadeza desta vez.

Evie Snow o analisou por um instante. Certamente não ia deixar o próprio coração sair correndo com ela. Não sabia como, mas talvez tivesse se permitido pensar que as intenções dele eram diferentes. Românticas. E não sabia necessariamente como se sentia em relação a isso, apesar de saber que a ideia de que esse homem incrivelmente talentoso estava interessado nela a empolgara. Mas agora que sabia que não era nada disso, ela se sentia um pouco... Não. Ela não sentia nada, decidiu. Como uma torneira sendo fechada, ela não se sentia decepcionada, nem desanimada, nem boba. Em vez disso, canalizou sua empolgação para uma nova amizade e aceitou a rosa com um sorriso.

🌿

O jantar foi hambúrguer e fritas que Vincent comprou no que chamou de "melhor lanchonete da cidade". Pareciam horríveis quando ele os tirou das sacolas de papel marrom e colocou nos pratos. Evie tinha se esforçado para pegar o hambúrguer sem destruí-lo, mas, depois de dar uma mordida, teve que interromper Vincent no meio de uma frase para saborear a sensação. Realmente eram os melhores hambúrgueres da cidade.

– Quer dizer que você é artista? – perguntou Vincent, colocando uma batata na boca.

– Bom, eu gostaria de fazer filmes de animação. Esse é o meu sonho. – Em sua mente, Evie via seus desenhos se movimentando na tela prateada. – Mas, por enquanto, sou apenas uma cartunista do jornal local, e meus desenhos são destinados à lata de lixo do meu chefe, enquanto ele bajula o trabalho do meu colega nojento só porque ele não tem peitos. – Ela suspirou. – E você é violinista.

– Isso. Destinado a tocar para um público de transeuntes desinteressados para sempre. – Ele também suspirou, mas com um sorriso divertido. Estava em paz com essa parte da própria vida. Não havia desistido, mas de fato encontrara alegria no que realmente tinha.

– Ei! – provocou Evie. – Nem todos são desinteressados.

– Me perdoe. Todos os que não importam são desinteressados, mas também são os que pagam meu aluguel; então, de um jeito diferente e irritante, também são importantes.

– É, acredito que sim.

– Você tem irmãos ou irmãs? – perguntou Vincent, colocando quatro fritas na boca ao mesmo tempo. Para o primeiro jantar juntos, ele estava tremendamente à vontade perto dela, mas isto também relaxava Evie. Na família dela, todas as refeições eram uma ocasião formal, e conversar era algo repreendido, por isso era bom ter uma mudança tão drástica. Ela abriu o hambúrguer, tirou os pepinos em conserva, mas, em vez de descartá-los, como Vincent achou que faria, colocou um na boca.

– Um irmão. Eddie. E você?

– Tenho uma irmã chamada Vanessa. Ela é cirurgiã cardíaca – disse ele com um leve revirar dos olhos. – Algum bicho de estimação? – ele mudou rapidamente de assunto.

– Nenhum – respondeu ela.

– Nunca?

– Minha mãe é alérgica.

– Nem mesmo um peixinho? – Ele riu.

– Ah. Temos um laguinho de carpas no jardim, mas, se não posso colocar no colo, não é bicho de estimação. – Ela deu de ombros de um jeito casual e tomou um gole de Coca-Cola do copo de plástico.

– Carpas? Quando falei em peixinho, pensei num... dourado. – Vincent riu.

– Eu... hum... minha família é...

– Rica? – ajudou ele, com um sorriso gentil.

– Eu ia dizer exagerada, mas sim – disse ela, como um pedido de desculpas.

– Por que você parece tão triste com isso? Muitas pessoas dariam o braço direito para crescer sem precisar de alguma coisa.

– Eu sei e acho que é isso que me deixa triste. Agradeço por tudo que tive na vida, mas meus pais têm se esforçado muito para deixar nossa riqueza... guardada. Compartilhar com pessoas que precisam é quase desaprovado. Eles acham que o dinheiro os deixa felizes, mas, na verdade, os deixa... seguros. Felicidade não tem nada a ver com isso. Na verdade, eles devem ser as pessoas mais infelizes que eu conheço.

– Isso tem alguma coisa a ver com você dar duro no jornal local? – Vincent mexia numa batata, esperando que a conversa não deixasse Evie desconfortável.

– Tem sim. Tenho vinte e sete anos, e este é meu primeiro emprego. Nunca precisar trabalhar parece glorioso, mas não quando você se sente prisioneira na própria casa. Ter dinheiro não significa nada, se você não o usar do jeito certo.

– E qual é o jeito certo? – Vincent parecia intrigado.

Evie deu de ombros.

– Ajudar pessoas? Animais? A Terra? Viver aventuras? Posso pensar em cem maneiras melhores de usar o dinheiro da minha família do que para o que está sendo usado agora. Ou seja, para nada. – Ela parecia perturbada. Agitada. Repicou o papel laminado que envolvia o hambúrguer e criou confete prateado sobre a toalha de mesa. Vincent decidiu que este não era o momento de se aprofundar nos problemas dela com a família e mudou de assunto:

– Quer dizer que nem um hamster?

Ele balançou a cabeça, ela sorriu, e o coração dele aumentou só um pouquinho.

– Não, nem um hamster! – Ela sorriu.

– É justo. – Ele fez um sinal de positivo com a cabeça, curvando o lábio inferior para fora, como um biquinho de aprovação. Evie não conseguiu evitar olhar para a boca de Vincent naquele momento, mas se interrompeu antes de deixar a mente vagar.

– E você? Nenhum peixinho? – Ela estava brincando, mas ele não pareceu perceber, e Evie gostou disto.

– Só um vira-lata da família, chamado Max, mas ele morreu alguns anos atrás. Acho que nunca chorei tanto na vida quanto no dia em que o perdemos. Desde então, minha mãe não conseguiu pegar outro cachorro. Não aguenta perdê-los. – Vincent, de repente, se sentiu afundar na tristeza e balançou a cabeça.

– Posso ser sincera com você? – Evie sorriu com seus pensamentos atrevidos, e isso fez Vincent pensar aonde ela ia levar a conversa.

– Claro. – Vincent abriu o próprio hambúrguer, tirou o picles e o passou para ela.

– Essas perguntas são péssimas – revelou ela.

— Ah, são? E por quê? — Vincent apoiou o queixo na mão de novo, sorrindo.

— Você não está descobrindo nada... significativo. O fato de eu ter irmãos ou animais de estimação não diz nada sobre... bom, sobre *mim*.

— Claro que sim! Me diz que você tem um irmão. E que você não tem coração em relação aos peixes e, muito provavelmente, aos anfíbios!

Evie revirou os olhos.

— Você sabe o que eu quero dizer. São perguntas que espero que façam numa entrevista com uma pessoa que não precisa conhecer minha personalidade. Meus... altos e baixos. — Ela não teve a intenção de parecer provocante, mas, de qualquer maneira, a leve inclinação da cabeça de Vincent e o súbito levantar da sobrancelha esquerda a agradaram. — Me pergunte alguma coisa que vai me fazer pensar. Alguma coisa que me deixe em dúvida de se devo responder ou não. — Ela se inclinou para a frente, se apoiando nos cotovelos, fascinada para saber o que ele ia inventar.

Vincent pensou muito, olhando diretamente nos olhos dela. Evie não ficou tímida com o olhar dele. Só queria saber o que ele via quando olhava para ela.

Vincent, no entanto, de repente sentiu que o olhar dela era demais. Os olhos dele não estavam cheios de mais nada além de felicidade, algo que Vincent conhecera muito pouco na vida e temia que fosse como o sol: lindo e necessário, mas olhar diretamente para ele poderia machucá-lo. Desviou os olhos para as mãos grandes e calejadas e se perguntou o que estava fazendo. Não, na verdade, ele se perguntou o que *ela* estava fazendo, essa garota brilhante que não desejava nada, cujas mãos ágeis podiam criar mundos brilhantes numa página em poucos minutos, com um homem imbecil que se arrastava pelo metrô com um violino, mal reunindo moedas suficientes para comprar dois hambúrgueres, fritas e duas Cocas. Ele era um gigante que capturara uma borboleta e sabia que ia matá-la se a guardasse, mas estava muito relutante em deixá-la ir porque sua beleza o tornava algo que não seria sem ela: feliz.

— Está bem — ele acabou dizendo. — Tenho uma pergunta.
— Pode mandar.
— É difícil.
— Vá em frente...
— Sério. Se prepare. É fantástica.
— Me conte! — Evie deu uma risadinha.
Ele respirou fundo.
— Está bem. — Ele fez uma pausa dramática apenas por tempo suficiente para deixá-la um pouco mais ansiosa. Ela olhou para um relógio imaginário, sem achar engraçado. Ele levou a mão à boca como se estivesse segurando um microfone. — Se você pudesse desfazer uma única coisa do seu passado, o que seria? — Ele levou o microfone rapidamente até Evie, para ela poder responder, e ela deu um tapinha no topo para ter certeza se estava ligado.
— *Essa* é sua pergunta? — indagou ela, irritada de brincadeira.
— O quê? — Ele não conseguiu evitar uma risada. — É uma pergunta muito interessante. Pode revelar muito sobre seus... altos e baixos. — Ele deu um sorriso forçado. Evie sentiu o rosto esquentar e esperou não ter ficado vermelha.
— Bom. Minha resposta é... não. — Ela se recostou, sentindo a mãe possuí-la novamente enquanto entrelaçava as mãos no colo de um jeito que dizia "chega de bobagens", o que era extremamente ridículo, considerando o quanto Evie gostava de bobagens.
— Não o quê? — Ele pegou a metade restante do hambúrguer e comeu numa mordida só.
— Eu não desfaria nada. Acredito que tudo que já fiz e tudo que aconteceu na minha vida teve um motivo e, se eu mudasse alguma coisa, não seria a pessoa que sou agora.
— Alguém já fez essa pergunta a você? — Ele semicerrou os olhos para ela. — Essa resposta foi muito madura.
— Eu simplesmente penso muito nessas coisas. Você não?
Vincent enfiou na boca o resto do hambúrguer e balançou a cabeça.
— Penso nisso o tempo todo: no que faz as pessoas serem quem são e, se voltássemos no tempo e mudássemos alguma coisa, se isso faria

diferença ou não. Isso nos tornaria melhores ou piores ou simplesmente continuaríamos iguais porque sempre fomos destinados a ser assim, não importa o que acontecesse durante a vida? – Evie não estava mais olhando para Vincent. Seu hambúrguer se tornara bem mais interessante. Estava relaxada, quase em transe, perdida num mundo só dela. Vincent tomou um gole de bebida e, apesar de tentar interromper, não conseguiu; sorriu para Evie, apesar de ela não estar olhando.

– E qual é sua conclusão? – perguntou ele, com delicadeza.

– Argh, eu não sei. – Ela respirou fundo e saiu do transe, olhando para Vincent e depois de novo para a bagunça que ela fizera com o papel laminado. Recolheu os pedaços que estavam sobre a mesa para a própria mão e, depois, em vez de jogá-los no piso da estação de trem, guardou os pedacinhos de alumínio no bolso do casaco. – Se eu tivesse uma resposta para isso, acho que estaria bem mais centrada do que estou.

Olhou de novo para Vincent e percebeu o modo com que ele olhava para ela. Era como ela vira estrelas de cinema se olhando. Como se nada mais no universo importasse, exceto a existência deles naquele momento. Evie tinha visto muitos filmes românticos e gostado, mas nunca chorou de felicidade quando o casal finalmente se beijava e nunca entendeu a força que um olhar como esse poderia ter. Agora percebia que isso acontecia porque ela nunca fora olhada daquele jeito até hoje.

– E você? – perguntou ela, tentando impedir que o clima ficasse intenso demais. – O que mudaria no passado?

Vincent contorceu o rosto, como se estivesse esperando que ela não fizesse a mesma pergunta.

– Argh, só posso escolher uma? – Ele deu uma risada nervosa.

– As regras são suas, Winters, não minhas! – Ela comeu a última batata frita e limpou as mãos, sinalizando que acabara de comer. Agora estava com fome de mais conversa.

– Acho que eu voltaria à época em que estava aprendendo a tocar violino e descobriria como tocar de olhos abertos. Desse jeito, eu teria conhecido você antes. – Tentou dar um sorriso confiante para ela, mas, assim que as palavras saíram, ele pensou melhor, e isso ficou claro.

– Eu gosto muito do jeito como nos conhecemos – confessou Evie. – Mesmo que tenha levado uma eternidade para você finalmente dizer oi.

– Está bem – disse Vincent, e as terríveis luzes subterrâneas refletiam em seus olhos. – Tenho mais uma pergunta.

– Vá em frente. – Evie inclinou a cabeça.

– E me desculpe se eu estiver sendo ousado. – De repente, ele ficou tímido, o cabelo caiu sobre os olhos de novo e um toque de vermelho tingiu seu rosto.

– Vá em frente – provocou Evie, sentindo um solavanco no estômago.

– Não, sério, não quero deixar você desconfortável...

– Vincent – disse Evie, com um pouco mais de seriedade do que pretendia. Ela baixou a cabeça para encontrar os olhos dele. – Simplesmente pergunte.

Ele pressionou os lábios, mas conseguiu sorrir mesmo assim.

– Existe um... sr. Snow?

Evie riu.

– Mesmo que eu fosse casada, ele não seria um Snow. Eu seria... bom, o que *ele* fosse.

– Ah. Sim. Não pensei muito bem no assunto. – Ele tirou o cabelo dos olhos, o tom vermelho cobrindo-lhe o rosto todo outra vez, até a ponta das orelhas.

– Não. – Ela levantou a mão para mostrar o dedo da aliança. – Não sou casada. E também não estou envolvida com ninguém. Nunca fui muito de romance. Para o pavor da minha mãe. Na verdade, tenho evitado para contrariá-la. – Ela riu, mas depois se sentiu má. – Eu a amo, ela é minha mãe, mas temos ideias muito diferentes de como eu devo viver.

– Imagino que trabalhar no *The Teller* não tenha sido ideia dela, certo? – Vincent amassou a embalagem do hambúrguer junto com o prato de papel e guardou na sacola em que o trouxera. Evie fez a mesma coisa.

Apesar de não ter comido todo o hambúrguer, ela perdera o apetite.

— Definitivamente, não. — Ela riu do eufemismo. Eleanor Snow não poderia ter sido mais contrária a esse empreendimento; na verdade, Evie ainda estava perturbada por ter conseguido chegar tão longe. — E só posso continuar vivendo minha vida como quiser se progredir como artista profissional, saindo das páginas do *The Teller* durante o próximo ano.

— E se você não conseguir? — Vincent não parecia muito incomodado pela história. Evie imaginou que parecesse uma ameaça vazia para ele — uma história de fada sobre uma rainha má que mantinha a filha numa torre —, mas ela sabia muito bem o quão sério a mãe falava.

— Se eu não conseguir, tenho que me casar com a pessoa que ela escolher e passar o resto dos meus dias como esposa e mãe. Nada mais, nada menos.

— Uau. É melhor nós começarmos a levar sua arte para outros lugares então. Ela precisa ser vista pelas pessoas certas, se você quiser fazer filmes de animação. — Vincent pegou o lixo da mão dela e se levantou.

— *Nós?* — perguntou Evie, surpresa, olhando para ele.

— Não quero tirar nenhuma conclusão apressada, Evie — disse ele, andando até a lata de lixo —, mas acho que somos amigos agora, e amigos se ajudam. — Ele deu seu sorriso mais adorável.

— Suponho que sim, sr. Winters. — Ela fez um sinal de positivo com a cabeça, sorrindo.

Estava morando sozinha havia pouco mais de um mês, e esta era a primeira amizade que fizera. Os preconceitos tinham impedido qualquer amizade potencial no escritório (se Grayson a chamasse de "princesa" mais uma vez, ela jurava que ia comprar uma tiara, usá-la todos os dias no trabalho e acabar com aquilo), exceto, talvez, a recepcionista, mas isso podia ser por causa do fato de ela também ser mulher e estar cansada do ambiente de trabalho misógino, e não por qualquer conexão real com a própria Evie. Por outro lado, Evie não tinha sido muito simpática em relação a aproximações, já que estava sempre com a cabeça no caderno de desenho, buscando um jeito de ir além do jornal.

– Evie? – arriscou Vincent.

– Mais uma pergunta? – Evie se levantou para pegar o casaco que estava sob ela. A noite se aproximava do fim e o ar estava frio. – Acho bom que seja ótima. Todas as outras foram meio decepcionantes!

Ele voltou até ela, mas se manteve distante. Suas mãos, de repente, pareciam dois blocos inúteis que ele não sabia como usar, por isso as enfiou bem fundo nos bolsos do casaco.

– Eu estava pensando... Já que são apenas – ele verificou o relógio – oito horas, você gostaria de dar uma caminhada? Comigo? Para algum lugar?

Evie pensou em acordar cedo para o trabalho na manhã seguinte, depois teve a percepção gloriosa de que amanhã era sábado.

– Essa sim, Vincent, foi uma pergunta brilhante – respondeu ela, sorrindo.

Vincent, o brilhante violinista, nunca conhecera o pai, mas a mãe, Violet Winters, havia trabalhado muito para criar os dois filhos sozinha. Quando chegou a hora de sua irmã, oito anos mais velha que ele, ir para a universidade, Violet percebeu que, ao conduzir um de seus filhos até o último patamar da educação, ela estava tirando a oportunidade do outro. Não havia dinheiro sobrando para encaminhar Vincent para além do ensino técnico, e ela sabia que não conseguiria guardar o suficiente até ele ter dezoito anos, mesmo que tivesse três empregos. Então, ela se apertou e economizou durante um ano inteiro para comprar um violino de presente no décimo aniversário dele. Ela notava o jeito como ele olhava para os instrumentos quando os dois passavam pela loja de música a caminho da escola e como os dedos dele se agitavam, desesperados para experimentar um deles.

– Se você for realmente bom – disse ela –, esse violino vai pagar por tudo que você precisar.

Aos dez anos, ele acreditava que isso fosse verdade, mas, agora, dezoito anos depois, não tinha certeza de que era tão simples. Praticara até os dedos ficarem dormentes e, como os passageiros da estação poderiam confirmar, ele era o melhor de todos. O problema é que havia aprendido sozinho, com livros e perturbando pessoas que ele sabia que também tocavam. Nesse processo, adquiriu hábitos ruins, e sua técnica incomum e a falta de conhecimento de teoria musical o tornavam inaceitável para todas as escolas de música na cidade, principalmente porque ele também estava tentando obter uma bolsa de estudos. Preenchia um formulário de inscrição atrás de outro, sempre tendo que deixar as perguntas sobre qualificação em branco, e ele sabia que era inútil. Apesar de conseguir tocar melhor que os grandes, as melhores escolas procuravam os melhores músicos e, para ser considerado um dos melhores, era necessário ter uma formação.

Com as apresentações na estação e o emprego de meio expediente na mesma loja de música onde sua mãe comprara o violino que ele ainda tocava, Vincent ganhava dinheiro suficiente para pagar metade do aluguel de um pequeno apartamento numa parte miserável da cidade, mas praticamente só isso. Dividia o apartamento com um cara com quem estudara e que também se considerava músico, mas não era nem um pouco tão talentoso quanto Vincent, apesar de ser muito mais iludido: tinha chegado ao ponto de criar um nome artístico para si mesmo, mesmo não divulgando quantas vezes estivera de fato num palco, exceto quando tentou invadir um deles. Sonny Shine era um aspirante a astro de rock e, apesar de Vincent amá-lo como um irmão, achava que ele era um idiota. Sonny normalmente atrasava o aluguel, mas Vincent não podia expulsá-lo porque não conseguiria pagar o aluguel sozinho e não conhecia ninguém que fosse burro o suficiente para morar ali com ele. Assim, Sonny e Vincent compartilhavam o mesmo teto do jeito mais harmonioso com que conseguiam, Vincent no violino e Sonny na guitarra elétrica.

Vincent tinha conseguido dar um toque agradável aos hambúrgueres com fritas na refeição romântica para dois na estação, mas, se ele planejava ver Evie outra vez, precisava de novas ideias. Não tinha muita experiência com garotas. Ele era bissexual – apesar de não se ligar muito em rótulos e se concentrar mais em como se sentia – e teve tantos relacionamentos com homens quanto com mulheres, que, aos vinte e oito anos, somavam dois. Dois relacionamentos *sérios,* pelo menos. O primeiro, durante seis meses, quando ele tinha dezenove, foi com uma garota ruiva e de péssimo temperamento, chamada Tallulah Holly. Era linda como uma sereia do lago e muito doce em pequenas doses, mas, entre quatro paredes, era amarga e deixava um gosto ruim na boca durante dias. Ela trabalhava numa cafeteria, servindo café e cafés da manhã cheios de gordura para pedreiros, mas queria ser atriz, e Vincent ficou totalmente enlouquecido com ela quando a viu interpretar Portia numa produção amadora de *O mercador de Veneza* e *teve* que ir ao camarim para falar com ela.

Tallulah, alta e de aparência extremamente correta, autografou o programa de Vincent mesmo sem ele pedir, e Vincent estava convencido de que ela não faria nada de ruim. Depois de seis meses, durante os quais a vida dele girou ao redor dela e ela tornou as coisas tão difíceis para ele quanto possível, ele decidiu apresentá-la à mãe. Os dois apareceram sem avisar (porque Vincent sabia que Tallulah daria uma desculpa para não ir se ele lhe contasse) e, apesar de Violet achar que ela era arrogante e ter consciência de que Tallulah estava desprezando a casa minúscula com um leve cheiro de mofo e a refeição improvisada que ela havia preparado rapidamente, percebeu como a moça fazia seu filho feliz e, por isso, foi tão simpática quanto a torta que servira a eles. Só quando eles voltaram ao apartamento de Tallulah (porque ela sempre se recusava a ir à casa de Vincent, porque achava Sonny um idiota – uma opinião justa, porém, porque todo mundo achava, e ele era mesmo) e a moça disse "Ela é uma mulher agradável, mas é óbvio o motivo para seu pai ter ido embora. Ela não é muito bonita de se ver, e a *comida!* Meu *Deus!*", foi que os óculos cor-de-rosa de Vincent se quebraram, e ele a viu como todas as outras pessoas: uma garota amarga, cuja vida não tinha sido como gostaria, por isso ela tentava tornar a vida dos outros tão azeda quanto a dela. Ele terminou tudo ali mesmo, com toda a delicadeza possível, devo dizer, mas a atriz em Tallulah *tinha* que fazer uma cena. Ela quebrou a maioria das louças que possuía naquela noite.

O segundo relacionamento de Vincent foi com um cara chamado Will Johnson. Também durou apenas seis meses, mas terminou tão amigável quanto começou. Will trabalhava no bar de uma boate que os amigos da faculdade de Vincent gostavam de frequentar. Eles dançavam a noite toda, ficando suados e terrivelmente bêbados, mas esse não era muito o jeito de Vincent, por isso ele se designou o título de motorista da vez. Como um pai numa festa de aniversário infantil, ele observava os amigos correrem até a pista de dança e inevitavelmente passarem vergonha antes do fim da noite, enquanto ele esperava no bar e consumia o mínimo de pequenas garrafas caríssimas de Coca-Cola que podia beber sem ser expulso. Will levou duas semanas servindo Vincent até lhe oferecer uma bebida por conta da casa. Levou mais uma semana para perguntar seu nome e outra para pedir seu telefone. Will trabalhava numa boate com música alta porque não era muito bom em conversar com as pessoas e, já que Vincent era a primeira pessoa com quem ele *quis* falar, isso o fez pensar que ele devia ser especial. (Will também trabalhava numa boate com luzes fortes porque era ruivo e esperava que todas as luzes estroboscópicas e lasers tornassem impossível perceber.) Os dois acabaram descobrindo que ele estudava na mesma faculdade que Vincent, no curso de literatura inglesa e artes, e trabalhava na boate para ganhar um extra para comprar material de artes. Eles passavam a maior parte do tempo junto discutindo livros e namorando no sofá de Vincent ao som de discos de vinil. Por fim, o relacionamento simplesmente esfriou. Como disse Will, *a vida aconteceu,* e um relacionamento não era o que nenhum dos dois precisava ou, com toda sinceridade, queria, mas um grande afeto permaneceu.

Vincent teve namoricos, beijos aleatórios e, certa vez, uma transa de uma noite só, mas de jeito nenhum era um Casanova. Notava que Evie também tinha um clima estranho. Ele se sentia intimidado por ela, apesar de ela ser incrivelmente cordial e amigável, mas não sabia especificar o motivo.

Eles dobraram a mesa e os bancos de camping e os deixaram no local de apresentação de Vincent. *Eu cuido disso amanhã,* pensou ele, imaginando o funcionário, irritado, da estação que estaria esperando por ele quando começasse o turno de apresentação no dia seguinte. Mas, por enquanto, Evie era sua única preocupação. Quando os dois saíram da estação, chuviscava um pouco, mas não o suficiente para incomodar, e isso fez o rio que atravessava a cidade formar ondas e cintilar. Evie atravessou a rua e se inclinou por sobre a grade pintada de preto, olhando para a água. Ela se inclinou até onde conseguia sem tirar os dedos do chão, para poder ver o próprio reflexo – mas as gotas de chuva o faziam ondular. Vincent apareceu ao lado dela na água, mas estava olhando para o outro lado, apoiando as costas na grade.

– O que você está *fazendo*? – perguntou ele.

– O que parece que estou fazendo? – indagou Evie. Vincent se virou para olhar o rio e tentar ver o que ela via.

– Você está... procurando o monstro do Lago Ness?

– Não. Duvido de que Nessie escolheria um rio tão sujo.

Vincent fez que sim com a cabeça, concordando.

– Okay. Talvez você... você esteja tentando ver seu futuro e usando o rio como bola de cristal? – Ele acenou as mãos ao redor, de um jeito misterioso.

– Não – respondeu Evie, rindo. – Mas já tentei isso. Nunca funciona!

– Você... você... está tentando me fazer pensar demais. Desisto. O que está fazendo?

– Eu não estava fazendo *nada* – provocou ela. – Só estava olhando.

– Por que não falou isso desde o início? – Ele cutucou o braço dela de brincadeira.

– Você queria uma resposta, e eu não tinha uma. Achei que fosse se divertir criando algumas histórias.

– É isso que você faz sempre que não tem uma resposta? Inventa uma? – Vincent começou a andar pela calçada, achando que ela o seguiria, mas ela não o fez.

– Por que não? É mais divertido imaginar que estou procurando meu futuro na água do que saber que eu só estava olhando sem um motivo real, não?

– Acho que sim. – Vincent estava a uns três metros de distância dela agora e tinha que aumentar um pouco o volume da voz para ela ouvi-lo. Uma luz se acendeu numa casa próxima, e ele se perguntou se ela se aproximaria dele, mas Evie não demonstrava nenhum sinal de movimento.

– Aí está! Por que eu destruiria sua fantasia criativa com minha realidade entediante?

Que coisa brilhante de se dizer, pensou Vincent. Depois pensou um pouco mais e...

– Que coisa brilhante de se dizer – comentou ele.

– Mas é verdade, não é? – Evie voltara a olhar para o rio.

Vincent já estava cansado da distância. Queria ficar mais perto dela e começou a voltar, tentando parecer casual, mas sabendo que não parecia. Havia regras que lhe diziam que deveria esperar três dias antes de ligar de novo para ela depois de hoje à noite, e que deveria parecer desinteressado em fazê-la desejá-lo mais, mas nunca tinha gostado de fazer joguinhos que envolvessem manipular o modo como as pessoas se sentiam. Sentimentos já eram confusos o suficiente sem que as pessoas brincassem com eles para fazê-los se encaixarem em suas próprias necessidades. Mesmo que ele fosse defensor da manipulação, algo lhe dizia que Evie não cairia nesse jogo. A mente dela funcionava de um jeito muito além desse tipo de bobagem.

– Olhe ali. – Evie apontou para uma mulher que cruzava a ponte sobre o rio. Ela usava um casaco cáqui com um capuz totalmente puxado sobre a cabeça, escondendo a maior parte do rosto. E estava sozinha, com duas sacolas de compras. – Qual você acha que é a história dela? Qual você *quer* que seja a história dela?

Vincent pensou por um instante. A mulher parecia bem comum, apesar de um pouco desgrenhada e melancólica. Provavelmente só estava voltando para casa depois das compras da semana.

– Ela está fugindo – disse ele com seriedade.

– Você acha? – sussurrou Evie.

– É. Ela acabou de fugir de casa com todos os seus pertences nas sacolas, momentos antes de a polícia invadir e encontrar o irmão dela assassinado.

– E por que ela matou o irmão?

– Porque *ele* matou o marido dela.

– E agora ela não tem ninguém – disse Evie num tom trágico.

– E ela está se escondendo.

– Aos olhos de todos. – Evie balançou a cabeça, entrando na brincadeira.

Vincent lançou um olhar maldoso para ela.

– É melhor nós a pegarmos e entregarmos. – E, com isso, ele começou a correr.

– O quê? VINCENT! – Evie correu atrás dele, sem saber se ria daquela bobagem ou se ficava apavorada com a possível seriedade. Ela o alcançou, segurou seu braço com as duas mãos e começou a puxá-lo para o outro lado. – Pare com isso! – Agora que via que ele estava abafando uma gargalhada, ela também estava rindo.

– Não, Evie! Temos que impedir essa mente criminosa! – Agora ele estava gargalhando tanto, que mal conseguia dizer as palavras. A mulher estava vindo na direção deles. – Com licença! – gritou, baixo o suficiente para ela não ouvir, mas alto o bastante para Evie colocar a mão sobre a boca dele.

– SHHHHH! – As risadinhas de Evie esgotaram suas forças, e Vincent virou a cabeça para liberar a boca. Agora, a mulher já estava longe demais para ouvir a conversa dos dois, provavelmente porque acelerou o passo quando viu Evie e Vincent brigando no meio da rua, mas os dois não perceberam ou não se importavam.

– Com licença, senhora, temos motivos para acreditar que a senhora está fugindo...

Ela tentou tapar-lhe a boca outra vez, mas ele segurou o pulso dela a uma certa distância.

– ... da polícia!

– VINCENT! – Evie insistiu na tentativa de colocar a mão sobre a boca dele, mas ele a interrompeu de novo, segurando os dois pulsos dela longe do rosto com delicadeza, mas as risadinhas dela significavam que ela não tinha forças para lutar contra ele. As mãos pequenas se debatiam, enquanto ela gargalhava tanto, que quase chorou de rir.

– ... POR MATAR SEU IRMÃO! – gritou Vincent.

Evie afastou rapidamente os pulsos para trás, de modo que ele foi puxado em sua direção, com os braços ao redor de sua cintura, os dedos ainda envolvendo seus pulsos. Ele olhou para Evie, tentando interpretar sua expressão, já que os dois tinham ficado muito calados e sérios de repente, como se uma camada de neve tivesse caído sobre o mundo ao redor. Ele se sentia grande e imbecil em comparação a ela. Evie não era pequena, tinha altura mediana e parecia ter uma estrutura saudável, com ombros largos e, apesar de a saia ser justa na cintura, quadris e coxas largos por causa de sua paixão por pão e queijo. Vincent era alto e grande demais e sentia que, só de estar com os braços ao redor dela, ele a subjugava totalmente. Evie, no entanto, sentia que se encaixava ali com perfeição. Ela sempre fora mais larga que as outras garotas, nunca graciosa e elegante, e Vincent a fazia se sentir delicada e elegante pela primeira vez. Vincent queria, mais do que tudo, acabar com o espaço entre eles, mas sua incerteza em relação a como ela se sentia o fez hesitar.

– Evie – disse ele, com a boca seca e a voz rouca.

– Sim – sussurrou ela, com um leve aroma de pepino no hálito.

– Mais uma pergunta. – Ele não conseguia olhar para outro lugar além dos olhos dela. A maquiagem de Evie estava um pouco manchada, suavizando as olheiras, mas os centros cor de chocolate ainda estavam inundados com as lágrimas da risada.

– Que seja uma boa – alertou ela, se aproximando um pouquinho mais. Vincent não mexeu um músculo.

– Sinta-se livre para dizer não...

– Tudo bem...

Os saltos de Evie saíram do chão. Vincent parecia ter virado mármore, as palavras escapando apenas pela minúscula abertura entre seus lábios, os braços rígidos ao redor dela. Deixou as mãos se afrouxarem, e os pulsos dela escaparam com facilidade; depois, como se fosse totalmente natural, ela as levantou e apoiou as palmas no peito dele. Pela segunda vez naquela noite, ele não sabia o que fazer com as mãos, e acabou entrelaçando os próprios dedos e os apoiando na lombar dela. Evie viu a incerteza nos olhos dele, e aquele discreto tremor nervoso das sobrancelhas tinha voltado. Desejou não o deixar tão nervoso, mas ficou um pouco feliz por fazer isso, porque suas borboletas de estimação também tinham voltado. As pontas do nariz dos dois se encontraram, e Vincent soltou as palavras:

– Posso beijar você?

Antes que ele percebesse, ela havia acabado com a distância, e as mãos dele finalmente a puxaram para si. A mente de Evie voava a um quilômetro por minuto, enquanto a de Vincent se transformou em geleia. Havia tanta incerteza no jeito como ele a beijava, e nenhum dos beijos dela tinha sido tão firme. Segurou as lapelas do casaco dele como se a velocidade de sua vida tivesse ido de zero a cem, e as mãos dele finalmente a puxaram para perto. O mundo todo desapareceu, e só havia Evie e Vincent flutuando no nada, talvez sem possibilidade de voltar, mas tudo bem, porque eles tinham um ao outro.

Eles se separaram só um pouquinho.

– Prometi a mim mesmo que não faria isso – sussurrou Vincent.

– Por que fez uma promessa dessa? – Evie se afastou, procurando uma resposta na expressão dele.

– Não quero que você pense que eu faço isso o tempo todo e que fico confiante com esse tipo de coisa, porque eu *realmente* não fico – confessou ele.

– Sei que não. Suas sobrancelhas não param de tremer. – Ela sorriu para ele, e isso as fez tremer ainda mais.

– E não quero apressar... isso. O que quer que *isso* seja.

– Nem eu, mas talvez isso não seja apressar. Você se sente apressado?

– Não. – Ele deu um beijinho nos lábios dela.

– Você se sente desconfortável, ou como se isso não devesse ter acontecido?

– Não. – Ele a beijou de novo.

– Então não é apressado. É correto. – E, mais uma vez, os dois se perderam para o mundo ou, ao contrário, o mundo se perdeu deles.

🍃

Só havia duas estações de trem entre o local de apresentação de Vincent e onde Evie morava, então eles fizeram com que a caminhada de vinte minutos até o quarteirão dela durasse quarenta. Apesar de já terem se beijado, Vincent não pegou a mão dela até metade do caminho, quando seus dedos roçaram por acidente e ele segurou a mão dela por instinto. Os dois pararam quando perceberam os dedos entrelaçados, e Evie aproveitou a oportunidade para ficar na ponta dos pés para o que ela esperava que fosse apenas um beijinho, mas ele levou a outra mão até o rosto dela e a segurou ali por mais tempo. Percebeu que gostava do jeito tímido dele depois de cada beijo.

Eles chegaram ao prédio de Evie e pararam, relutantes.

– Moro aqui. – Ela apontou para cima. – Meu apartamento é aquele, bem ali. – Apontou para uma sacada vazia, uma luz acesa e uma pequena janela escancarada.

– Entendo. – Vincent guardou a mão livre no bolso e contraiu os ombros para cima.

– Você quer... – Ela apontou de novo, sem saber como convidá-lo sem parecer um convite para algo mais do que um café.

– Hum... – Apesar de estar escuro, apenas a luz da rua para iluminá-los, Evie conseguiu ver o vermelho preenchendo o rosto dele.

– Só café, quero dizer. Nada mais. – *Ah, Evie,* pensou ela.

– Certo. Claro. – Ele não conseguia encontrar os olhos dela. *Vincent, você tem vinte e oito anos, pare de ficar vermelho,* repreendeu a si mesmo.

– É só o primeiro encontro. Não sou tão fácil de conquistar. – Ela estava tentando ser encantadora, imaginando Audrey Hepburn ou Marilyn Monroe, mas duvidava de que Audrey e Marilyn tivessem que lidar com o coração disparado e a mente tonta enquanto recitavam suas falas.

— Você fala como se fosse um país.

— Um cujo território ninguém explora no primeiro encontro! — *Ok, essa foi uma fala muito boa.*

— Quer dizer que isso foi um encontro? — Um sorriso se esgueirou pelos lábios dele.

— Bom... nós jantamos, nos conhecemos melhor e nos beijamos no fim. Se não for um encontro, preciso reavaliar minha história romântica.

— Quando você fala assim, acho que foi mesmo. — Os olhos de Vincent se encheram de ternura.

— Só um *primeiro* encontro, devo lembrar — disse ela, muito hesitante, esperando que ele entendesse a indireta.

— O primeiro de muitos. — Ele pegou a mão direita dela e a beijou. — É melhor eu deixá-la pelo resto da noite, Evie. Quando posso vê-la outra vez?

— Amanhã? — Ela se ofereceu muito rápido, mas Vincent respondeu imediatamente com:

— Sim, amanhã. Ao meio-dia?

— Meio-dia — confirmou ela e, com um último beijo demorado, eles se afastaram, já ansiosos pelo próximo encontro.

🌿

Evie subiu os degraus de pedra, abriu a porta da entrada principal do prédio e olhou para trás, pelas portas de vidro, vendo Vincent observá-la da base dos degraus, sem querer que a noite acabasse. Acenou levemente para ele e, quando ele finalmente se virou, ela sentiu algo no peito puxando-a na direção dele. Relutante, ele começou a voltar para sua casa na parte miserável da cidade.

— E quem é esse? Posso perguntar? — Evie não tinha percebido que Lieffe havia se esgueirado atrás dela, e imaginou que Vincent devia ter decidido ir embora porque o avistara.

— Lieffe, você me deu um susto! — Ela deu um tapa no braço dele, e o homenzinho riu.

– Eu não teria feito isso se você não estivesse fazendo uma travessura! Vamos lá. Quem é o bonitão?

– Bonitão! – desaprovou Evie. – Ele se chama Vincent Winters e é um homem muito respeitável. É um músico clássico – disse ela de um jeito incisivo, empinando o nariz.

– Que maravilha! Bem, não deixe passar muito tempo antes de convidá-lo para subir. Quero conhecê-lo.

– Eu o convidei, mas era só nosso primeiro encontro e, como eu disse, ele é um homem muito respeitável.

– O que isso diz sobre você, se o convidou para ir ao seu apartamento no primeiro encontro? – Lieffe levantou as sobrancelhas de um jeito brincalhão enquanto Evie procurava as palavras. Por fim, ela simplesmente bateu de novo nele, rindo, e subiu para o apartamento para passar o resto da noite sonhando com a noite que tinha tido.

Dezembro

O segundo encontro

Vincent acordou na manhã seguinte com os pés de Sonny no seu rosto. Adormecera no sofá, e Sonny voltou para casa bêbado como um gambá às três da manhã e se aninhou ao lado dele. Era apenas mais uma coisa para acrescentar à lista que Vincent estava fazendo para provar que a noite anterior tinha sido realmente um sonho. Mas não tinha.

Ao meio-dia, Evie saiu de seu prédio usando um vestido cor de vinho, botas marrons e seu casaco verde. Um pão, ainda no pacote de plástico, estava pendurado na sua mão. Vincent, usando calça jeans preta skinny, camiseta roxa desbotada e casaco preto com debrum roxo, se sentiu malvestido.

— Você está linda. — Ele se sentiu bobo ao dizer isso.

— Você está igual a ontem! — Evie riu. — E isso é maravilhoso, na verdade — acrescentou, com um beijo no rosto dele.

— Para onde? — perguntou Vincent, apontando para o pão.

— Eu estava pensando no parque. — Ela deu de ombros.

— Para alimentar os patos? — Ele ergueu uma sobrancelha.

— Exatamente.

— Perfeito. — Ele pegou o pão da mão dela e ofereceu o braço, que ela aceitou com alegria, e os dois seguiram em frente.

– Vincent, sinto *muito*! – Evie abriu a porta de seu apartamento rapidamente e correu direto até o banheiro para pegar uma toalha, enquanto Vincent ficava parado, pingando no capacho.

– Tudo bem! – Ele riu, pegando a toalha amarela da mão dela e secando o rosto e o cabelo ensopados do melhor jeito possível.

– Entre, entre! Não se preocupe de molhar alguma coisa!

Vincent tirou os sapatos encharcados e os deixou do lado de fora. Também tirou as meias, enfiou-as nos sapatos e fechou a porta depois de entrar.

Eles estavam curtindo um dia agradável perto do laguinho de um parque próximo, que estava repleto de pássaros e pessoas idosas, quando Evie começou a falar sobre seu amor pelos patos.

– São seus animais preferidos? Sério?

– Hum-hum – respondera Evie, observando um pato mordiscar migalhas de pão nas suas mãos unidas.

– Não algo majestoso ou amedrontador, como um leão ou...

– Dragão? – dissera ela, bem séria, e Vincent sorrira. – Patos são bobos. Eu gosto de coisas bobas – argumentara.

– Como você? – indagara Vincent, provocando. Ele tinha se aproximado da margem do laguinho, com as mãos nos bolsos, como sempre. Evie pegara uma fatia inteira de pão no saco e jogara como um *frisbee*, mirando no rosto dele. Vincent rebatera com facilidade, e o pão caiu no laguinho, mas, quando ele recuou um passo para escapar da fatia, não percebeu um ganso atrás de si. A parte traseira de seus joelhos atingiram a ave, que gritou e mordeu a perna esquerda dele, fazendo-o perder o equilíbrio e cair de costas direto no laguinho. Por sorte, não era muito fundo, e Evie, que havia gargalhado bem alto, rapidamente sentiu-se culpada enquanto observava Vincent ficar vermelho de vergonha.

Agora, apesar de Vincent estar ensopado até a alma, havia uma desculpa para ele ver onde Evie morava, por isso ele estava grato.

– O banheiro é ali. Eu... hum... vou deixar você sozinho para tirar a roupa e tomar banho, se quiser. – Evie estendeu a mão e pegou um pedaço de limo do cabelo dele. – Tem um roupão lá dentro. Não é... curto nem nada. Vai cobrir tudo... eu vou... hum... colocar a chaleira no fogo. – Atrapalhada, ela lhe deu mais uma toalha amarela e apontou o caminho, sem encontrar os olhos dele.

Vincent saiu quinze minutos depois, vestindo o roupão, que realmente cobria tudo. Evie pegou as roupas dele e as colocou na máquina de lavar.

– Provavelmente vai levar uma ou duas horas para lavar e secar tudo. – Ela mordeu o lábio, pedindo desculpas, mas os olhos dele se iluminaram.

– Parece ótimo.

Ela sorriu e lhe deu uma caneca de chá.

– Sinto informar que não tenho sofá. Só uma poltrona e um colchão.

– Estou vendo. Você só tem um quarto vazio, então? – Ele mexeu numa das peças do estrado da cama e a afastou da parede, observando perplexo.

– Ainda não tive tempo para montar tudo e, para ser sincera, eu até que gosto do colchão na sala de estar. As janelas são bem melhores aqui. – Evie foi tirar o casaco da poltrona verde para Vincent poder se sentar, mas ele se encostou no braço dela.

– Não se preocupe com isso. Tenho uma ideia melhor.

🌿

Juntos, eles levaram uma coberta para a sacada, se aninhando embaixo dela enquanto observavam as pessoas na rua lá embaixo passando de carro. Algumas tinham as janelas abertas e ouviam música alta, que Evie e Vincent cantavam junto, mas muito mal.

– Sei tocar violino, mas realmente, *realmente*, não sei cantar – confessou ele.

– Não sei cantar *nem* tocar violino! Você está um ponto na minha frente – disse Evie, rindo.

Eles conversaram durante horas, muito tempo depois de a secadora de roupas ter apitado para avisar que as roupas de Vincent estavam secas. Os dois compartilharam histórias de infância sobre contratempos e machucados, fizeram o outro rir com anedotas de membros malucos da família e confidenciaram lembranças de épocas difíceis. A tarde rapidamente se transformou em noite, e pensamentos sobre ir para casa começaram a invadir a mente de Vincent.

– Que horas são? – perguntou ele.

– Não tenho certeza. – Evie deu de ombros, sem querer que ele fosse embora.

Ele olhou para a caneca vazia.

– Eu provavelmente deveria... – Ele deixou a frase parada no ar.

– Ficar mais um pouco? – terminou ela por ele, tentando dar a impressão de que estava fazendo uma piada, mas querendo dizer cada palavra.

– Já invadi por tempo suficiente. Sem falar que deixei seu apartamento muito mais úmido do que era antes!

– Foi culpa minha ter feito você nadar hoje. – Ela sorriu, depois riu de novo quando a imagem dele sentado no laguinho voltou à sua mente. – Sinto muito – disse entre risos debochados. – Você parecia tão indefeso!

Desta vez, Vincent não ficou vermelho de vergonha. Simplesmente lançou de novo aquele olhar. Aquele em que os protagonistas românticos têm uma visão afunilada e só conseguem ver a pessoa que amam.

– Você já me olhou assim antes – disse Evie baixinho.

– Assim como?

– Você *sabe* como. – Ela cutucou o ombro dele com o dedo. – O que está pensando quando seu rosto faz isso? O que significa esse olhar? – Apesar de ela não estar provocando elogios nem precisando de uma declaração de amor verdadeiro, esperava que ele estivesse se sentindo do mesmo jeito que ela.

– Você está cheia de perguntas de repente! – disse Vincent, diminuindo a voz para acompanhar a dela.

– Não faz sentido ser tímido. Nós já nos beijamos. – Ela piscou de um jeito brincalhão, tentando aliviar o ambiente, mas sentiu o estômago dar uma cambalhota do mesmo jeito. – E eu não gosto de joguinhos. Ser direta torna tudo mais fácil.

– Concordo – disse Vincent, fazendo que sim com a cabeça.

– Então, qual é o objetivo do olhar? – repetiu Evie.

Vincent percebeu que tinha recuado para um canto e que ela não ia parar enquanto não tivesse uma resposta, então ele não tinha motivo para não ser sincero.

– Não tenho um espelho, por isso não posso ter certeza absoluta, mas... tenho quase certeza de que é minha cara de "eu realmente queria beijá-la de novo". Por outro lado, pode ser minha cara de "não consigo acreditar na minha sorte". Ou minha cara de "ela é totalmente doida, e eu adoro isso". Pode escolher.

Ele não tinha olhado para ela nem uma vez. Estava olhando para as próprias mãos enquanto mexia num dos botões na ponta da coberta. Evie deixou sua caneca no chão ao lado e segurou as mãos nervosas de Vincent. Tinham o dobro do tamanho das dela, sólidas e ásperas, mas ela as abriu para poder pegá-las. Evie se aproximou um pouquinho, do jeito mais elegante que conseguiu. O tremor nos lábios dele dizia que ela não estava sendo nem um pouco jeitosa, mas, depois, a expressão dele se acalmou quando ela aproximou o rosto do dele até os narizes se encostarem. Ela pressionou delicadamente a ponta do nariz na ponte do dele e desceu contornando-o até o fim, antes de inclinar a cabeça mais um pouco para poder alcançar seus lábios e beijá-lo.

As mãos dela escaparam das dele, e ela as levou até a nuca de Vincent, onde entrelaçou os dedos no cabelo desgrenhado e ficou ali enquanto sentia o ritmo da vida acelerar mais uma vez. Vincent deslizou os braços ao redor da cintura dela, consciente de que isso era mais de Evie do que ele jamais ousara pensar em abraçar, e a puxou para si. Ela percebeu que ele ia gostar se ela se aproximasse. Ainda o estava beijando quando subiu no colo dele, e os braços de Vincent a envolveram completamente. Os beijos se tornaram mais profundos, cheios de desejo, e estar tão perto de repente não era perto o suficiente.

As mãos dos dois ficaram mais pesadas e, enquanto Vincent ainda estava tentando se agarrar a algumas de suas inibições, as de Evie tinham ido embora, flutuando na brisa noturna, havia muito esquecidas e alegremente perdidas. Evie se afastou rapidamente e ficou de pé, segurando a mão dele e puxando-o para dentro do apartamento. Parou ao lado do colchão, perguntando, com os olhos, se era isso que ele queria. Ele respondeu pegando-a no colo. Ela envolveu as pernas na cintura dele, e um pensamento ocupou sua mente enquanto os dois afundavam na cama improvisada: *Afinal, não é mais o primeiro encontro.*

🍃

As mãos de Evie tremiam enquanto ela arrastava a coberta de volta para o colchão, numa tentativa de não ser vista pelo mundo exterior. Ela a puxou sobre si imediatamente, não por vergonha de que Vincent a visse – era bem tarde para isso –, mas porque as portas da sacada ainda estavam totalmente abertas e o vento do inverno estava forte. Ela se aninhou ao lado de Vincent, cujos olhos estavam fechados, e apoiou a cabeça no peito dele, que se movimentava no ritmo da respiração pesada. Assim que o rosto dela encostou na pele dele, o braço de Vincent instintivamente se enroscou nela, e isso parecia tão seguro, que Evie não conseguia mais imaginar aqueles braços muito longe dela.

– Evie? – murmurou Vincent.

– Hum? – sussurrou ela.

– Não vá embora.

Ela virou a cabeça para encarar Vincent. Ele ainda estava com os olhos fechados, mas as sobrancelhas tinham se unido.

– O que você quer dizer? – Ela estava totalmente esgotada e não conseguia impedir que os olhos se fechassem.

O braço dele a puxou mais para perto, e o corpo de Evie se esticou e pressionou a lateral dele.

– Você é espetacular. – Ele sentiu ela balançar levemente a cabeça e expirar, sem acreditar. – É sério. – Ele abriu os olhos e inclinou a cabeça dela com um dedo no queixo de Evie. – Você é como... aquele fogo de artifício que faz todo mundo ofegar, numa exibição que teria sido decepcionante, não fosse por ele. – Evie gostou da sua espontaneidade boba, enquanto Vincent sentia o alívio de finalmente dizer o que pensara horas antes e não ousara dizer. Respirou fundo e observou a cabeça de Evie subir e descer com o movimento. – Só estou um pouco... não sei. Nós nos conhecemos há dois dias e parece que já estive aqui com você, desse jeito, um milhão de vezes. – Ele enrolou um fio do cabelo dela no dedo, e os olhos fechados de Evie se abriram um pouquinho.

– Eu sei – disse ela. – E você está tão preocupado quanto eu de que isso desapareça com a mesma rapidez como aconteceu? – Vincent fez que sim com a cabeça e beijou-lhe a testa, quente nos seus lábios. – Nenhum de nós é criança, Vincent. Eu sei o que quero da vida e como me sinto. – Evie se virou, de modo a ficar deitada de barriga para baixo, apoiada nos cotovelos para olhar para ele.

– Claro que sim. – Ele acariciou com delicadeza o rosto dela com o polegar, a preocupação estampada no rosto. – Mas as coisas mudam com o tempo.

– Então vamos nos preocupar com isso quando a hora chegar. Por enquanto, estou feliz e não vejo isso mudando.

– Nem eu.

Apesar das palavras dele, Evie percebeu que a preocupação de Vincent ia continuar. Tudo que podia fazer era provar a ele que o que estava acontecendo entre os dois não era um namorico volúvel e infantil. Parecia sincero e descomplicado, como se nada mais tivesse acontecido na vida deles, mas de jeitos diferentes. Evie se moveu para a frente, colocando o peso no peito dele, e lhe deu um beijo longo e sereno, durante o qual uma lágrima contendo reflexos de todos os seus medos escapou dos olhos de Vincent, mas ele a secou antes que ela pudesse ver. Evie acabou se afastando, os olhos cheios de alegria, e os dois se ajeitaram embaixo das cobertas, conversando preguiçosamente sobre nada até ambos caírem no sono sem notar.

Nenhum dos dois sabia que essa era a calmaria antes da tempestade.

Este mês de dezembro estava sendo bem parecido com todos os anos que Evie vivera, exceto que agora o vinho quente era mais doce, ela percebia o cheiro de canela em todo lugar aonde ia, e os cantores natalinos encontravam muitas balas em seus estojos de instrumentos e chapéus.

– Evie! EVIE!

Lieffe correu até as portas do prédio e viu um homem parado na calçada embaixo da janela de Evie, usando luvas grossas de jardinagem, com uma árvore de Natal grande e muito real estendida a seus pés.

– Você deve ser Vincent – disse ele. – Precisa de ajuda com isso aí?

Vincent pareceu tímido. Era véspera de Ano-Novo, e Evie tinha passado o Natal sem uma árvore. Apesar de Vincent ter achado uma ideia extremamente romântica, acabou sendo meio impraticável. Arrastar a árvore pela cidade sem um carro o deixara esgotado e, apesar de o vento estar fustigante e a neve certamente a caminho, ele havia suado a camiseta, provavelmente o casaco também, e o rosto estava mais vermelho que o nariz de Rudolph, a rena.

– Vincent? O que está acontecendo? – Evie tinha corrido até a sacada depois de cambalear para encontrar roupas decentes para vestir. Vincent não estava à vista, arrastando a árvore pelas portas do prédio, mas ele a ouviu e gritou de volta:

– Chego aí num minuto!

Lieffe ajudou Vincent a colocar a árvore em pé no elevador, mas só cabia Vincent ao lado dela.

– Boa sorte! – desejou Lieffe, com um cumprimento de dois dedos enquanto as portas se fechavam.

Evie estava esperando quando as portas se abriram no sétimo andar, rindo ao ver o elevador totalmente ocupado com a árvore e Vincent esmagado contra a parede. Juntos eles a arrastaram pelo corredor, deixando um rastro de folhas de pinheiro, e a manobraram pela porta do apartamento 72. Depois que Vincent a ergueu no canto da sala de estar de Evie, os dois recuaram para admirá-la. Estava meio torta, mas eles adoraram do mesmo jeito.

— Dá personalidade a ela – disse Evie, sorrindo.

Vincent pegou no bolso o primeiro enfeite da árvore. Era uma bala feita de vidro de cor laranja, com um pedaço de fita verde preso no meio, para Evie poder pendurá-la num dos galhos.

— Onde foi que encontrou isso? – perguntou Evie enquanto admirava o enfeite, segurando-o entre os dedos contra a luz.

— Simplesmente apareceu no meu bolso um dia. – Ele levantou as mãos, e ela bateu nele com um pano de prato que estava usando na cozinha enquanto ele ajeitava a árvore. – Achei que era feito pra você.

Evie havia escapado do Natal com a família, dizendo que estava doente. Eleanor Snow odiava pessoas doentes de qualquer maneira, e ainda mais quando tinha convidados para entreter; então, assim que soube que a filha estava resfriada, insistiu para que ela não fosse ao jantar de Natal em casa nem à festa anual da Snow e Summer. Ela até cortou a conversa e desligou o telefone mais rápido que o normal, para não correr o risco de pegar a "doença" de Evie pelo aparelho.

No fundo, Eleanor não pareceu muito chateada, e Evie não poderia ter ficado mais feliz. Ela e Vincent foram à casa de Violet para o jantar de Natal, levando uma caixa de empadas de carne moída feitas por Evie na véspera de Natal, apesar de várias delas terem desaparecido na boca de Vincent antes que a manhã de Natal chegasse. Durante o jantar, Vincent ficou feliz de ver como Evie e Violet estavam genuinamente empolgadas uma com a outra. Depois, Evie tinha insistido em tirar a mesa e, quando ela ficou fora de vista, Violet colocou a mão no braço do filho.

— Ela é realmente maravilhosa – comentou Violet, com os olhos brilhando.

— Eu sei. – Vincent ficou radiante.

Vincent não ia ao próprio apartamento havia dias, mas Sonny não fizera contato, por isso ele não sabia se o amigo havia sequer notado sua ausência. Várias roupas e pertences dele foram parar na casa de Evie, já que ele ficava lá cada vez mais, e os dois haviam estabelecido um tipo de rotina. Eles penduraram bandeirinhas e luzes de Natal e, quando Evie fazia uma série de desenhos na mesa recém-comprada,

Vincent também os pendurava nas paredes. Eles montaram a cama e a usavam para dormir, mas com frequência levavam uma coberta até a sacada, à noite, para conversar sobre o dia, e tomavam chá antes de se deitar. Conforme o novo ano se aproximava, Evie e Vincent ficavam ansiosos para novos começos juntos. A vida que os dois criaram durante o período de um mês em que se conheciam era ideal, mas eles sabiam que teriam que trabalhar muito para mantê-la.

O plano para janeiro incluía Vincent se inscrever em escolas de música e tentar encontrar apresentações melhores do que tocar em túneis no metrô para passageiros insatisfeitos, enquanto Evie ia mandar cópias de seu portfólio para editores e estúdios de animação. Tudo de que precisava era que uma pessoa lhe desse uma chance para mudar o futuro que sua mãe planejara para ela. Apenas uma pessoa precisava dizer sim para que ela pudesse passar a vida com Vincent, e ela estava determinada a fazer isso acontecer.

Enquanto a meia-noite se aproximava na véspera de Ano-Novo, Evie e Vincent estavam na sala de estar do apartamento dela, se alternando para jogar pedaços de chocolate na boca um do outro. Quando um dos dois conseguia, isso resultava em mãos jogadas para cima em triunfo e muita comemoração. Ao ouvirem a contagem regressiva na festa de um vizinho, eles correram para a sacada.

– ... QUATRO... TRÊS... DOIS... UM!

Os fogos de artifício estouraram, iluminando o céu ao redor. Vincent pegou Evie no colo e, apesar de os dois estarem se beijando, ela sentia o sorriso dele. Quando ele a colocou de volta no chão, ela se inclinou por sobre o peitoril da sacada e gritou "FELIZ ANO NOVO!" para as pessoas na rua lá embaixo, muitas das quais gritaram de volta. Depois, uma voz muito calma vinda da sacada à esquerda disse:

– Espero que seja um ano maravilhoso para vocês dois. – Um homem usando terno de *tweed*, com remendos de camurça nos cotovelos, ergueu um copo de uísque para brindar a eles.

– Ah, vai ser – disse Evie, sorrindo para o vizinho. – E para você também.

Julho

Sonny

Evie não tinha notícias da mãe havia meses e se perguntava se Eleanor achava que seria mais fácil se passasse o resto da vida fingindo não ter uma filha. Ela se sentiu um pouco cruel por desejar que isso fosse verdade, mas seu período com Vincent tinha sido quase perfeito e ela não queria que nada estragasse isso. E Eleanor Snow estragaria tudo, sem dúvida. Neste momento, o único problema com Vincent era que Evie estava total e completamente apaixonada por ele.

– Vincent. O que faremos se eu não conseguir ir além do jornal? – Evie tinha acabado de arrumar tudo depois do jantar e estava parada na porta da cozinha, com um pano de prato na mão. Passava por um dos momentos que vinham ocorrendo com muita frequência nos últimos tempos, quando se lembrava das condições da mãe para ela morar neste apartamento e ter um emprego no jornal, e sentia que ia vomitar.

– Sua mãe realmente vai forçá-la a se casar com alguém que você não queira? – perguntou Vincent com delicadeza.

Apesar de ela saber que Eleanor era extremamente fria, a pergunta de Vincent fez Evie pensar se a mãe seria tão cruel, ainda mais se conhecesse Vincent.

– Você tem vinte e sete anos – continuou Vincent. – Pode tomar suas próprias decisões... não pode? – Ele estava lendo um livro na poltrona verde, que eles tinham arrumado melhor na sala de estar, agora que o colchão estava na cama, onde deveria estar. Evie secou as mãos no pano de prato, depois deslizou de meias até a sala de estar, parando na poltrona, onde caiu dramaticamente no colo de Vincent.

– Claro que eu posso tomar minhas decisões. Mas e se forem decisões que me deixam feliz, mas chateiam, preocupam e envergonham o resto da minha família a ponto de eles me deserdarem totalmente?

– Eu sou *tão* horrível assim? – Ele fez um biquinho, mas ela o beijou e disse:

– Nem um pouco. Você é maravilhoso, e esse é o problema. Eles gostam de gente entediante e chata.

– Posso ser entediante! Olhe. – O rosto de Vincent se tornou completamente inexpressivo, e ele ajeitou o cabelo para ficar liso e lambido.

O telefone tocou e, enquanto Evie corria até ele, Vincent a seguiu, deixando seu rosto sério e entediante o mais próximo possível do dela, tornando muito difícil Evie não rir ao pegar o aparelho.

– Alô? *Ninguém liga para este número* – disse ela sem som para Vincent, que estava bagunçando de novo o cabelo.

– Alô, estou falando com Evelyn Snow? – A voz do outro lado era educada e cheia de charme, e Evie a reconheceria em qualquer lugar.

– *Sim*, é Evelyn Snow. Quem fala é James Summer, da Snow e Summer Ltda.? O homem mais admirável da Terra, com as mulheres mais ricas do mundo caindo a seus pés diariamente? – Evie adotou o tom de voz da mãe, claro e elegante, que aperfeiçoara quando criança para distrair o irmão mais novo.

Jim riu.

– É bom ouvir sua voz. Fui à casa de seus pais hoje, e é como se você nunca tivesse existido! Como está o emprego e o apartamento?

Vincent estava de volta à poltrona, o livro aberto na mão, mas lia a mesma frase quatro vezes porque estava distraído demais, tentando – mas não muito – não escutar a conversa de Evie.

– Não estou surpresa – disse ela. – No momento, sou meio que a vergonha da família. O emprego é bom... mais ou menos. Mas, ei, estou desenhando e sendo paga para fazer isso, o que já é ótimo. – Ela deixou o peito se encher de orgulho.

— E sua mãe está *permitindo* isso? Ela ficou totalmente *sã*? — Jim não conseguiu disfarçar o choque da voz.

— Não, ela tem sido terrível como sempre. Mas é claro que não estou aqui sem algumas condições. — O orgulho de Evie rapidamente afundou e se afogou.

— Bem, eu estou ligando só para dizer que senti falta da sua presença. Achei que você pelo menos iria para casa no Natal. Você perdeu a famosa festa dos Snow, e sempre dançamos uma ou duas músicas.

— Jim, você só dançava comigo para evitar Nelly Weathersby. — Nelly era filha de um advogado que trabalhava no escritório e era completamente louca por Jim. Era uma garota atraente, mas, sempre que olhava para Jim, tinha um brilho nos olhos que a fazia parecer psicótica, e uma vez ele a ouviu dizer que estava desesperada para saber como seriam os filhos dos dois. — E é sempre mais do que uma ou duas músicas, e você sabe disso!

Houve uma pausa no lado de Jim. Ele pensou em todas as vezes em que Evie e ele tinham dançado juntos na mesma festa todos os anos e como era apenas parcialmente por causa de Nelly Weathersby, mas principalmente porque era o único momento em que ele podia ficar perto da garota que não o amava.

— Bom — disse ele, depois de um instante, e Evie sentiu a pontada de tristeza invadir o encanto —, eu só estava achando que poderia ver você em breve, só isso, mas é suficiente saber que você está bem.

— Estou. — Evie olhou para Vincent, que ainda fingia ler.

— Ótimo. Não desapareça nunca, Evie. É chato aqui sem você.

— Não vou desaparecer. Vou fazer uma visita em breve. Ah, Jim, pode me fazer um favor? Fique de olho em Eddie por mim.

— Sempre. Nos falamos em breve.

Quando Evie desligou, não conseguiu explicar a sensação de desconforto que fez sua pele toda pinicar. Talvez fosse um tipo esquisito de saudade de casa, depois de passar meses longe do lugar onde fora mantida cativa, ou talvez fosse o fato de saber que o homem com quem acabara de falar um dia poderia ser seu marido por obrigação familiar. Virou-se para Vincent.

— Preciso de um emprego melhor. Nós dois precisamos.

— Já fizemos tudo que podemos.

E tinham feito mesmo. Assim que o novo ano começou, eles comparam papel e envelopes, e Evie digitalizara escondido seu trabalho artístico no escritório do jornal e imprimira cópias dos melhores desenhos. Juntos, escreveram cartas para editores e estúdios de animação. Vincent havia feito inscrições para todas as escolas de música possíveis, e Evie o ajudou a preencher os espaços que ele normalmente deixava em branco. Alguém tinha que responder com *alguma coisa*.

— Já se passaram meses – disse Evie. — Não tenho tanta certeza.

— As escolas não vão aceitar novos alunos até setembro, então só vou saber alguma coisa mais para o fim do verão.

— Mas, quando chegar setembro, só terei dois meses para minha mãe bater o pé, e tudo isso vai ter que acabar. — Evie apressou o fim da frase, sentindo um nó crescer na garganta.

— Ei, calma. — Vincent deixou o livro de lado e estendeu os braços para ela, que o deixou puxá-la para o colo. — Apesar de você dar a impressão de que sua mãe é um pterodátilo pronto para matar num instante, não tenho medo dela. Se você quiser se casar com alguém que ama, simplesmente vai ter que mandá-la enfiar o casamento arranjado no buraco onde o sol claramente não brilha!

Evie gostou do som das palavras dele, mas sabia que não era tão fácil e que ela não tinha coração nem energia para combater a situação. Em vez disso, fez que sim com a cabeça e se aninhou em seu ombro, fingindo que ele estava certo.

— Chá? – perguntou ela, respirando fundo e decidindo continuar pensando num resultado positivo para uma situação que poderia ser muito amarga.

— Por favor. — Vincent beijou o topo da cabeça dela, e Evie saltou do seu colo e foi até a cozinha.

🍃

— Está ouvindo isso? — Os ouvidos de Vincent tinham captado um barulho invadindo as janelas abertas da sacada. Parecia familiar, mas ele não conseguia identificar como o conhecia.

— Está ouvindo vozes de novo? — provocou Evie da cozinha.

— As vozes são constantes! — gritou Vincent em resposta. — Isso é diferente.

Ele foi até a sacada e viu um homem cambaleando no meio da rua. Usava uma calça jeans rasgada e uma camiseta comprida e larga que caía de um dos ombros. Pendurada nas costas pela alça, como uma mochila, havia uma guitarra, e o homem trazia uma cerveja em cada mão. Um carro apareceu atrás dele e buzinou, mas ele só fez cantar mais alto, e, de repente, Vincent percebeu por que aquele zumbido levemente desafinado parecia tão familiar.

— Sonny! — gritou ele. O homem de cabelo louro e bagunçado parou de cantar e se virou para descobrir quem estava chamando seu nome. — Aqui em cima, Sonny! — Vincent teria rido se já não tivesse sido obrigado a cuidar de Sonny bêbado, mas sabia exatamente como poderia ser desagradável e, com certeza, não estava a fim de fazer isso hoje à noite. Não com Evie por perto.

— EEEEIIIIII! — berrou Sonny, finalmente vendo Vincent.

— Que diabos você está fazendo aqui? — Vincent sussurrou alto. — Esta é uma área bacana, e você está fazendo o preço dos imóveis cair só por passar aqui!

— GROSSO! Você é um GROSSO! — Sonny balançou o braço para apontar para Vincent, mas perdeu a firmeza de uma das garrafas de cerveja, que deslizou de sua mão e se espatifou no chão. — Ahhhhh, não! — Ele caiu de joelhos diante da garrafa, e Vincent, por um instante, pensou que ele poderia colocar a cerveja no colo como se fosse um gato.

— Vá para casa, Sonny.

— Eu... hum... tenho um show.

— Muito engraçado. Você nunca tem shows.

— Não. Estou falando abso... absolutamente... mortalmente sério. — Sonny acenou com uma das mãos diante do rosto, num movimento para baixo, e sua expressão ficou muito séria. Ele a manteve por um segundo, depois caiu na gargalhada.

— Então, por que você está aqui? — Vincent olhou para dentro do apartamento. Evie estava parada na porta entre a cozinha e a sala de estar, as sobrancelhas erguidas e um sorriso levemente confuso brincando nos lábios.

– Bom, sabe, eu sempre quis tocar num show de verdade, e agora que vou tocar, estou um pouco... nervoso. Nervoso no nível de oito cervejas. Se eu fosse... você sabe... sincero e tal. – Sonny tomou um gole da cerveja restante. – Nove, se contar com essa. Mas não dez... – Ele apontou para a poça de cerveja e vidro quebrado diante de si.

– Certo. Melhor você ir, então! – Vincent apontou para a rua, como se estivesse mandando um cachorro voltar para casa depois de tê-lo seguido até a escola.

– É. Okay. Estou indo! – Sonny se levantou do chão e quase caiu de imediato. – Tchau, Vinny!

– Tchau, Sonny. – Vincent voltou para dentro do apartamento. Evie ainda parecia um pouco confusa, mas principalmente entretida. Nunca vira Vincent chegar perto de sentir raiva.

– Vincent! – chamou Sonny.

– O QUE FOI AGORA? – Vincent gritou de verdade desta vez. Evie deu um pulo de susto, e ele instantaneamente falou *Desculpe* para ela sem som, mas as sobrancelhas dela se franziram e os lábios se fundiram numa linha fina.

– Vinny, não sei para onde estou indo. – Sonny parecia impotente.

Vincent esfregou as têmporas.

– Como você não sabe onde é o show? – perguntou, cansado, voltando à sacada.

– Eu sei onde é! – Sonny estava olhando para cima havia muito tempo, e agora cambaleou para trás. – Só não sei como... – Ele fez dois dedos da mão vazia andarem como um par de pernas no ar diante de si, depois deu de ombros.

– Você não sabe como chegar lá? – perguntou Vincent, e Sonny confirmou com a cabeça, fez um biquinho e deu uma risadinha. – Bom, a culpa é sua, por ficar tão exageradamente bêbado.

– Eu sei – admitiu Sonny de um jeito casual.

– Acho que é melhor você faltar ao show e ir para casa.

Vincent estava prestes a entrar quando Sonny falou:

— Mas eles vão me pagar!
— Um show pago, Sonny? Como você conseguiu isso?
— É uma escola. Uma formatura. A banda que eles tinham era melhor.
— O que aconteceu com a banda?
— Eles desistiram. E a escola me chamou. Yaaayyyy! – comemorou Sonny, depois vomitou em cima da garrafa quebrada.

Evie chegou à sacada e olhou para baixo. Sonny tentava afastar o próprio cabelo, mas a camiseta comprida estava pendurada no fluxo de vômito que expelia.

— Temos que ajudá-lo – disse ela, olhando para Vincent. – Um show pago significa que ele pode pagar o aluguel, e isso significa que nenhum de vocês vai ser despejado. Vamos tentar deixá-lo sóbrio no caminho, depois ficamos de olho nele na escola, fingimos que somos da equipe ou alguma coisa assim e o levamos para casa em segurança. – Evie correu de volta para o apartamento e já estava calçando as botas antes que Vincent dissesse uma palavra. – E aí? – perguntou, vestindo o casaco.

Vincent percebeu que ela estava considerando essa atividade como uma missão ou uma aventura, e Evie não era o tipo de pessoa de deixar um amigo – ou o amigo de um amigo – em necessidade, quanto mais parado numa poça do próprio vômito no meio da rua. Ele olhou para Sonny mais uma vez e bufou de raiva.

— Está bem – disse ele. – Mas eu ainda o odeio.

🍃

Sonny não se desviara muito do caminho enquanto procurava o local do show, e Evie e Vincent não tiveram que arrastá-lo até muito longe. A escola era numa parte bacana da cidade, apenas a quinze minutos de caminhada do apartamento de Evie. Sonny vomitara de novo numa lata de lixo no caminho, mas eles pararam para comprar um café, e ele começou a ter um pouco mais de coerência quando eles chegaram aos portões da escola. O único problema era que ele estava com cheiro muito forte de álcool e vômito. Vincent tinha levado uma de suas camisetas para substituir aquela em que Sonny vomitara, mas não deixou Sonny vesti-la antes de ter certeza de que era seguro. Não era perfeito, mas pelo menos o cheiro não ia fazer as crianças da frente desmaiarem.

— Ele vai ter que se virar. É culpa dele. — Vincent recuou, seu rosto se contorcendo com o fedor. Evie limpou Sonny, que estava balançando, e ajeitou fios de cabelo soltos atrás da orelha dele.

— Pare de ser tão mau. Ele está nervoso, só isso.

— Você acertou em cheio com essa, Vinny. Ela é maravilhosa! — Sonny piscou para Evie, e ela sorriu com os lábios fechados, tentando não respirar.

Eles passaram pelos portões da frente e foram conduzidos por uma recepcionista perplexa até o escritório do diretor. O sr. Glass era um homem muito nervoso, que estava o tempo todo retorcendo as mãos e alisando o que sobrara do cabelo grisalho. Quando viu Sonny, ele quase caiu.

— E quem são vocês dois? — rosnou ele, secando o suor do lábio superior com restolho.

— Somos amigos dele — respondeu Evie com calma. — Estamos aqui para dar um apoio moral, mas também podemos cuidar das crianças, se for necessário.

Vincent olhou para ela, impressionado com seu comportamento em público.

— Nós *realmente* estamos com poucos professores — murmurou o sr. Glass. — E, sem *ele,* tudo o que temos são discos ultrapassados... — Ele olhou Sonny de cima a baixo mais uma vez, e Sonny lhe deu um sorriso fraco como pedido de desculpas. Neste ponto, Sonny desejava em segredo que o show fosse cancelado. Ele se sentia bêbado demais, enjoado demais e nervoso demais para conseguir tocar uma guitarra e cantar sem a voz oscilar, mas, por orgulho, nunca recusaria o show.

O sr. Glass soltou um longo suspiro.

— Tudo bem. Você entra daqui a dez minutos. Meia hora do que você tiver. Ah, e a imprensa está presente. Ainda não dissemos a eles que os Dream Catchers cancelaram. A banda tem muitos fãs, e o *The Teller* queria que eles estivessem na primeira página, mas espero que façam pelo menos um pequeno artigo. Precisamos de todas as notícias favoráveis que conseguirmos para esta escola miserável! – Ele saiu do escritório, batendo a porta.

Assim que ele saiu, Sonny caiu numa cadeira, com ânsia de vômito.

– Não consigo... fazer... isso – disse ele entre uma ânsia de vômito e outra.

– Ele *realmente* não consegue – disse Vincent, balançando a cabeça.

– Ele *consegue*! Você *consegue* fazer isso, Sonny. – Evie se ajoelhou ao lado da cadeira e ajeitou o cabelo de Sonny, respirando apenas pela boca. – Vamos estar bem ali, na plateia. Olhe para nós e toque para nós. São só algumas músicas. E eu conheço as pessoas do *The Teller* e vou dar um jeito de elas só tirarem fotos boas e falarem coisas agradáveis.

Sonny olhou para Evie com os olhos cinza arregalados.

– Sério, Vinny. – Ele balançou a cabeça. – Onde foi que você encontrou essa garota, e você pode me levar até lá?

🍃

O tema do livro *Down the Rabbit Hole* parecia estar dando muito certo com as crianças. O salão da escola tinha sido decorado com rosas vermelhas e coelhos brancos, e vários casais já estavam se beijando furiosamente na pista de dança (ao som de discos realmente muito ultrapassados), enquanto os solitários tristonhos ficavam sentados nas laterais, se empanturrando de biscoitos que diziam "Me come". Evie e Vincent deixaram Sonny na lateral do palco e voltaram para os fundos do salão, onde o fotógrafo e o jornalista do *The Teller* estavam parados em pé.

– Ora, olá, princesa. O que você está fazendo aqui? – Terry Lark era um homem atarracado que parecia mais velho do que seus trinta e quatro anos.

– Sem tiara hoje? – perguntou Harrison Feather, um sujeito magrelo que Evie nunca vira sem um gorro de malha na cabeça. Ele dizia que ajudava a tirar fotos, mas isso não explicava por que ele *nunca* o tirava. Evie sentiu a mão de Vincent apertar a dela.

— Hoje não, cavalheiros. Estou aqui para ver Sonny Shine. — Foi recebida por rostos perplexos enquanto se apoiava na parede, numa tentativa de parecer indiferente, mas deslizou um pouco mais do que gostaria, o que a deixou uns trinta centímetros mais baixa que Harrison e constrangedoramente na altura dos olhos de Terry. — Claro que vocês já ouviram falar nele. É um verdadeiro rebelde. Achei que vocês estavam aqui por isso. Ele certamente é notícia de primeira página. — Ela captou o olhar de Vincent e piscou. Ele olhou para ela como um coelho assustado.

— Estávamos aqui para cobrir os Dream Catchers tocando na escola onde o cantor estudou antes de a banda se tornar um grande hit — explicou Harrison. — Mas, já que eles não estão aqui, podemos dar o dia por encerrado. Vamos, Terry.

— Só lamento por vocês, garotos — disse Evie, dando de ombros. — Sonny é um músico brilhante.

— Evie... — sussurrou Vincent.

— Sem contar que é um pouco travesso — continuou ela. — Quem sabe o que ele tem na manga para tornar a noite especial?

— *Evie*. — Vincent a cutucou e apontou para o palco. Ela não tinha percebido que os discos ultrapassados tinham parado de tocar e um holofote estava brilhando diretamente sobre Sonny. Se Vincent parecia um coelho assustado um instante antes, não havia como descrever a expressão de pavor no rosto de Sonny quando olhou para a multidão de adolescentes críticos.

— *Esse* é seu músico brilhante? — bufou Terry, enquanto Harrison clicava furiosamente a câmera, capturando todos os ângulos menos favoráveis de Sonny.

Sonny tinha vestido a roupa que Vincent jogara para ele antes de, juntamente com Evie, deixá-lo perto do palco, mas, na pressa de sair do apartamento, Vincent tinha pegado o vestido roxo de Evie, em vez de uma de suas camisetas roxas. Sonny poderia ter escapado se o tivesse simplesmente colocado por cima da calça jeans, mas, no seu estado de bebedeira, tinha pensado literalmente demais. Era um vestido, portanto ele o usou como um vestido. Tinha tirado a calça jeans e a camiseta manchada de vômito e agora estava em pé no palco usando um vestido com comprimento até a metade das coxas, exibindo a cueca boxer laranja, botas de couro preto robustas e pernas cabeludas nuas. Evie e Vincent eram mais do que mente aberta o suficiente para aceitar Sonny de todo coração, se ele naturalmente se sentisse mais à vontade em roupas femininas, mas, já que isso era involuntário (graças à quantidade de álcool percorrendo sua corrente sanguínea), os dois sentiram a vergonha corar o rosto.

– Aquele vestido é meu... – sussurrou Evie pelo canto da boca.

– Achei que era uma das minhas camisetas. Sinto *muito*.

– Não é para mim que você tem que pedir desculpas.

Sonny estava em pé diante do microfone, com os olhos fechados, a respiração ecoando pelo salão através dos alto-falantes.

– Toque alguma coisa! – gritou um garoto corpulento que mal cabia no smoking emprestado.

Os olhos de Sonny se abriram e vasculharam a multidão em busca do garoto. Ele tocou um acorde com força.

– Feliz? – repreendeu ele.

– Ah, não – resmungou Vincent, com a voz falhando.

Os adolescentes estavam dando risadinhas constrangedoras à esquerda, à direita e ao centro, e Sonny levou a mão aos olhos para protegê-los do holofote e ver melhor o garoto provocador.

– Você acha que isso é fácil? – Ele levou o microfone mais perto do rosto, de modo que suas palavras estavam altas e hostis. – Vir até aqui? Se mostrar aqui na frente?

– Você está mostrando mais do que queremos ver! – gritou o garoto. – De qual loja é o vestido, afinal? Putas de Classe?

– Ei! – disse Evie um pouco mais alto do que pensava, e alguns adolescentes no fundo da multidão se viraram para encará-la. Algumas garotas até apontaram, sussurraram e riram, e Evie explicou para quem estava olhando que seus dias de ensino médio tinham acabado havia muito tempo.

– Ele é bem curto... – murmurou Vincent, e Evie deu um soco no braço dele.

– Agora eu sei por que você gostava tanto dele!

– Se eu quiser usar um vestido, vou usar um vestido! – Sonny se afastou do microfone e arrotou baixinho. – Vocês sabem quantas cervejas eu tive que tomar para reunir coragem suficiente para subir neste palco?

– Cervejas? – O sr. Glass apareceu ao lado de Evie e Vincent. Sua testa tinha começado a pingar de suor. – Precisamos tirar esse cara de lá! – Vincent foi impedir o diretor enquanto ele corria para a lateral do palco, mas Evie colocou a mão no braço dele e o puxou de volta.

– É melhor não nos envolvermos. Que ele pegue, Sonny, e simplesmente vamos embora para casa.

– É, melhor voltar para o castelo, princesa – satirizou Harrison, ainda tirando fotos.

– Talvez o Príncipe Encantado aqui deixe você escalar a torre dele. – Terry se inclinou para trás para dar uma risada nojenta, mas ela mal escapara de sua boca quando o punho de Vincent se conectou com o nariz dele, e o barulho que saiu da boca de Terry não era uma risada.

– Vincent! – gritou Evie. Vincent puxou a mão coberta de sangue do nariz certamente quebrado de Terry, e Harrison deu o soco vencedor. Vincent não sabia o que o atingira, mas, quando olhou para o nariz ensanguentado de Terry, certo ou errado, não se arrependeu do que fizera. Todas as crianças do salão haviam se reunido ao redor deles no fundo quando ouviram o grito de Terry e começaram a cantar:

– BRIGA! BRIGA! BRIGA!

Compreensivelmente, o incidente parecia ter irritado Terry. Ele parecia pronto para dar um soco em Vincent, mas o sangue que escorria de suas narinas e os olhos umedecidos evitaram que agisse de acordo com os impulsos. Evie viu uma chance.

– Vai, vai, vai! – Ela agarrou a mão de Vincent, se virou e gritou:
– SONNY!

Sonny não precisou de um segundo aviso. Desceu do palco num pulo, correu até o garoto que o interrompera e o abraçou, depois saltou atrás de Evie e Vincent, ainda usando o vestido roxo.

— Evie... — começou Vincent.

— Não — repreendeu ela.

Os três estavam andando de volta para o apartamento dela, apesar de Evie ter desejado que Vincent levasse Sonny imediatamente para casa e ficasse lá com ele. Não tinha olhado para nenhum dos dois desde que saíram da escola.

Sonny ainda estava usando o vestido dela. Deixara a calça jeans e a camisa manchada de vômito para trás.

— Não vou pedir desculpa — disse Vincent.

— Então não vamos nos falar por muito tempo.

— Você ouviu o que ele disse, Evie! Você não devia ser obrigada a aguentar essas coisas! — Vincent ainda estava com raiva do modo como Terry havia falado com Evie. Não acreditava que ela não lhe houvesse contado como seus colegas do jornal eram desprezíveis. Não fazia ideia do que ela aguentava todos os dias.

— Você está certo, eu não devia ser obrigada, mas sabe por que eu aguento?

Vincent jogou as mãos para o alto.

— Eu sinceramente não faço ideia.

— Para manter meu emprego! — Evie girou tão rapidamente, que Vincent trombou com ela. Sonny, por sua vez, atropelou as costas de Vincent, escorregou e caiu na calçada. — Eu aguento os comentários desprezíveis deles e meu chefe esquisito e repulsivo, mordo a língua e continuo com o emprego, porque, adivinha só, Vincent, eu te amo e quero ficar com você e, se eu perder esse emprego, não tenho chance de conseguir um melhor, e esse é o *único* jeito de podermos ficar juntos. E agora você estragou tudo. Você estragou tudo de vez.

Só nesse instante, Vincent percebeu a gravidade do que fizera. Evie certamente seria demitida do *The Teller* depois que Terry e Harrison publicassem o artigo, junto com a foto que faria Vincent parecer um vândalo. Especialmente porque estava claro que não haveria menção ao comportamento desprezível de Terry.

– Ai, merda – murmurou ele, com o sangue escorrendo pelo rosto.

– Olha a boca! – repreendeu Sonny.

– Cala a boca, Sonny – disse Evie.

– Ei, eu achei que você era legal – murmurou Sonny, pegando flores do jardim da frente de alguém, ao lado de onde estava sentado.

– Evie, eu não pensei – disse Vincent, ignorando Sonny.

– Eu sei que não.

– Nós *podemos* consertar isso. – Não sabia como, mas, se ela lhe desse uma chance, ele faria tudo que pudesse para tentar.

– Não vejo como, Vincent. Não tenho amigos no *The Teller*. Não tem ninguém lá para me defender. – Evie se sentia impotente e esgotada. Vincent tinha acelerado sua vida, mas agora ela precisava parar, só por uma noite, para poder avaliar adequadamente os danos. *Como pude ser tão descuidada?*, pensou ela. Estava tão feliz, que se esqueceu do que estava em risco. Olhou para Vincent e, por um instante, o viu através dos olhos da própria mãe e só enxergou confusão. – Acho que seria melhor você levar Sonny para casa.

– Eu ia gostar muito de ir para casa agora. – Sonny abraçou a perna direita de Vincent, mas Vincent estava preocupado demais com os olhos frios e cintilantes de Evie para pensar em outra coisa. Percebeu que o brilho dela tinha enfraquecido, e seu coração se partiu por saber que era culpa dele.

– Evie... sinto *muito*.

– Eu também. – A voz dela oscilou.

– Vamos descobrir como resolver isso – disse Vincent, determinado.

Queria pegar as mãos dela, puxá-la para perto, mas ela estava irradiando uma vibração que dizia para ele ficar onde estava. O nó na garganta de Evie era grande demais para falar, então ela simplesmente fez que sim com a cabeça e deixou as lágrimas escaparem. Mas, quando Vincent viu uma lágrima reluzindo em seu rosto, não conseguiu evitar. Deu um passo em direção a ela com uma das mãos estendidas, mas ela recuou para longe dele, e o coração de Vincent se partiu perfeitamente ao meio.

Julho

Uma visita

Existem momentos na vida em que duas pessoas que querem se falar deixam de fazer isso por nenhum motivo além de cada uma ter medo de a outra pessoa não querer falar com ela. Evie e Vincent se viram nessa situação durante oito dias depois da formatura na escola. Evie reservara uma noite para descobrir exatamente o que faria se fosse demitida, e ela de fato foi demitida, na segunda-feira, sem equívoco e sem cerimônia. A única conclusão a que chegou foi de que precisava impedir que a mãe descobrisse. Além disso, precisava encontrar um novo emprego melhor que o do *The Teller*.

Enquanto Evie se ocupava escrevendo mais cartas para editores que estivessem procurando ilustradores e estúdios de animação que pudessem estar precisando de artistas, Vincent estava sentado ao lado do telefone, desejando que tocasse – para ser específico, desejando que Evie ligasse. A espera o deixou maluco (e a Sonny também), e ele acabou decidindo que era hora de tomar as rédeas da situação.

Evie voltara para casa depois de tentar a sorte em outro jornal. Tentou falar com o editor para poder mostrar seu trabalho pessoalmente, mas foi rejeitada e quase jogada para fora do prédio quando se recusou a ir embora enquanto alguém, qualquer pessoa, não olhasse seus trabalhos. Foi aí que uma mulher do escritório no andar de cima veio explicar que Terry Lark havia ligado para todos os jornais da cidade para contar o que acontecera na formatura da escola. Apesar de ele não ter poder para colocá-la numa lista negra, quem ia querer trabalhar com alguém que estimulara o amigo músico bêbado a tocar diante de crianças em idade escolar e depois deixar o namorado agressivo quebrar o nariz de seu colega?

Evie afundou na poltrona verde, ainda usando casaco e sapatos, e apoiou a cabeça nas mãos enquanto sentia a conhecida pontada das lágrimas. Não sabia quanto tempo ficara sentada ali antes de ouvir o bater de asas. Levantou o olhar. Através da janela, dava para ver um pombo apoiado na grade da sacada. Era impecavelmente branco, exceto por uma pequena faixa preta ao longo da asa direita. Deixando os problemas na poltrona, abriu a porta da sacada bem devagar, com cuidado para não assustar a ave, na esperança de poder se aproximar um pouco mais e passar um tempo observando-a. O pombo não bateu asas nem se agitou quando ela abriu as janelas fazendo barulho. Na verdade, ele se aproximou, se arrastando pela grade e inclinando a cabeça na direção de Evie.

– Olá, Pequenino – fungou Evie.

A ave arrulhou e esticou o pescoço na direção dela. Evie estendeu a mão, e a ave a deixou acariciá-la com o dedo. O pombo fechou os olhos e arrulhou um pouco mais, como um gato ronronaria se recebesse carinho atrás da orelha.

– Você é engraçado, não é? – As bochechas de Evie doeram quando assumiram uma forma que não experimentavam havia mais de uma semana, e ela se lembrou de como era sorrir. A ave se afastou dela, se equilibrando com habilidade na grade de metal com os pés ásperos, e esticou a asa direita. Por um instante, Evie pensou que fosse apenas um comportamento normal de aves; elas batiam e esticavam as asas o tempo todo, quando ela as via no parque e na rua. Só quando a ave abaixou as asas, virou a cabeça para Evie, gritou e estendeu a asa novamente foi que Evie percebeu que ela estava tentando lhe mostrar alguma coisa. Evie ficou de joelhos e finalmente viu o que a ave queria que ela visse. O que achou que era uma faixa preta, uma coloração de ave normal, era, na verdade, tinta. E a tinta formava palavras escritas na caligrafia de Vincent:

Oito dias do seu silêncio me convenceram de que sua voz é o som mais lindo que vou ouvir na vida.

Evie leu a frase, depois a leu mais uma dezena de vezes, até que a asa da ave começou a cair um pouco, cansada de ficar estendida por tanto tempo.

– Obrigada, Pequenino.

A ave fechou a asa e se virou para encará-la, e ela poderia jurar que havia um sorriso no seu bico quando o pombo inflou o peito, orgulhoso.

– Posso pedir um favor? – Evie já estava escrevendo uma resposta na sua mente. Ela se perguntou se a ave poderia deixá-la usar a outra asa e seu poder de voo para entregar a mensagem em seu nome. O pequeno pombo branco virou-se mais uma vez e estendeu a asa esquerda com alegria, mostrando uma tela em branco. Evie cambaleou para dentro do apartamento para pegar uma caneta no estojo, e a empolgação borbulhava em seu estômago enquanto ela escrevia:

Oito dias do meu silêncio significam oito dias de cantoria de Sonny. Não me admiro que você sinta saudade de mim.

Pensou que provavelmente fosse melhor deixar as coisas leves.

Sua mente vagou até a última vez em que eles se falaram, quando ela praticamente gritara com Vincent na rua. Um pequeno rubor de vergonha atravessou seu corpo, mas aí se lembrou de que Vincent *tinha* perdido o emprego dela naquela noite e sentiu a justificativa de suas ações ser restaurada. Mas isso não a impedia de amá-lo, nem significava que não sentia saudade dele. Acordar pensando que ele poderia estar lá e se lembrando do motivo para ele não estar era uma facada no peito toda manhã. Tudo que queria era ligar para ele e pedir que voltasse para casa, mas tinha medo de ele estar com raiva dela pela maneira como falara com ele, apesar de ele ter merecido.

– Obrigada – disse ela para a ave depois que terminou de escrever.

A ave inclinou a cabeça mais uma vez, como se estivesse concordando, depois saiu voando. Em direção a Vincent, esperava Evie, apesar de não ser exatamente uma especialista na confiabilidade de pombos entregando mensagens particulares. Ainda estava ajoelhada na sacada, com a caneta na mão e algumas manchas de tinta nos dedos, quando uma batida violenta à porta interrompeu seus pensamentos.

– Evie, se você estiver aí, por favor, abra a porta, e faça isso rápido. Não temos muito tempo.

Evie sabia que reconhecia a voz, mas... será que não? Estava abafada pela porta, e ela poderia estar enganada.

– Evie, *por favor*.

Desta vez, não havia erro.

– Jim?

Evie correu até a porta e a abriu, encontrando Jim Summer em pé no seu capacho. Apesar de sempre ter pensado nele como um irmão, isso não a impedia de ficar com as pernas levemente bambas ao ver seu lindo rosto. Ele parecia uma escultura, perfeito demais para existir de verdade, mas, quando se mexia e falava, você percebia por que homens e mulheres babavam por ele diariamente.

Apesar de Jim ter aparecido de um jeito inesperado e urgente, não conseguiu evitar de sorrir quando viu Evie e a puxou para um abraço apertado.

– Posso entrar? – Ele estava nervoso e falava rápido.

– Por que você está assustado? – Evie riu, mas ainda estava um pouco preocupada. Nunca vira Jim tão atrapalhado.

– Sua mãe está a caminho. Ela acabou de ver isto. – Jim pegou um jornal no bolso. Não era qualquer jornal. *The Teller*. Ele o abriu na página 5, e lá estava.

Evie tinha evitado ler o jornal desde a formatura. Achou que talvez Terry não fosse cruel a ponto de apresentar o artigo, quanto mais deixá-lo ser publicado, mas, se ele fizesse isso, ela não ia aguentar ver o artigo impresso. Agora que tinha visto, era pior do que jamais poderia ter imaginado. O rosto raivoso de Vincent e o punho cerrado, e o nariz ensanguentado de Terry. Completando, o rosto de Evie ao fundo, de olhos arregalados e estendendo a mão para Vincent. Encontrou a poltrona com a parte de trás dos joelhos e afundou nela.

— Eleanor está furiosa, Evie. Ela está vindo para levar você para casa.

— Esta é a minha casa. — Evie olhou para Jim, implorando.

Jim se ajoelhou ao lado dela e colocou a mão em seu braço.

— Eleanor não vai ver desse jeito, e você sabe disso. Para você, esse foi o começo de uma nova vida. Para ela... foi uma fuga boba que tinha data de validade e apenas se não terminasse em lágrimas antes do prazo.

Evie ficou atormentada. Ela se sentiu afundando para dentro, vendo a si mesma como a família a via: uma garotinha burra com sonhos idiotas, e eles estavam rindo de suas tentativas inúteis de realizá-los. Como uma criança bem pequena se esticando para pegar o pote de biscoitos na prateleira mais alta.

— Você sabe que eu não penso assim, Evie — disse Jim, com mais delicadeza desta vez. — Não me olhe assim. Mas, com uma mãe como Eleanor, quanto tempo isso ia durar?

O peso da realidade esmagou o coração de Evie. Até agora, estava tentando ao máximo ser otimista, pensar positivamente sobre a vida que tinha neste apartamento com Vincent. Agora, percebia que tudo tinha sido uma brincadeira de faz de conta, e a esperança que sentira apenas instantes atrás tinha desaparecido. Ela e Vincent passaram meses fingindo que a vida poderia continuar do jeito como eles aprenderam a amar, mas os últimos dias provaram que não era tão simples. E Jim estava certo: Eleanor Snow nunca ia permitir que isso desse certo.

— Quanto tempo temos até ela chegar aqui? — O coração de Evie tinha começado a bombear mais rápido, e a respiração estava reduzida.

— Talvez meia hora. Eu a ouvi falando com minha mãe. Vim direto para avisar que ela está a caminho.

— Sua mãe? Por que ela estava falando com sua mãe? — O pânico e a raiva formaram um nó firme no estômago de Evie.

– Eleanor está insistindo para eu... para nós... – A voz de Jim enfraqueceu.

Lágrimas de raiva escorreram pelo rosto de Evie.

– Ela quer que eu faça o pedido de casamento. Para você – disse Jim finalmente. – E ela quer que você diga sim. Não importa o que... nós sentimos. – Ele não conseguia olhar para ela.

Casar-se com Evie era tudo que ele sempre quisera. Mas não desse jeito. Tinha se apaixonado provavelmente pela única garota que ele sabia que não queria namorá-lo, quanto mais se casar com ele, mas, por outro lado, talvez esse tenha sido o motivo para *ele* se apaixonar por *ela*. Evie *conhecia* Jim. Desde o dia em que se conheceram, quando crianças, Evie deixara claro que não haveria fingimentos, nenhuma tradição familiar tola mascarando quem eles realmente eram e nenhum segredo. Ela sempre odiara segredos. Quando sentia que ele estava escondendo alguma coisa, ela arrancava dele de um jeito ou de outro, depois não falava com ele durante dias só porque ele tinha escondido uma coisa dela e a afastado. Ela o treinara para ser sincero, mas Jim também *conhecia* Evie. Sabia que ela queria mais de um relacionamento do que balançar toda vez em que o via. Ela queria conversas. Aventuras. *Amor*. Jim sabia disso, e era exatamente o motivo pelo qual não queria se casar com a mulher para quem já tinha entregado seu coração.

– Não posso... – sussurrou Evie.

– Eu sei – disse Jim. – É por isso que estou aqui. Eu não queria que você tivesse que encará-la sozinha. – Ele pegou a mão dela e a apertou.

– Obrigada. – Ela apertou a dele também.

Jim hesitou por um instante antes de dizer:

– Então, eu tenho que perguntar...

Claro que sim, pensou Evie.

– Ele se chama Vincent – respondeu Evie, antes mesmo de ele conseguir fazer a pergunta inevitável. Jim olhou para ela, espantado. – Ele é violinista. Toca no metrô para pagar o aluguel de um apartamento que divide com um aspirante a astro de rock que não sabe cantar.

– Bem – disse Jim, com um sorrisinho triste –, você não poderia ter escolhido alguém melhor para irritar sua mãe.

Evie riu por trás das lágrimas, e o sorriso de Jim ficou mais amplo porque ele a fizera rir apesar de tudo. Jim não precisava perguntar se ela amava Vincent de verdade ou não. Dava para ver claramente e, afinal, o único segredo que Evie jamais permitiu que Jim mantivesse ao longo de todos esses anos era algo que ela sempre soubera: que ele a amava. Eles nunca falaram sobre *isso*. O mínimo que ele poderia fazer era retribuir esse gesto de delicadeza.

– Você precisa ficar com ele, com esse Vincent – disse ele simplesmente. – E eu vou fazer o que puder para que isso aconteça.

Evie balançou a cabeça. Esse homem tinha o coração mais gentil que jamais conhecera. Parte dela queria amá-lo do mesmo jeito com que sabia que ele a amava, mas ainda restava o simples fato de ele não ser Vincent, seu Vincent cheio de defeitos e terrivelmente inadequado.

Só de pensar nele e em como ele estava distante, seu corpo doía.

– E tem mais uma coisa. Fui essencialmente barrada de trabalhar para qualquer jornal da cidade, porque ninguém quer trabalhar com a garota maluca que tem amigos raivosos que dão socos na cara das pessoas. – Evie riu de como isso era ridículo, mas o olhar de pena de Jim para ela fez um soluço escapar-lhe da garganta.

Os dois ouviram a batida severa de saltos no corredor lá fora, e a mão de Evie instintivamente apertou mais os dedos de Jim. Seu estômago deu uma cambalhota quando nós de dedos atingiram a porta com três batidas precisas e igualmente espaçadas, cada uma delas fazendo-a se encolher.

– Eu atendo – disse Jim.

– Não. Pode deixar. – Evie se levantou, secou as lágrimas do rosto e ajeitou o vestido. Os poucos passos até a porta pareceram quilômetros e, quando a abriu e viu os olhos frios da mãe fixos num olhar duro que atravessou Evie como se ela nem estivesse ali, desejou ter deixado Jim fazer as honras da casa, no fim das contas.

– Arrume suas malas. Você vai para casa. – Para Eleanor, realmente era simples assim, mas, para Evie, essas palavras significavam o fim de tudo que sempre desejara.

– Esta *é* a minha casa – disse ela, se sentindo como uma criança batendo os pés. Ela se perguntou quantas outras garotas de vinte e sete anos tinham que brigar tanto contra a mãe por sua liberdade.

– Não seja ridícula. Eu disse que você tinha um ano para conseguir um cargo mais alto no seu... – ela empinou o nariz – *ramo de escolha*, e não só você fracassou em conseguir um emprego melhor, como perdeu o que tinha!

– Mãe, por favor...

– Combina bem com você andar com vândalos como *esse*. – Eleanor mostrou seu exemplar do *The Teller*. Tinha até tomado a liberdade de circular o rosto de Evie e riscar o de Vincent em linhas duras com uma caneta vermelha.

– Sra. Snow, com todo o respeito... – começou Jim, indo até a porta, mas, quando Eleanor o atravessou com o olhar, ele não teve escolha além de parar no meio da frase.

– O que *você* está fazendo aqui? – perguntou ela.

– Evie e eu somos velhos amigos, sra. Snow. A senhora sabe disso. Eu... vim ver como ela estava.

– Que *conveniente* você aparecer por acaso aqui apenas instantes antes de mim, ao que parece. – Ela analisou a vestimenta de Jim, ainda de casaco e sapatos, como Evie.

– Sra. Snow, com todo o respeito, no último mês de novembro, a senhora disse que Evie poderia ter um ano para fazer com que essa vida que ela inventou funcionasse. Ainda nem estamos em agosto.

– Exatamente. Não estamos nem perto do fim do ano e olhe só a bagunça que ela já aprontou! – declarou Eleanor.

Evie odiava o fato de eles estarem falando dela como se ela não estivesse ao lado deles, mas mal conseguia falar. Desejou que suas lágrimas não fossem diretamente provocadas pela raiva. Isso a fazia parecer histérica, e havia menos possibilidade de ela se fazer compreender para a pessoa com quem estava argumentando. Quando essa pessoa era sua mãe, havia menos chances ainda.

– A senhora, com certeza, não vai voltar atrás com sua promessa antes de Evie ter uma chance adequada de provar seu valor.

— Ela já provou que é mais uma vergonha do que eu inicialmente achava que era.

Jim ficou em silêncio, estupefato. Como era possível uma mãe ser tão cruel com sua própria carne?

— Você não pode estar falando sério — murmurou Evie.

O relacionamento de Evie com a mãe nunca fora próximo. Ela e o irmão foram criados por babás e quase não viram os pais na infância, mas Evie sempre acreditara que, no fundo, a mãe a amava e queria o melhor para ela. Não acreditava mais nisso. Como poderia, já que a mãe estava tentando arrancar dela a única coisa que Evie pedira ou realmente desejara?

Eleanor fixou o olhar inflexível em Evie, seus lábios mal formando uma linha, mas havia alguma coisa ali. Um tremor de incerteza. Um instante de dúvida. Um toque de pânico por talvez estar errada. Evie percebeu, respirou e aproveitou o momento:

— Não vou com você, mãe. Não posso me casar com alguém que não amo, nem você pode fazer isso com Jim. Não me importa o que dizem as tradições da família, nem me importo com o fato de que o homem com quem desejo ficar não é o que você chamaria de um bom partido.

— Você não pode estar falando desse... desse... — Eleanor agitou o jornal no ar, esperando capturar as palavras com ele.

— O quê? Desse o quê? — perguntou Evie, sua raiva fluindo mais rápido que as lágrimas. — Ele é uma *pessoa*. É um homem bom e me faz feliz, e, como minha mãe, isso é tudo que você deveria desejar para mim!

— *Não* me diga o que eu devo ou não desejar para você. Eu sei exatamente o que é melhor para você e Eddie, e...

— Não desta vez, mãe — interrompeu Evie. — Desta vez, você está errada, e eu não vou voltar para casa até terminar isso.

Se Evie não conhecesse Eleanor, a expressão em seu rosto teria sido suficiente para deixá-la com medo — mas ela conhecia Eleanor e, sabendo o que estava por trás daquela expressão, Evie estava mais do que com medo. Apesar de sua desobediência explícita, ela estava apavorada. Vendo a expressão no rosto da mãe, ela sabia que teria que ceder em algum ponto, senão Eleanor a arrastaria para fora do apartamento pelos cabelos e, apesar de Evie saber que isso era totalmente errado, ainda era uma filha implorando pela aprovação da mãe e, mais importante, pelo amor da mãe.

– Só estou pedindo que você me dê até novembro para tentar fazer isso dar certo. Como você prometeu. Se eu conseguir um novo emprego, melhor do que o que eu tinha no *The Teller*, um emprego que pague por este apartamento e pela vida que eu quero ter, será o fim do seu controle sobre mim. Vou me casar com o homem que escolher, e você nem vai precisar ir ao casamento.

Eleanor ficou calada, absorvendo as palavras de Evie. Por fim, bufou em concordância, e o coração de Evie afundou. *Você nem lutou por mim,* pensou com tristeza.

– Se você insiste nesse jogo tolo, vá em frente – disse Eleanor, com o rosto parecendo pedra. – Mas quero avisar que você não vai ter notícias minhas nem do seu pai novamente se continuar desse jeito depois de novembro. Nem terá direito à herança.

– Sra. Snow... – interferiu Jim, mas Evie o impediu.

– Tudo bem – disse ela, com uma lágrima escapando.

– E você nunca mais verá Eddie.

– Não – sussurrou Evie. – Você não pode...

– Você não pode achar sinceramente que vou deixar você se aproximar dele, influenciando-o com suas ideias idiotas. – Eleanor parecia incrédula. – Não. Se você fizer essa vida dar certo, no que diz respeito a Eddie, ele não terá mais uma irmã.

Evie ficou chocada, e Eleanor entendeu seu silêncio como concordância.

– E o que vai acontecer quando você fracassar?

– *Quando?* Sra. Snow, acho que a senhora não está sendo totalmente justa... – começou Jim, mas Evie levantou a mão, interrompendo-o de novo.

– *Se* não der certo, aí... eu volto para casa sem confusão – disse ela, baixinho. – Fico dentro de casa, trancada para não a envergonhar nunca mais, e... e me caso com quem você quiser. Meu único pedido é que você não obrigue Jim a nada. Você é *minha* mãe. Jim pode fazer suas próprias escolhas. Ou... a mãe *dele* pode.

– Evie... – sussurrou Jim.

– Combinado. – Eleanor bufou mais uma vez sua concordância, depois virou-se nos calcanhares e foi embora.

Assim que a porta do apartamento se fechou, Evie caiu soluçando nos braços de Jim. Enquanto ele a abraçava, o som de asas voltou e fez seu coração erguê-la do chão apenas um centímetro. Ela correu até a sacada, onde Pequenino, orgulhoso, mostrava a nova mensagem na asa direita:

Seria terrível se eu pedisse para ver você? Estou com saudade. E do seu apartamento. Ele não tem cheiro de Sonny.

– Evie? Isso é um pombo? – disse Jim, seguindo-a até a sacada, onde Evie estava ajoelhada no chão, segurando delicadamente a asa da ave entre os dedos.

– É um mensageiro – disse ela, distraída, sua atenção concentrada nas palavras diante de si e em como ia responder.

– Evie, olhe para mim por um instante.

Relutante, ela virou o rosto manchado de lágrimas para o de Jim, que estava marcado por rugas de preocupação. Não percebera antes, mas, apesar de Jim ainda ser bonito, ele estava envelhecendo. Sempre pensara nele como aquele menino de oito anos que conhecera quase vinte anos antes, mas agora via as rugas que estavam começando a aparecer ao redor dos olhos e da boca. Ele estava envelhecendo. Assim como ela.

– Como é que você vai encontrar outro emprego? – Jim parecia desconfortável, como se quisesse ir até ela e abraçá-la, talvez mais por ele do que por ela, a julgar pela quantidade de preocupação que preenchia as rugas no rosto dele.

– Não tenho a menor ideia. Eu nem acho que vou conseguir. – Seus olhos ficaram vidrados e ela sentiu tudo ficar entorpecido outra vez.

— Então, por que lutou tanto para fazer sua mãe deixar você ter mais três meses?

— Porque isso significa mais três meses com Vincent. Dizer adeus a ele hoje seria cedo demais.

Evie se virou de novo para o pombo, sem lágrimas para chorar, e escreveu:

Venha aqui agora.

Jim deixou Evie depois de lhe dar um abraço de despedida longo e demorado. Quando chegou à rua, entrou no carro e inclinou o espelho retrovisor para poder ver a sacada do apartamento dela, mas Evie não estava lá. Pouco tempo depois, Vincent chegou, vestido de um jeito mais elegante do que Evie jamais vira. Ele até passou a calça jeans e ajeitou o cabelo com os dedos, numa tentativa de tentar ficar menos parecido com um "cientista louco". Evie tinha colocado uma flanela com água fria no rosto para tentar deixá-lo menos vermelho e manchado, mas Vincent não teria percebido de qualquer maneira. Assim que abriu a porta para Vincent, ele mostrou um envelope bege que claramente tinha sido rasgado no alto. O endereço do remetente no canto dizia que era de uma escola de música. Uma das boas.

— Alguém respondeu? — Evie o puxou da mão dele e começou a tirar a carta de dentro.

— Uns meses atrás — disse ele, empolgado. Evie pareceu confusa. — Fui convidado para um teste. Eu não queria contar porque não queria decepcioná-la se não desse certo, e eu sabia que isso me deixaria nervoso também. Mas isso chegou ontem. Leia!

Evie sorriu e pegou a carta com rapidez, procurando uma palavra — só uma: *bolsa de estudos*. Quando a viu, caiu no choro e jogou os braços ao redor de Vincent.

— Parabéns — sussurrou ela.

— Senti saudade de você. — Vincent roçou o rosto dela com as costas dos dedos e sorriu como se tudo estivesse certo de novo com seu mundo, agora que estavam juntos. O estômago de Evie se contorceu.

Não conseguia encontrar as palavras para contar a ele o que acontecera, então o beijou como se isso pudesse mudar o futuro dos dois.

🍃

A vida voltou ao normal. Para Vincent, aqueles oito dias foram apenas uma pausa na vida deles com duração indefinida. Evie tinha decidido não contar a ele que as coisas já tinham terminado e que estes últimos três meses eram apenas uma despedida prolongada. Saber disso a deixava arrasada, mas qual seria a vantagem de deixá-lo arrasado também? Sem perceber, Evie se tornara mais distante enquanto se preparava para a despedida inevitável, o que confundia Vincent constantemente e era a causa de várias discussões. Ela o afastava onde costumava convidá-lo a entrar e recuava onde costumava se empolgar. Vincent voltava para o próprio apartamento algumas noites, quando eles discutiam, e, na manhã seguinte, Pequenino aparecia na sacada de Evie para ele saber, a uma distância respeitosa, como ela estava se sentindo e se queria vê-lo. A resposta sempre era *é claro.*

    As asas do pombo ficaram quase totalmente pretas, e ele começou a transportar as mensagens nas costas e no peito, mas as recebia com asas abertas. Ninguém queria mais que o amor deles desse certo do que ele. As mensagens de amor e delicadeza do casal davam a ele força e sentido. Quando voava passando por desconhecidos, eles sentiam uma felicidade inexplicável. Tinha se tornado um farol de esperança, e as mensagens de Evie e Vincent eram as chamas, mas, por mais que Pequenino lesse os recados, ele nunca saberia o que se passava na mente de Evie, nem poderia ver o rosto sério da mãe dela como Evie via sempre que fechava os olhos. Evie sabia que seu tempo com Vincent era limitado, mas Pequenino, pobre Pequenino, estava tão no escuro quanto Vincent, e o mensageiro alado não tinha como saber que estava enraizando um amor que fora amaldiçoado desde o início.

6

august

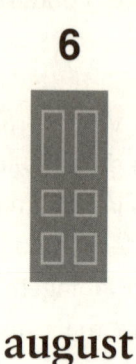

Evie se viu olhando para o prédio da escola de música no campus da universidade onde seu filho estudara. O prédio era antigo e majestoso, e sua alta torre de relógio se erguia de um jeito sinistro contra o céu cinza. A chuva estava gelada e dura e espetava seu rosto se olhasse diretamente para cima, então ela puxou a gola para cobrir o pescoço e subiu rapidamente os degraus até a escola.

Não sabia muito bem como devia se comportar neste mundo. Ela supôs, depois de já ter atravessado uma parede, que atravessar portas e paredes fazia parte do pacote, mas, como uma mulher viva e respirando, sempre batia à porta antes de entrar num ambiente, e achava que isso não devia mudar, agora que estava morta. Uma porta se abrindo sozinha poderia provocar medo, então ela esperou alguns minutos na chuva até que, finalmente, um homem usando chapéu de feltro, um belo casaco de camurça cinza e uma pasta saiu do prédio. Enquanto ele brigava com o guarda-chuva, Evie deslizou porta adentro, e o homem supôs que o arrepio que sentiu fosse proveniente do clima pavoroso, apesar de não conseguir explicar o cheiro de melado quando a porta se fechou atrás dele.

Lá dentro, havia uma mesa de recepção, atrás da qual uma ruiva maravilhosa estava sentada mexendo com o fio do telefone enquanto falava num tom baixo. Evie só visitara a universidade uma vez, quando foi assistir ao recital do filho. Tinha chorado tão alto, que a mãe de outro aluno sentada em frente a ela tinha se virado para lhe oferecer um lenço de papel. Evie não conseguiu evitar. August havia tocado com tanta beleza. Ele aprendeu a gostar de música assim que nasceu, e ela fez questão de alimentar isso. Evie jurou que os filhos teriam todas as chances que ela não teve para fazer exatamente o que quisessem. Quer eles tivessem sucesso ou não, ela estava lá, ao lado deles, a cada passo do caminho.

Quando August disse que queria estudar música, Evie fez tudo ao seu alcance para ajudá-lo. Comprou seu primeiro violino, pagou pelas aulas de piano e pedia para ele tocar quase toda noite. August estudava noite e dia durante o período escolar, até conseguir uma bolsa de estudos para a segunda melhor universidade da cidade (na melhor, não havia equipe de basquete, e a paixão de August pelo basquete na época da inscrição era insaciável). Ele venceu competições de composição com suas peças clássicas para piano, uma das quais lhe deu a oportunidade de ter destaque nos créditos de um filme independente, e aí nasceu sua carreira de compositor de trilhas sonoras. Agora, aos cinquenta e um anos, com os dias de estudo bem para trás, a universidade o recebia sempre que ele queria tocar piano nos estúdios em que costumava ensaiar, mas August só costumava fazer uma visita quando precisava de espaço para pensar.

Evie andou por todos os corredores de todos os andares, espiando pelas janelas, esperando ver o cabelo ruivo que ia embranquecendo do filho e seus dedos disparando pelas teclas. Quando finalmente o encontrou, as mãos dele estavam paradas e a cabeça estava apoiada nas teclas de marfim. Ele estava roncando com delicadeza. As olheiras lhe disseram que aquele provavelmente era o maior período de sono dele nos últimos dias.

Desde que a segunda filha saiu de casa, alguma coisa entre August e sua esposa, Daphne, havia se perdido no meio do vazio e da quietude da casa. Uma chama que antes queimava com o calor de mil sóis agora mal era uma brasa, e a lembrança do que sentiam antes um pelo outro zombava dos dois. August ainda amava Daphne mais do que tudo. As únicas mulheres que competiam pelo seu afeto eram as duas filhas, Gwen e Winifred, e a própria Evie quando estava viva, mas August sabia que o amor entre ele e Daphne não era o mesmo de antes, que algo se perdera e ele não fazia ideia de como reencontrar. Era como se algo estivesse bloqueando seu coração. Como se parte de uma máquina tivesse enferrujado e todas as coisas que ele costumava transmitir com perfeição tivessem escapado da linha de montagem e se perdido. Em algum lugar dentro dele, todas as coisas maravilhosas em que pensava estavam se empilhando, deixadas para apodrecer na própria beleza. August e Daphne não discutiam. Eles mal se falavam, porque August se esquecera de como fazer isso, e o silêncio enlouquecedor tinha resultado em idas até os estúdios de ensaio na antiga universidade, onde ficava sentado durante horas a fio, normalmente até cair no sono em cima das teclas.

Evie achou que talvez precisasse atravessar essa porta específica, só uma, para falar com o filho. Lieffe dissera que ela não seria capaz de causar impacto no mundo ao redor, então abrir uma porta não seria possível, e poderia demorar horas até alguém aparecer e abrir a porta para ela poder entrar. Recuou e analisou a porta com cuidado. Imaginou que bastava apenas mirar e andar. Respirou fundo e foi em frente e, apesar de ser apenas uma distância curta, fechou os olhos com força bem quando sua cabeça deveria ter atingido a porta, mas, em vez disso, seu corpo todo ficou frio e rígido, quase como se ela tivesse se tornado a porta em si por um instante, depois sentiu que voltava à maciez da própria carne e estava do outro lado. Os ombros de August se mexeram quando a temperatura do estúdio caiu levemente, e a pele de seus braços ficou arrepiada. O instinto maternal de Evie assumiu, e ela o acalmou quando se ajoelhou ao seu lado. Queria acariciar seu cabelo, colocar os braços ao seu redor, mas, se a entrada dela no estúdio tinha interrompido o sono dele, ela não queria descobrir qual seria o efeito de encostar nele.

– August?

Não sabia se ele conseguia ouvir ou se ele ia responder. Só precisava acreditar no que Lieffe lhe dissera. Tinha que acreditar que isso ia funcionar.

– August. Meu filho querido. Durante todo o tempo em que estivemos juntos, em todos os anos de criá-lo e observá-lo se transformar num homem bom, nunca fui totalmente sincera com você.

O coração fantasmagórico de Evie se acelerou. Dizer essas palavras em vida a teria matado, e, agora que estava no além-túmulo, *tinha* que divulgar os segredos mantidos tão trancados, senão sua alma nunca descansaria. Procurou algum sinal de que August a estava escutando, mas não havia nada que ela pudesse fazer além de continuar falando.

– Quando eu era mais nova, antes de você nascer, eu costumava mandar recados de amor para... alguém. Acho que não importa para quem. Enviávamos as mensagens nas asas de uma ave que eu chamava de Pequenino. Quando o vi pela primeira vez, o pássaro, ele era branco como a neve e muito lindo, mas havia tanto do nosso amor para ele carregar, que suas penas logo ficaram pretas como tinta. Ouvi boatos de que ele ainda está por aí em algum lugar, e até hoje fica parado na sacada do meu antigo apartamento, esperando nossa história terminar. Se os boatos forem verdadeiros, isso significa que Pequenino não descansou todos esses anos. Ele simplesmente está pronto e esperando.

Os olhos de Evie cintilaram de culpa. Ficou tão preocupada em contar a Vincent que as coisas tinham que terminar e em como ele ia reagir, que se esqueceu de contar a Pequenino. Ele tinha tanta certeza do amor dos dois, que ficou esperando Evie e Vincent voltarem e, enquanto esperava, continuava a espalhar o amor que carregava nas asas para todo mundo que podia. Acabou ficando cansado e, às vezes, sentia vontade de desistir, mas continuava assim mesmo, sempre com esperança. Evie sempre quis encontrá-lo, mas foi covarde e simplesmente não conseguiu se obrigar a procurar o passado. Sabia que pedir a August para fazer isso por ela significaria revelar as histórias que passara a maior parte da vida escondendo, mas também sabia que era hora de ceder. Era hora de libertar Pequenino.

– August, você precisa encontrá-lo. Deixe seu coração chamá-lo e, quando ele chegar até você, lave as asas dele. Libere-o das responsabilidades que ele cumpriu com tanta diligência quando eu ainda estava viva. E, em meu nome – sussurrou ela –, agradeça a ele.

Uma lágrima escapou e caiu nas costas da mão direita de August. Ela brilhou por um instante, como uma pérola, depois penetrou-lhe na pele, fazendo ele se mexer. Evie prendeu a respiração e viu os olhos do filho se abrirem só um pouquinho. Houve um instante de reconhecimento antes de ela se sentir puxada para trás pelo coração, mas não teve forças para lutar contra isso. Fechou os olhos e deixou os membros ficarem pesados enquanto uma força a pegava delicadamente no colo e a tirava do estúdio. Houve um ruído de sucção quando sentiu a atmosfera ficar densa como melado, e ela caiu abruptamente de lado no chão duro.

🍃

Evie abriu os olhos vidrados e viu a vaga forma do rosto preocupado de Lieffe olhando para ela.

– Como foi?

Ela piscou algumas vezes, até não parecer que estava olhando através de um vidro fosco.

– Tudo bem, acho. Não tenho certeza.

– Você o encontrou, então? – Lieffe pegou um dos braços dela e a ajudou a se sentar na cadeira.

– Sim, eu o encontrei. Ele estava dormindo, e eu falei o que precisava. Assim que ele acordou, eu me senti sendo arrastada de volta para cá, mas houve um instante... uma fração de segundo em que ele abriu os olhos, e quase deu a impressão de que ele conseguia me ver. – Evie fungou, sem querer se emocionar mais uma vez.

– Ah, Evie. Você foi bem. Quer descansar? Visitar os outros amanhã? O tempo está à nossa disposição aqui, afinal. – Lieffe começou a ir em direção à porta, parecendo exausto por ter passado o tempo retorcendo as mãos de preocupação enquanto Evie estava do outro lado da parede.

– Não, quero continuar, mas...

– O que foi? – Lieffe virou para encará-la, com as preocupações evidentes no rosto: ela estava reconsiderando? Isso tudo era demais para ela? Doloroso demais para reviver?

– Quais são as chances de tomar uma caneca de chá antes?

🍃

Quando August acordou, teve a sensação de que não estava sozinho. Pensou ter visto um rosto conhecido observando-o, mas, quando esfregou o sono dos cantos dos olhos, não havia ninguém por perto, e ele atribuiu isso ao estranho sonho que estava tendo. Massageou as têmporas enquanto se lembrava de um pássaro voando na sua mente. Era preto, mas, quando voava, palavras escritas a tinta escapavam das penas e tropeçavam, caindo no chão, criando poças, revelando a cor branca natural embaixo. Ainda ouvia uma voz suave, mas fantasmagórica, repetindo: *Deixe seu coração chamá-lo... Lave as asas dele... Agradeça a ele.*

August sacudiu a cabeça para afastar os pensamentos, mas eles grudaram nele enquanto voltava para casa naquela noite. Eles o incomodaram quando viu a expressão de desejo no rosto da esposa virar decepção quando ele não lhe deu um beijo de boa-noite, não porque não quisesse, mas porque se esquecera de como fazer isso. E, quando subiu na cama ao lado de Daphne, esses pensamentos continuaram a girar e fazer barulhos metálicos como engrenagens em seu cérebro. Ele saiu da cama apenas instantes depois de se deitar. Daphne se sentou.

– Aonde você vai, August?

– Só ali embaixo. Meu cérebro não para.

– Algum dia, você vai me contar o que está acontecendo aí dentro? – Apesar de a lua estar brilhando pela janela, August não conseguia enxergar a mulher, porque a tristeza na voz dela sugava toda a luz do quarto.

– Só estou preso numa melodia para uma nova trilha sonora – mentiu, sentindo as asas do pássaro batendo atrás de seus olhos. – Durma um pouco. Eu já volto. – E saiu antes que a tristeza dela o alcançasse.

Não havia estrelas prateadas pontilhando o céu ainda escuro, mas também não havia nuvens de chuva, e August ficou grato por isso. Ele não gostava de chuva, embora a estranha árvore no fundo do jardim a bebesse como se não houvesse amanhã e, em vez de dar novas frutas sazonalmente, sempre amadurecia depois de uma tempestade. Na infância, eles descobriram como o gosto da fruta era horrível, por isso nunca a colhiam, só a deixavam lá para cair e apodrecer na grama perto das raízes.

August ficou parado na porta dos fundos da casa dos Snow, com uma caneca de café descafeinado na mão, olhando para o pomar. Tinham se mudado para a casa dos Snow pouco depois da morte de Evie, para cuidar do tio de August, Eddie, agora com quase oitenta anos e precisando de uma mãozinha extra. Era a casa em que Evie havia crescido, e August achou que poderia ser um novo começo para ele e Daphne. Mas, apesar de as coisas não terem piorado, também não tinham melhorado. August achou que talvez eles pudessem encontrar nessa casa o que haviam perdido, mas só encontraram mais silêncios constrangedores dele e mais tristeza nostálgica dela. August pensou no quanto amava a esposa e se perguntava como havia perdido o jeito de dizer isso a ela. Como foi que ele descarrilou o trem, e será que um dia ele voltaria aos trilhos?

Saiu para o pátio e se sentou numa das cadeiras de metal do jardim, só se lembrando de como chovera pesado mais cedo, quando a água começou a ensopar a calça de seu pijama de flanela. Ele se levantou de repente, pegando a caneca na beira da mesa de jardim. A caneca se estilhaçou na altura da alça, caindo no chão, e o café quente espirrou em seu pé descalço. Ele soltou um grito e fez uma dancinha até o café esfriar e, quando isso aconteceu, se afundou de novo no assento, sem se preocupar mais com a água, e chorou. August deixou a cabeça cair para a frente e chorou os sentimentos que deixara no coração, até as lágrimas se misturarem com as poças de chuva sobre a mesa. Seu coração se partiu ao meio, e ele poderia jurar que fez um barulho que vibrou pelo ar, farfalhando as folhas da estranha árvore no fundo do jardim.

– August?

A voz de Daphne estava tímida e envergonhada, bem diferente daquela que ele ouvira quando os dois se conheceram na universidade. Na ocasião, ela estava cantando tão alto no estúdio de ensaio ao lado do de August, que ele foi até lá para lhe pedir que mantivesse a voz baixa, mas, quando abriu a porta e viu uma garota minúscula cantando mais alto e melhor do que a maioria das estrelas que ouvira, August se apaixonou por ela no ato. Acabou convidando-a para cantar com ele enquanto a acompanhava no piano, algo que continuaram a fazer em todos os intervalos de almoço que podiam pelas cinco semanas seguintes, antes de ele finalmente convidá-la para jantar. Ela sempre fora tão miúda e *tão* estrondosa.

– Você é meu pequeno paradoxo – dizia-lhe August.

– E você é apenas meu menino bobo – respondia ela, brincando, e ficava na ponta dos pés para beijar o rosto dele.

No entanto, ao longo dos anos, a voz dela enfraquecera. Ela mal cantava e, quando falava, parecia esgotada e resignada, com seu estrondo destruído.

– Ah, August. – Ela correu até ele e o envolveu nos braços do melhor jeito com que conseguiu, mas suas mãos não se encontraram ao redor dos ombros dele. – O que aconteceu? – perguntou, olhando para os pedaços de cerâmica quebrada no chão, mas ele simplesmente balançou a cabeça.

– O que aconteceu conosco? – perguntou ele, olhando para ela através dos olhos contraídos pelas lágrimas.

Ela olhou para ele, totalmente surpresa.

– Achei que você nunca fosse perguntar. Achei que você não queria falar no assunto. Achei que você... – Ela deixou a frase morrer.

– Achou que eu o quê? – Ele hesitou, esperando que ela não fosse dizer o que ele achou que ela ia dizer.

Ela respirou fundo, tremendo.

– Achei que você não se importava.

August caiu nos braços dela mais uma vez e soluçou, e Daphne o abraçou com força, quase como se estivesse tentando impedi-lo de escapar. Depois de um tempo, ela o balançou com delicadeza.

– August – sussurrou ela. – August, olhe.

Nenhum dos dois tinha ouvido as asas batendo nem os pés arrastando na mesa, porque o coração de ambos ecoava muito forte em seus ouvidos, mas, quando Daphne abriu os olhos, ela o viu e queria que o marido também o visse: um melro parado com ousadia perto de August na mesa de jardim. August saiu rapidamente do assento e deu alguns passos em direção à casa, quase derrubando um vaso de plantas, mas o pássaro arrulhou baixinho, como se quisesse tranquilizá-lo.

– Shhh! Você vai acordar seu tio! – murmurou Daphne.

– Não pode ser... – sussurrou August, com lágrimas escorrendo pelo rosto. Daphne instintivamente estendeu os dedos para o pássaro, mas August pegou sua mão e a puxou para si.

– O que foi? O que há de errado? – perguntou ela.

– Esse pássaro. Eu sonhei com esse pássaro hoje, quando adormeci no estúdio de ensaio.

Ele percebeu tarde demais e pareceu envergonhado, mas Daphne já sabia. Ela sabia que ele voltava aos estúdios de ensaio da antiga universidade quando se sentia estressado, porque a recepcionista ruiva muitas vezes ligava para o número de telefone do arquivo, que era da casa da mãe dele, onde eles moravam agora, só para avisar a Daphne que ele adormecera num dos estúdios de ensaio de novo e provavelmente chegaria tarde em casa. Não era tão segredo quanto ele pensava.

– *Este* pássaro? – perguntou Daphne, cética.

– Sim.

– *Exatamente* este pássaro? – August fez que sim com a cabeça, e a expressão no seu rosto convenceu Daphne. – Deve ser um melro muito especial, então.

– Acho que não é um melro. – August se lembrou do sonho, deixando as lembranças correrem soltas, e elas dispararam pela sua mente e pelas suas veias, felizes por ele ter parado de resistir.

Com cuidado, deu um passo em direção ao pássaro, e Pequenino deu um passo em direção a ele. Os dois continuaram dando passinhos, até que Pequenino pousasse na borda da mesa, na altura do umbigo de August, olhando diretamente para cima. August se ajoelhou para que os dois mantivessem o olhar na mesma altura e acariciou cuidadosamente o topo da cabeça do pássaro com o dedo indicador. Em seguida, olhou para o dedo. Bem na ponta, estava a palavra *casa*, escrita em tinta preta. Ele olhou de novo para o pássaro, que agora revelava uma pequena mancha branca no topo da cabeça.

– Ora, venha ver isso. – Recuou e chamou Daphne para olhar, e ela percebeu, na própria mente, que era a primeira vez em que se sentia incluída havia anos.

– É tinta? – Ela ofegou, sem acreditar que estava vendo a palavrinha escrita com perfeição. – Posso? – Ela estava falando diretamente com o pássaro, que fez que sim com a cabeça e espalhou as penas de uma das asas. Daphne passou o dedo pequeno numa pena, mas a asa continuou preta como a noite. Estendeu a mão e pegou a mão de August, pressionando delicadamente o dedo indicador dele na asa de Pequenino. Juntos, eles pegaram as palavras *Eu nunca amei ninguém*. Ela franziu a testa e, desta vez, usou o dedo dele para ver se havia mais coisa nessa frase triste. Quando olhou para a mão de August de novo, viu *como eu te amo, Evie*. Ela riu e balançou a cabeça, totalmente descrente. Mais lágrimas surgiram nos olhos de August e se derramaram, fluindo pelos rastros que as lágrimas anteriores haviam deixado.

– Sua mãe? Essa Evie? – Daphne conseguiu fazer as palavras saírem sem soluçar.

– Também sonhei com ela hoje. Deve ser. – August não se preocupava com os soluços. – Por que seus dedos não funcionam?

– Você não vê? Ele é um livro voador, cheio de bilhetes de amor. Bilhetes de amor *secretos* da sua mãe, e de que valem bilhetes secretos se todo mundo puder lê-los? Você tem o sangue de Evie correndo nas veias, e esse Pequenino – o pássaro inclinou a cabeça em reconhecimento – deve saber disso.

Daphne segurou a mão de August e leu as palavras várias vezes, principalmente para poder sentir o calor dele por mais tempo.

– Precisamos lavar suas asas. Ele está carregando esses bilhetes há anos. É hora de descansar. – August estendeu as mãos juntas, e Pequenino saltou, feliz e confiante, para elas.

Juntos, Daphne e August limparam o "melro". Daphne pegou água morna e toalhas e achou um caderno em branco que estava guardando. August tirou a tinta com cuidado, palavra por palavra, e juntos eles as colocaram em ordem no caderno. Deixaram cair uma aqui, outra ali, e elas se espalharam pelo chão da cozinha, perdidas. Os dois trabalharam até de manhã, até Pequenino finalmente ficar limpo. Suas asas tinham sido restauradas para o branco cremoso glorioso, as penas brilhavam e ele voltou a ser um pombo. O caderno estava cheio, explodindo até as bordas com a história de Evie e Vincent, como contada pelos bilhetes.

— O que você vai fazer com isso? — perguntou Daphne a August depois que levaram Pequenino para fora, na intenção de libertá-lo, mas ele só quis ir até a árvore no fundo do jardim.

Ele encarou o caderno aberto sobre a mesa, e o desejo de lê-lo lutava contra a ideia de honrar os segredos bem guardados da mãe.

— O que *você* acha? — disse ele finalmente e, mais uma vez, Daphne percebeu que esta era a primeira vez, em muito tempo, em que os dois tinham uma conversa, sobretudo uma conversa em que ele perguntava o que ela achava. Daphne pegou o caderno aberto e virou até a primeira página. Colocou-o delicadamente nas mãos de August.

— August, acho que você foi levado até estas mensagens por um motivo. Por favor, não me diga que trabalhamos *tanto* para recuperar uma história que nunca vamos conhecer.

Naquela noite, eles se deitaram na cama e começaram a ler e, apesar de estarem casados havia anos, os dois se comportaram como adolescentes no primeiro encontro. Quando suas mãos se encostaram por acidente, Daphne corou, e August não olhou nos olhos dela. Começaram a ler em silêncio, mas, conforme se aprofundavam na história, mais partes liam em voz alta um para o outro e, conforme liam, o gelo que envolvera o casamento por tanto tempo pareceu se derreter magicamente. August até colocou o braço ao redor da esposa e a puxou para si, e a tristeza de Daphne fugiu como chuva evaporando para as nuvens.

🍃

Evie teve que deixar o chá de lado no chão quando uma sensação estranha apertou seu peito. Alguma coisa havia começado a se agitar ali dentro, como um beija-flor batendo asas, e ela agarrou os braços da cadeira porque achou que ia decolar. Em seguida, do mesmo jeito com que começou, a sensação parou. Lieffe olhou para ela, como se soubesse de algo que ela não sabia.

– Como você se sente? – perguntou ele.

Ela prendeu a respiração, se concentrou e sorriu.

– Mais leve.

Sua primeira jornada finalmente havia terminado. Seu filho sempre demonstrara empatia, mais do que sua filha analítica e acadêmica, e foi por isso que ela teve certeza de que esse segredo era destinado a ele. August também tinha uma estranha consciência do sobrenatural. Claro que, quando ele acordava à noite, ainda criança, com medo das sombras que dizia serem fantasmas e monstros, Evie o embalava até ele voltar a dormir e garantia que essas coisas não existiam. Se outra pessoa tivesse encontrado um pássaro preto desgrenhado no jardim, teria enxotado o bicho, apesar de ter tido sonhos estranhos – mas não August. Ele era um homem que acreditava que tudo acontecia por um motivo e que certas coisas estavam predestinadas. Acreditava na sorte e no destino, e Evie sabia que ele encaixaria as peças do quebra-cabeças.

Agora ela estava feliz porque sua tendência imaginativa tinha continuado na vida adulta, porque, contra todas as previsões, o sobrenatural *realmente* existia, e Evie fazia parte dele.

7

horace

Durante o chá, Evie contou a Lieffe a história de Pequenino. Era estranho falar nisso com tantos detalhes, mas já não era difícil. Agora que August sabia, ela destrancara essa porta para sempre. *Agora vamos destrancar as outras,* pensou.

– Pequenino finalmente está descansando. É hora de você fazer o mesmo. Então, quem é o próximo? – perguntou Lieffe.

Evie esfregou as mãos para gerar um pouco de calor. A tempestade tinha deixado o cômodo levemente frio e úmido.

– Minha filha – respondeu ela, com um movimento da cabeça e um sorriso tenso enquanto pensava na menina aos quatro anos de idade, teimosa e fazendo biquinho com os braços cruzados.

– Tudo bem – disse Lieffe –, mas, primeiro, preciso alertá-la, antes de você atravessar a parede de novo, de que o tempo funciona de um jeito diferente aqui de como funciona do outro lado. Enquanto nos movimentamos numa velocidade de passeio, o tempo do outro lado dispara. É por isso que a vida parece tão curta e a morte parece... eterna. – Ele suspirou.

– Há quanto tempo você está aqui, Lieffe? – perguntou Evie.

— Ah, já perdi a conta dos anos... e das canecas de chá — respondeu ele, de um jeito amigável. — Quer mais uma?

Evie balançou a cabeça.

— Posso pegar um lápis emprestado? — perguntou ela, arrastando a cadeira de rodinhas até a mesa no canto com os saltos. Abriu as gavetas e encontrou alguns itens esquisitos: três botões, uma caixa de clipes de papel, um alfinete... e um lápis. Não estava apontado, mas também não estava totalmente sem ponta, então ia funcionar.

— Claro, mas por quê? — gritou Lieffe do alto da escada enquanto colocava as canecas na pia da cozinha americana atrás de seu escritório.

— É a próxima chave! — gritou ela, arrastando a cadeira de volta para a parede.

Lieffe voltou e encontrou Evie riscando o lápis no gesso da parede, com a língua para fora, concentrada. Estava cobrindo o desenho com as mãos, de modo que Lieffe não conseguia ver o que era. Ele ficou em pé atrás dela, de longe, e a curiosidade o fazia inclinar o pescoço. Por fim, ela tirou a mão e revelou um desenho, mais ou menos do tamanho da palma da mão, de um gato usando casaco e monóculo.

— Tã-dã! — disse ela, emoldurando a obra de arte com as mãos.

Lieffe deu uma risadinha.

— E quem é ele quando está em casa? — Ele retorceu o rosto e semicerrou os olhos para o desenho, mas não adiantou, então simplesmente se aproximou, até o nariz estar quase grudado na parede, para ver melhor.

— Esse é Horace. Era um gato de verdade, mas morreu quando minha filha tinha apenas sete anos. Ela não aceitava de jeito nenhum. Chorou e chorou e dormia no lugar onde Horace costumava dormir e se recusava a sair dali. Foi aí que comecei a desenhá-lo para ela, e meu marido inventava histórias para acompanhar as imagens. Ela vivia por essas histórias quando era mais nova, e falávamos sobre Horace com tanta frequência, que, pouco tempo depois, ela também começou a desenhá-lo. Desse jeito, Horace nunca morreu de verdade. Ele viveu mais tempo que a maioria dos gatos!

– É isso que vai ajudá-la a encontrar sua filha?

– Claro. Horace foi uma das últimas coisas sobre as quais conversamos antes de eu morrer.

– Parece que você conseguiu invocar o gato da família, afinal! – Lieffe cutucou a Caixa de Perdidos com a ponta do sapato.

– Sim, mas não de um jeito tão brutal. Isso é bem mais humano. – Evie riu e se virou para a parede, mas o desenho tinha desaparecido. Encostou no ponto onde o vira apenas instantes atrás, e a parede respondeu criando pelos.

Pelos de verdade.

Dos dedos de Evie para fora, a parede toda formou ondas e criou uma pelagem ruiva até as pontas. Evie não conseguiu deixar de sorrir e acariciar o pelo macio sob as mãos. Ela até jogou o cuidado para o alto e encostou o rosto na parede, aproveitando o calor e o ronronado suave que sentia reverberando dentro da parede ruiva.

– Evie, eu me afastaria daí se fosse você.

Evie olhou para trás. Lieffe parecia um pouco preocupado, mas os olhos cintilantes entregavam seu divertimento. Ela deu alguns passos para trás para dar uma boa olhada na parede, que agora estava começando a se projetar no centro e ficar preta e emborrachada. Em cima da protuberância, dois buracos apareceram e foram ocupados por olhos amarelos gigantescos. O pelo se dobrou e se moldou, até a parede finalmente se transformar no rosto do maior gato do mundo.

– Horace! – ofegou Evie e riu. Os olhos de Horace se arregalaram, e ele cheirou o cômodo, em reconhecimento. Depois, lambeu os lábios, e sua língua quase atingiu a cadeira. – Não consigo acreditar nisso!

– Nem eu. Posso lhe garantir que a parede nunca fez nada parecido. Isso é muito... novo. – Lieffe alisou o queixo com a barba por fazer e observou o enorme gato, mas Horace apenas sorriu com os grandes dentes de felino.

– Então... – disse Evie, acariciando o nariz de Horace – como devo atravessar a parede com esse gato enorme bloqueando a passagem?

Horace sacudiu o nariz para afastar a mão de Evie. Quando ela recuou, ele abriu a boca ao máximo, mostrando todos os dentes e a língua áspera. Lieffe soltou uma boa gargalhada.

– O quê? Não! Não, não, não! Não vou entrar aí! – A relutância de Evie só fez Lieffe rir ainda mais.

– Acho que você não tem escolha, minha querida menina. É assim que a parede quer que você viaje, e eu temo que ela possa não aceitar sua recusa com muita delicadeza. – Ele secou uma lágrima e deu um aperto reconfortante no ombro de Evie. Horace olhou para ela com desagrado.

– Está bem, está bem – bufou ela. Evie arrastou os pés até os dentes inferiores de Horace. – Parece que não tem outro jeito... tem? – Olhou para Lieffe, esperando que ele estivesse brincando e ela, no fundo, não tivesse que passar por isso.

– É atravessar a parede ou nada! – Lieffe continuou a rir quando se sentou na cadeira, pronto para ver o espetáculo. Parecia que não se divertia tanto havia uma eternidade.

Evie colocou a cabeça dentro da enorme boca aberta e gritou: "Olá!" O som de sua voz ecoou pela garganta de Horace. Ele enrolou a língua, formando um bolinho apertado, depois a jogou por cima dos dentes inferiores, de modo que ela se desenrolou para o chão do porão como um tapete vermelho.

– Ele deve gostar muito de você, Evie. Parece um tratamento VIP! – Lieffe mal conseguia manter a voz firme e o rosto parado.

– Já basta, mocinho – disse Evie, séria. Deu um passo até a língua de Horace, tentando ter cuidado para não o machucar. Horace a ergueu alguns centímetros do chão e lentamente começou a puxá-la para dentro da boca aberta. Evie virou a cabeça para Lieffe, mantendo o equilíbrio. – Se eu sair pelo... outro lado de Horace, você vai sofrer quando eu voltar. – Ela se abaixou enquanto passava pelos dentes do gato, depois inspirou e prendeu a respiração enquanto ele fechava delicadamente a boca ao redor dela.

Horace piscou para Lieffe, que observava fascinado, depois fechou os olhos e o rosto gigantesco se derreteu de novo na parede, que deixou de ser ruiva e voltou a ser bege. Se não fosse pelos poucos pelos perdidos deixados no piso de concreto, ele poderia nunca ter estado ali.

o segundo segredo

a caixa de sapatos

Outubro

Jim

James "Jim" Summer era um homem respeitável, de uma família bem relacionada. Quando seu pai se aposentasse, ele assumiria os negócios da família e, quando seus pais finalmente falecessem, ele herdaria a fortuna e a propriedade dos Summer. Até então, seu pai e sua mãe, James e Jane Summer, controlavam cada movimento de Jim. A mãe chegava ao ponto de deixar suas roupas preparadas toda manhã.

Apesar de não conhecer nada diferente, ele sabia que havia alguma coisa errada com o jeito como os Snow e os Summer funcionavam. Pelo modo como escolhiam seus parceiros, até o modo como davam nome aos filhos, tudo era coordenado demais, impecável demais. Nenhuma das duas famílias tinha calor, nem mesmo uma brasa, e isso os tornava terrivelmente sinistros e evitados pela maioria das pessoas. Se não fosse pelo fato de serem incrivelmente ricos, supunha Jim, provavelmente ficariam totalmente isolados da sociedade. E o único motivo para ele saber tudo isso era o fato de uma pessoa ter aberto seus olhos para essa loucura quando ele tinha oito anos, e essa pessoa por acaso era uma Snow: Evie.

Apesar de Evie poder ser literalmente a garota da casa ao lado, ela era bem distante desse estereótipo. Quando mais jovem, era corpulenta e desajeitada. Nunca usou óculos nem aparelhos dentários e sempre teve um rosto bem bonito, mas não sabia se comportar adequadamente. Parecia desconfortável em tudo que vestia e deslocada em qualquer ambiente, e, quando corria – e ela fazia isso com frequência –, parecia uma girafa recém-nascida tentando encontrar os próprios pés. A mãe tentou estimulá-la a ser uma dama, mas Evie detestava a ideia de que, para ser considerada uma dama, você tinha que se comportar de um jeito diferente do que todos os meninos eram estimulados a fazer. Seu irmão Eddie e Jim eram quase obrigados a brincar e ser barulhentos, enquanto Evie tinha que ficar sentada quieta e ser enfadonha e fingir que era elegante, quando claramente estava se coçando para galopar o mais rápido possível pelo máximo de poças de lama que conseguisse encontrar. Não via nada de errado em ser elegante, se era isso que você queria, mas não era o que *ela* queria.

Conforme ficou mais velha, ela perdeu o desengonçado, mas manteve a maior parte da estrutura corpulenta e, apesar de ter se transformado numa mulher diferente, mas linda, para a família, ela era o patinho feio. No entanto, diferentemente da maioria das mulheres, que evitavam bolo e xícaras de chá com três cubos de açúcar, ela aceitava seu peso extra. Em parte, porque sabia que esses quilos adicionais irritavam sua mãe, mas principalmente porque era saudável daquele jeito e não suportava a ideia de se exercitar mais do que subir os sete lances de escada até seu apartamento em raras ocasiões, quando o elevador quebrava – apesar de, por sorte, isso raramente acontecer, já que Lieffe mantinha o prédio bem conservado.

Quando crianças, Jim e Evie foram empurrados um para o outro, as famílias decididas a casar os dois quando fossem mais velhos, mas, quando *realmente* ficaram mais velhos, a amizade, de repente, se tornou "inadequada". Agora eles eram próximos *demais,* de acordo com os pais, e o tempo que passavam juntos foi reduzido e limitado aos fins de semana. Jim não entendia o motivo, mas Evie sim. Era porque Jim tinha se apaixonado por ela, e todo mundo enxergava isso. Nenhum dos casais de pais entendia o amor nem o fato de alguém se casar com alguém que amava, porque nenhum dos pares tinha afeto um pelo outro. Tinham se casado porque era inteligente e estratégico e fazia muito sentido. Jim e Evie tinham sido unidos pelos mesmos motivos, e observar Jim se apaixonar pela mulher que eles tinham escolhido para se casar com ele, algo que não entendiam, os deixou apavorados, e eles tentaram impedir. Mas isso só fez Jim amar Evie ainda mais. E tudo ficaria bem se Evie também tivesse se apaixonado por Jim, mas seu coração não ansiava por ele como o dele ansiava pelo dela. Evie muitas vezes desejava isso, mas Jim não era o homem certo para ela, e os dois sabiam disso.

Evie costumava se perguntar se deveria manter distância de Jim, para evitar lhe dar a ideia errada e aumentar suas esperanças, mas, apesar de não o amar, era claro para os dois que suas almas eram feitas do mesmo material e que, não importava o que acontecesse, em todas as reuniões de pessoas com nariz empinado, em todos os eventos familiares, e mesmo que apenas nos fins de semana, eles acabavam lado a lado. Ele era o melhor amigo que ela teve. Talvez o *único* amigo que ela teve e, por isso, não conseguia se afastar dele, e ele não queria isso. Jim poderia não ser muito bom em transmitir o que sentia, mas isso não significava que não entendia. Ele sabia muito bem que Evie provavelmente nunca o amaria, mas era suficiente estar perto dela e ter seu afeto de certa maneira, apesar de nunca ter o de outra.

Agora, no entanto, Jim estava sentado na sala de estar da casa da família Summer, na poltrona do pai ao lado da lareira acesa, segurando uma pequena caixa de veludo verde. Ele a abriu, pegou o anel de noivado e o examinou à luz do fogo. Uma faixa de ouro branco apoiava uma grande esmeralda cintilante no centro, com diamantes menores ao redor, brilhando tanto quanto ela. Jim suspirou. Era o anel perfeito, e ele sabia que Evie ia adorá-lo, mas o próprio ato de dá-lo a ela poderia ser o fim do afeto entre os dois. Se ela dissesse sim, faria isso mais por obrigação do que por escolha, e, se dissesse não, a família dela a renegaria. A dele provavelmente faria o mesmo, por envergonhá-los. Se ele a pedisse em casamento ou não, e, se ela dissesse sim ou não, tanto Jim quanto Evie não eram destinados à felicidade. Não, agora era apenas um simples caso de decidir qual caminho proporcionaria menos danos ao coração de ambos.

Jim ouviu a porta da frente se fechar e vozes gorjeando. Fechou a caixa do anel e a colocou no bolso da calça. Tinha começado a se sentir tonto, então diminuiu as chamas do fogo e foi pegar o casaco para dar uma caminhada, mas, quando chegou mais perto da porta, a conversa no salão começou a ficar audível. Puxou a maçaneta com leveza e viu a mãe, Jane, e Eleanor Snow tirando os casacos e os chapéus depois de uma caminhada com os cães. Jim não tinha o hábito de ouvir conversas escondido – não era algo digno de um cavalheiro –, mas sabia que o que escutasse poderia ser útil para Evie, e ele queria ajudá-la de todos os jeitos possíveis.

– Jane, você sabe tão bem quanto eu que minha filha vai estar em casa no dia 1º de novembro – disse Eleanor, desabotoando o casaco e pendurando o cachecol no porta-chapéus.

– Mas e se ela *conseguir* encontrar um novo emprego, Eleanor? O que vai acontecer? Teremos que casar Jim com aquela medonha Nelly Weathersby!

Jim estremeceu ao pensar no assunto, depois endireitou os ombros e respirou fundo e em silêncio. Se tivesse que se casar com Nelly Weathersby para que Evie tivesse a vida que queria, que assim fosse.

– Não seja estúpida, Jane. Já dei três meses de ilusão para Evie, mas ela vai voltar para casa no fim do prazo, mesmo que tenha encontrado um emprego. Não vou permitir que ela saia por aí bagunçando tudo a vida toda. Especialmente não com aquele *vagabundo* que ela arrumou. Um músico, imagine só! Eu sabia que minha filha era burra, mas, meu Deus! E Eddie também está agindo de um jeito estranho ultimamente. Espero que ela não tenha passado muita coisa para ele...

As duas mulheres desapareceram na casa e a conversa enfraqueceu, mas Jim tinha escutado o suficiente. Seu coração estava quicando no peito enquanto ele saía voando pela porta da frente, sem se preocupar em pegar o casaco no caminho.

❧

O apartamento tinha sido forrado com a arte de Evie. Não havia um centímetro de espaço que não estivesse coberto com páginas de seus cadernos de desenho. Ela havia mergulhado no pote de tinta e tentado afastar as preocupações com o futuro desenhando e enviando os desenhos para qualquer pessoa que pudesse precisar de um artista. Até mesmo empresas para as quais já havia mandado desenhos receberam outros, só para o caso de o primeiro lote ter se perdido. Vincent estava descansando no sofá, arquivando partituras em pastas e escrevendo notas musicais nas pautas dos livros de exercícios. Ele agora era um aluno maduro de uma escola de música bem decente e estava adorando. Aprender era algo que não fizera muito quando mais novo, sobretudo na área que mais amava, por isso, agora que tinha a chance, ele mergulhou fundo e não ia deixar nada escapar. Evie, no entanto, tinha começado a se parecer com um papagaio que arrancava as próprias penas, e havia pouca coisa que Vincent pudesse fazer para consolá-la. Mas hoje era um dos melhores dias de ambos. Ela estava absorta pelos desenhos, e ele cuidava dos próprios assuntos em silêncio, às vezes tocando uma peça no violino que hipnotizava Evie, mas, como em todas as tempestades, esta era apenas a calma que a antecedia.

A porta do apartamento tremeu sob a mão de Jim. Vincent olhou para a parte de trás da cabeça de Evie, seus cachos mal contidos pela tiara de tecido que ela usava para tirá-los do rosto, da frente do trabalho de arte enquanto rabiscava na mesa. Ela não ouviu a porta, e Vincent fechou os livros e a abriu, ficando cara a cara com um homem que parecia um modelo de propaganda de roupa. Aqueles que estranhamente costumam estar *vestidos*. Vincent sentiu um pequeno calor sob o colarinho por pensar isso e voltou sua atenção para saber o que exatamente esse espécime absurdamente lindo estava fazendo na porta de sua namorada.

– Hum. Olá. Você é...? – disse o homem, um pouco perturbado. Ele sabia que Evie ainda estava com Vincent, mas nunca pensara em como ia se sentir se o encontrasse. Nem esperava que Vincent fosse tão *alto*. Evie levantou o olhar ao ouvir a voz dele e correu até a porta.

– Posso ajudá-lo? – perguntou Vincent de um jeito agradável.

– Jim? O que há de errado? – Evie sabia que Jim não faria uma visita se não fosse urgente. Ele era parte da vida que ela não queria, mas uma vida que ainda estava em jogo. Portanto, até ela ter a oportunidade de provar que era capaz de conseguir um emprego e morar com o homem que amava, Jim ficaria longe. Até ele saber que Eleanor nunca teve a intenção de deixar Evie manter essa vida, quer ela a fizesse dar certo ou não.

— Posso entrar? — perguntou Jim, olhando para o corredor, convencido de que encontraria Eleanor no fim do corredor, vindo atrás deles com uma tocha e um forcado.

— Claro. Jim, esse é...

— Vincent? É um prazer conhecê-lo. — Os dois homens trocaram um aperto de mãos.

Vincent estava parado ao lado de Evie de um jeito protetor, com o ombro um pouco em frente ao dela. Pela preocupação na sobrancelha e pelo calor em seus olhos, ficou claro para Jim que Vincent realmente a amava e, apesar de saber que Evie nunca precisara ser cuidada, se sentiu reconfortado por saber que alguém bom estava, no mínimo, fazendo companhia para ela.

— Vincent, esse é Jim. — Evie fez uma pausa, tentando encontrar um jeito de explicar exatamente quem era Jim. Um jeito de reunir tudo que Jim fora para ela ao longo dos anos e o que ainda poderia se tornar, no lugar de Vincent. Depois de uma pausa longa demais, acabou dizendo: — Ele é meu melhor amigo — e Jim gostou muito disso.

Vincent relaxou um pouco, mas olhou para Evie, se perguntando por que ela nunca tinha falado direito sobre esse Jim.

— Evie, precisamos conversar. Ouvi escondido uma conversa entre minha mãe e Eleanor mais cedo.

— Você precisa parar de ouvir atrás da porta, Jim. — Tentou parecer engraçada, mas seu estômago estava revirando, e ela acabou dando a impressão de estar repreendendo o amigo.

— Se não fosse pelos meus ouvidos superativos, eu não poderia alertar você.

— Me alertar?

Jim pareceu desconfortável. Desviou sutilmente os olhos na direção de Vincent.

— Vincent, você poderia fazer um chá? — pediu Evie, entendendo a dica. — Estaremos na sacada.

Vincent não entendeu como ofensa. Ele sabia, havia algum tempo, que ela estava escondendo alguma coisa, e a súbita aparição desse amigo de infância, que Evie tinha se esquecido de mencionar que parecia um semideus, o deixou um pouco nervoso. No entanto, desejava que ela simplesmente falasse com ele. O que quer que fosse, eles poderiam resolver juntos.

Vincent desapareceu de vista, e Evie pegou Jim pelo braço e o levou até a sacada.

– O que está acontecendo?

– Evie... detesto ser a pessoa que vai dizer isso – suas mãos estavam tremendo –, mas ouvi Eleanor dizer a minha mãe que, mesmo que você encontre um emprego melhor do que o que tinha no *The Teller,* ela vai fazer você voltar para casa e colocar um ponto final nisso tudo. – Ele apontou para dentro do apartamento... e para Vincent na cozinha. Evie achou que ia vomitar.

– Não. Não, ela prometeu...

– Acho que Eleanor surpreendeu todos nós com o quanto pode ser fria.

– Ela *não faria isso.* – Evie mal conseguia respirar.

– Se você lutar contra ela, vai perder tudo. Nunca mais vai ver seus pais, o que, na verdade, não seria uma grande perda... mas também vai perder Eddie, quer você encontre um novo emprego ou não. Se encontrar trabalho, vai perder tudo do mesmo jeito. E isso não é nem de perto tão importante quanto o resto, mas duvido de que sua mãe me permita ver você.

Evie olhou para ele, com os olhos arregalados e respirando com dificuldade. Não ver Jim nunca mais seria como remover sua corda salva-vidas. Em todos os momentos, Jim sempre estivera por perto, e ela sempre recorrera a ele quando as coisas estavam indo bem ou quando estavam indo mal.

– Olhe para mim, Evie. – Ele se abaixou um pouco, para encontrar o olhar dela. – Se você decidir não voltar para casa, vai perder tudo, sim, mas, se alguma pessoa consegue fazer isso funcionar, você também consegue.

Evie balançou a cabeça, mas nenhuma lágrima escorreu. Tinha chorado todas elas nos momentos em que pensava que Vincent não estava olhando, mas ele sempre sabia. Seus olhos eram grandes demais para ele não saber que a felicidade neles, pela qual ele havia se apaixonado, tinha sido, temporariamente ele esperava, substituída pela tristeza. Vincent apareceu na porta, depois de abandonar a ideia de fazer um chá que ninguém ia beber.

– Evie? – Olhou para a mulher trêmula na sacada e, apesar de saber que alguma coisa estava terrivelmente errada, ela ainda parecia forte. Ainda havia um sentimento de luta nela. – Fale comigo.

Jim não queria, mas sabia que precisava ir embora. Ele se levantou.

– Vou deixar vocês dois. Realmente foi um prazer conhecê-lo, Vincent. – Vincent percebeu que ele estava falando sério, mas olhou para a quase irreconhecível e consideravelmente menos animada Evie e se perguntou se ele realmente a fizera feliz.

Jim olhou para Evie.

– Pense no que eu falei – pediu ele, antes de sair sozinho.

Depois que Jim foi embora, Evie foi até Vincent e permitiu que ele a abraçasse. Ela só precisava de alguns instantes envolvida pelo homem que amava antes de torná-lo totalmente infeliz.

♦

Evie fez um chá, pediu para Vincent se sentar e contou tudo a ele. Contou sobre a visita da mãe ao apartamento e sobre a promessa que Eleanor fizera de deixá-la tentar encontrar um emprego melhor até novembro. Também lembrou a ele que ninguém tinha respondido às cartas dela e à sua arte e disse que duvidava de que alguém faria isso no tempo que lhe restava. Depois, contou que, apesar de tudo isso, a mãe dela ia descumprir sua palavra de qualquer maneira, quer ela encontrasse um emprego ou não. Eleanor seria a última lufada de vento no castelo de cartas dos dois.

– Você não acredita de verdade que ela vai fazer isso, não é? – comentou Vincent, um pouco histérico.

– Claro que acredito. Se você a conhecesse, saberia. Já conversamos sobre isso.

— Eu sei, mas nunca... Isso é ridículo! — Ele aumentou o tom de voz: — Você é uma mulher de vinte e sete anos!

— *Eu sei*, Vincent. Mas venho de uma família cheia de tradições. Casamentos arranjados. Negócios acima do prazer. Na minha família, as escolhas pessoais sempre foram limitadas e, se eu não obedecer, perco tudo. — Evie segurava a caneca de chá como se fosse um pedaço de madeira flutuando no meio do oceano.

— Você não percebe como isso é deturpado? — Vincent tinha se levantado e estava andando de um lado para o outro, enquanto ela continuava sentada no tapete. Ele passou a mão no cabelo preto várias vezes.

— Claro que sim. Acredite, eu sei como tudo isso é errado, mas ser capaz de ver isso não muda nada.

Vincent parou de andar e olhou para ela, totalmente perdido. Depois, um brilho piscou atrás de seus olhos como um fogo de artifício explodindo em seu cérebro.

— Vamos fugir — disse ele.

— Ah, Vincent. Fala sério. — Evie deu um tapa no ar como se estivesse afastando a ideia dele, mas seu coração ouviu a mensagem e estava se agarrando a isso.

— *Estou* falando sério. Por que não? O que nos impede? — Ele se ajoelhou ao lado dela e pegou seus ombros.

— Sua educação, para começar. Quanto tempo você levou para conseguir uma bolsa de estudos? Não vou deixar você jogar isso fora.

— Mas eu jogaria, Evie. *Nós* somos mais importantes. Vamos para outro lugar, um lugar novo, onde sua mãe não consiga nos encontrar, e eu me candidato a escolas por lá. Eu... eu vejo se consigo uma transferência! — Ele estava se agarrando a qualquer coisa que significasse que os dois poderiam ficar juntos.

— Você realmente faria isso? — perguntou Evie, acariciando o rosto dele.

— Por você, Evie — espelhou a ação dela, levando o polegar ao rosto de Evie, e ela sentiu a exaustão subjugá-la —, eu faria qualquer coisa.

30 de outubro

Eddie

O Halloween tinha começado no meio de setembro. Esqueletos eram vistos pendurados nas janelas, parecia que todo mundo estava enfeitado com algo laranja ou preto e tudo cheirava a abóbora. Evie adorava o Halloween por dois motivos. Ela nunca teve permissão para se fantasiar quando era criança, nem tinha permissão para se juntar a Jim e ao irmão quando o pai dela os levava para pedir doces na vizinhança, então tudo se tornou meio que um fruto proibido. Tudo parecia bem mais desejável e mais divertido do que provavelmente era pelo simples fato de ela não ter permissão para participar. Quando adulta, ela se sentia velha demais para se envolver, mas adorava ver toda a diversão pelo lado de fora. O outro motivo para adorar tanto o Halloween era que Eleanor Snow tinha dado à luz sua filha no dia mais assustador do ano. No entanto, os Snow não eram muito empolgados com aniversários, então, se não fosse o Halloween para marcar a ocasião, Evie duvidava de que fosse perceber o dia começar e acabar. Evie ficou preocupada porque, como as festividades tinham começado com tanta antecedência este ano, as pessoas poderiam estar cansadas do Halloween quando seu aniversário chegasse, mas, agora que o dia estava quase chegando, a empolgação parecia estar apenas aumentando. Alguns ovos bem jogados tinham atingido sua sacada, mas ela havia escapado das faixas de papel higiênico que agora enfeitavam as sacadas do primeiro até o quarto andar. O mundo parecia um pouco mais hostil na noite anterior ao Halloween e, para Evie, as coisas iam ficar bem mais assustadoras do que ela jamais imaginara.

Às três da manhã do dia 30, seu telefone tocou. O som foi tão alto no apartamento, que ela se sentou na cama com um pulo, totalmente desperta. Vincent tinha ido para casa na noite anterior, depois de mais uma discussão. Ela acabara concordando com a ideia de fugir – realmente parecia a única esperança dos dois –, mas pensar em Eddie, Jim, Violet e na bolsa de estudos de Vincent lhe provocara uma grande culpa, que a fez mudar de ideia de novo. Não era a primeira vez, e, todas as vezes, Vincent tentava convencê-la e eles brigavam.

Evie saiu tropeçando da cama, sem registrar que era apenas o telefone, e não algum tipo de alarme, e seu coração ainda estava martelando quando ela pegou o aparelho.

– Alô? – grasnou, com a voz ainda grossa de sono.

– Evie? É Evie falando, *certo*? – disse a voz trêmula do outro lado.

– Hum, sim. É Evie Snow. Quem está falando? É muito, muito cedo. – Ela esfregou a remela grudenta que impedia suas pálpebras de se abrirem direito.

– Evie, é Eddie.

A respiração dela ficou presa.

– Eddie? O que há de errado? Por que você está me ligando às... – ela deu alguns passos para trás para poder ver o relógio na parede da cozinha – três da manhã?

– Você mora no apartamento 72, certo? – perguntou Eddie.

– Sim... por quê?

Houve uma batida à porta. Sem hesitar, Evie colocou o receptor de volta no aparelho, desligando a linha, e abriu a porta para o irmão mais novo, com o capuz de uma capa de chuva azul-marinho encharcada na cabeça. Ele só tinha vinte anos, mas Evie olhava para Eddie com os olhos de uma irmã mais velha e só conseguia ver um menino o qual ela precisava proteger e de que precisava cuidar. Ele olhou para

Evie através dos fios de cabelo louro acinzentado pendurados ao redor do rosto.

– Graças a Deus por isso. – Eddie, se esquecendo de como estava molhado, abraçou a irmã com a força de um elefante em fuga, fazendo com que ela perdesse o fôlego. Se não estivesse tão absurdamente feliz por vê-lo, ela poderia ter repreendido o irmão, mas, em vez disso, pegou uma toalha para ele e colocou os sapatos molhados e a capa na banheira, depois o sentou no sofá e fez-lhe uma caneca de chá.

– Sinto muito mesmo por vir tão tarde, mas era o único momento em que eu podia escapar sem ninguém saber. A mamãe me deu ordens rigorosas para não ver você. – Eddie fungou com o nariz pontudo. Ele era alto e magro, todo anguloso, e se parecia mais com a mãe. Evie, com a forma arredondada, tinha mais em comum com o pai.

– Isso me parece normal. – Evie balançou a cabeça. – Tem alguma coisa errada? – Eddie encarou desesperado a caneca de chá. – Sei que você não se arriscaria a enfrentar a ira de Eleanor Snow por nada. – Ela se encostou no braço dele. Eddie ainda estava gelado da chuva, mas também ficou tenso com o toque. Os Snow não eram propensos ao afeto, por isso abraços e beijos eram alheios à casa deles, e, apesar de Evie ter afastado toda essa bobagem e agora estar acostumada a demonstrar amor com gestos físicos, Eddie não era tão experiente.

Ele suspirou, evitando o olhar dela.

– Isla foi demitida ontem.

– O quê? – Evie puxou a mão para cobrir a boca. – Por quê? Ela sempre foi brilhante no trabalho!

– Ela foi... pega beijando alguém na porta dos fundos. Estava entrando escondida depois de sair para beber.

Evie voltou a mente para quando tinha dezesseis anos, e Isla tinha trinta anos, deixou que ela fosse junto numa de suas aventuras. A noite em que vira Isla beijar não só garotos, mas também garotas. A noite em que Evie aprendera uma lição valiosa sobre o amor. Quando viu Isla dançando muito perto de uma mulher, pensou que aquilo era estranho, mas talvez fosse o afeto físico que Evie não teve enquanto crescia que dava essa impressão. Mas, quando viu Isla se aproximando para beijar essa mulher esquisita, Evie foi até elas e arrastou Isla para fora, onde exigiu uma explicação. Quando Evie tinha dezesseis anos, suas ideias sobre relacionamentos eram limitadas. Seus pais tinham ensinado que o amor só podia existir entre um homem e uma mulher. Qualquer variação disso era errada. Anormal. *Perturbadora.* Assim, quando Isla, alguém que ela considerava muito, fez algo que ela acreditava ser errado, Evie precisou saber o motivo. Estava decepcionada com as ações de Isla.

– Evie, ah, Evie. Sua mãe realmente encheu sua cabeça de bobagens, não é? – Isla sacudira a cabeça, fazendo o cabelo brilhoso balançar junto com o rosto comprido. Suas sobrancelhas eram bem aparadas, e seus olhos escuros eram intensos. Mas, parada ali, com as mãos nos quadris, parecia uma mãe repreendendo a filha.

– O que você quer dizer? – Evie cruzara os braços, hesitante.

– Você realmente acredita que só homens podem amar mulheres e só mulheres podem amar homens?

– Bem... que outro jeito pode existir? – A raiva de Evie tinha sido lentamente substituída pela curiosidade.

– Vou simplificar para você. Vou dizer como eu vejo. Quando você come uma barra de chocolate... – Evie tinha erguido uma sobrancelha. – Nem vem com isso. Deixe eu terminar. Quando você come uma barra de chocolate, claro, a embalagem pode ser bonita, cheia de cores vivas e detalhes interessantes... mas, no fim das contas, você se preocupa com o quê? Com a embalagem? Ou com o que está *dentro* da embalagem?

– Com o chocolate – respondera Evie imediatamente, conhecendo bem sua mente e seu estômago. – Eu me preocupo com o chocolate dentro da embalagem.

– Exatamente! – dissera Isla, concordando com a cabeça. – Para mim, é a mesma coisa com pessoas. Eu não me importo com o que está do lado de fora. Eu me importo com o que está dentro. A mente da pessoa. Seu coração e sua alma. Para mim, não importa se é homem ou mulher. Isso é só a embalagem. O que me importa de verdade é o chocolate. Isso se chama de *pansexual.* – Ela balançara os ombros com a alegria da conversa e jogara as mãos para o alto, sem saber que o que dissera tinha mudado completamente o modo de pensar de Evie para sempre.

– Espere um segundo – dissera Evie, encostando no ombro de Isla quando ela estava prestes a voltar para dentro. – Não vi você conversando muito com aquela mulher antes de beijá-la. Como você sabia que gostava do... chocolate... dela antes de beijar a embalagem?

– Temos nos encontrado aqui há algum tempo. – Isla tinha rido na época, uma gargalhada alta e feliz. – Gosto das cores vivas dela e... dos *detalhes interessantes*! – E, com isso, tinha piscado e voltado para dentro, deixando Evie com um novo mundo de pensamentos.

Agora, de volta ao apartamento e se lembrando daquela noite, Evie, de repente, teve uma pista do motivo porque Isla foi demitida.

– Ela foi pega beijando uma mulher, não foi? – perguntou.

Eddie fez que sim com a cabeça.

– Como você sabia? – Suas sobrancelhas finas franziram.

– Sou amiga de Isla há muito tempo. Fiz muitas confidências para ela quando era adolescente, e ela também me contava muitas coisas. Ela guardava os meus segredos, e eu guardava os dela. Eu sabia que a mamãe a mandaria embora no mesmo instante se descobrisse que Isla era drasticamente diferente do que ela achava que uma mulher deveria ser. – Evie fez uma anotação mental para se lembrar de tentar fazer contato com Isla de manhã.

– Ela já contratou outra pessoa! Uma coisinha chamada Clementine Frost. É quase como se Isla nunca tivesse existido – disse Eddie, fungando.

– Clementine Frost – disse Evie. – Ela é ruiva? – perguntou, cheia de esperança.

– Sim! – Eddie riu, apesar da situação. – O cabelo dela também é fantasticamente cacheado, mas a mamãe faz ela usar uma rede. Fica ridícula. – Apesar de ele estar claramente chateado por Isla, Evie não conseguiu evitar perceber que Eddie parecia empolgado ao pensar em Clementine e não parecia sentir nada de ruim em relação a ela.

— O que é esse sorriso atrevido? Você está impressionado? — Evie bateu de brincadeira no irmão, mas a graça rapidamente se transformou em preocupação quando ele explodiu em lágrimas aparentemente inconsoláveis. Ela só o vira soluçando tanto uma vez, e foi quando ele tinha seis anos e o pai o encontrara experimentando os sapatos de saltos altos de Eleanor.

— Eddie, o que está acontecendo?

Ela não se importava mais com a aversão do irmão ao afeto humano. Deixou o chá de lado, puxou-o para seus braços e o embalou com delicadeza. Ficaram sentados assim por muito tempo, até a respiração dele se acalmar e ele murmurar alguma coisa na blusa do pijama de flanela de Evie.

— O que você disse? — perguntou Evie baixinho.

Eddie levantou o rosto.

— Se a mamãe demitiu Isla, ela também vai me expulsar... quando descobrir. — Ele fungou com força e afundou a cabeça no peito dela de novo.

— Quando ela descobrir o quê, Eddie? — Mas Evie sabia exatamente do que ele estava falando. Claro que sabia. Era sua irmã mais velha. Tinha crescido cuidando dele, conhecendo seus sinais quando as coisas não estavam bem. Tinha adivinhado, mas ela e Eddie nunca tocaram no assunto, então, durante muito tempo, Eddie lutou sozinho contra algo que não tinha coragem de revelar para ninguém. Exceto para Isla, ao que parecia.

— Nada — disse ele com firmeza. — É melhor eu ir. — Ele se afastou de Evie, tentando sair do apartamento o mais rápido possível, mas ela pegou a mão dele e a apertou.

— Eddie, não importa o que seja, você não precisa lidar com isso sozinho. A mamãe e eu somos duas pessoas muito diferentes. Nunca vou trair sua confiança e contar para ela.

Eddie não conseguia olhar para a irmã. Achava que estava sendo mais forte e mais corajoso se ficasse calado e escondesse quem ele era pelo bem da paz e da aceitação na família, mas qual era o preço? Sua própria sanidade? Sua própria felicidade? Quando percebeu que as duas respostas estavam certas, afundou de novo no sofá ao lado da irmã preocupada. Eddie sabia que tinha que dizer alguma coisa ou nunca mais o faria. Já era hora.

– Eu... eu gosto de homens – sussurrou por fim, com calmos rios de lágrimas escorrendo pelo rosto, parando nos cantos da boca. – Sou gay. – Em duas palavras, o peso de seus ombros diminuiu muito, e seus músculos relaxaram visivelmente.

– Eu sei – disse Evie, apertando as mãos dele.

Eddie deveria ter ficado chocado, mas conhecia a irmã, e *é claro* que ela havia percebido. Não conhecia ninguém que fosse mais observadora nem ninguém que se importasse o suficiente com o que estava deixando alguém triste ou deslocado.

– Você nunca disse nada.

– Eu sabia que você ia me contar no seu momento – disse Evie, acariciando o cabelo dele. – Tinha que vir de você, não de mim.

Eddie fez que sim com a cabeça, mas o peso de outro pensamento começou a pesar em seu peito.

– A mamãe vai descobrir – choramingou ele.

– Ela não precisa saber – tranquilizou Evie.

– Precisa sim. – Ele deu de ombros. – Preciso contar a ela. Não posso esconder quem eu sou. Ela já escolheu minha esposa perfeita e, se eu não contar logo, estarei casado antes de você.

– Quem?! – Evie ficou chocada. Ela ainda não tinha se casado e sua mãe já estava escolhendo um par para seu irmão mais novo? Eleanor devia ter começado a entrar em pânico de que a resistência de Evie pudesse destruir seus planos, por isso tinha começado a arruinar a vida de Eddie também.

– Nelly Weathersby – respondeu Eddie, revirando os olhos. Evie nunca odiara mais a mãe do que naquele momento.

– O quê? Ela é velha demais para você! Ela é mais velha do que *eu*!

– E ela é *mulher* – observou Eddie.

– Sim, e isso claramente é muito mais importante. – Evie colocou o braço ao redor dos ombros dele e os apertou com firmeza. Apesar de as lágrimas ainda estarem fluindo, ela percebeu uma vaga insinuação de sorriso no rosto de Eddie.

– Não sei nem dizer como é bom dizer essas coisas. – Ele cobriu a boca para abafar uma risada emotiva. Evie só podia imaginar como era manter um segredo tão importante por tanto tempo. – Mas como eu conto à mamãe? – Seu rosto desabou, e o peso voltou a fazer pressão sobre ele.

– Bom – disse Evie, tentando continuar tranquila –, ela não vai aceitar bem. Nós dois sabemos disso. – Suspeitava de que Eleanor fosse expulsar Eddie de casa e passar o resto da vida fingindo que nunca tivera um filho.

Eleanor provavelmente até teria sucesso em esquecer.

– Mas eu *tenho* que contar a ela, Evie. Eu me recuso a passar a vida toda fingindo ser alguém que não sou. – Eddie conseguia imaginar a vida que poderia levar se também fosse livre, e seu corpo todo ansiava para isso se tornar realidade. Sabia que tinha que contar à família, não importava o que isso ia significar.

– Então você tem que se preparar para o pior – disse Evie. – Mas estarei a seu lado a cada passo desse caminho.

– Mas para onde eu vou?

Eddie olhou para Evie, os olhos cheios de lágrimas repletas de medo e esperança pelo futuro e, naquele instante, Evie viu claramente o que suas próprias escolhas de vida fariam com o irmão. Se Eleanor Snow estava preparada para abandonar a filha por se casar com o homem que amava, Deus sabe o que ela faria com Eddie por querer se casar com um homem. Ela o jogaria na rua, sem se importar de ele não ter para onde ir, e seria tarefa de Evie, como irmã, cuidar dele. Mas, se Evie não fizesse o que a mãe queria, não seria capaz de oferecer a Eddie a segurança e a proteção de que ele ia precisar para levar a própria vida.

Se Evie se casasse com Jim Summer, teria uma casa e uma fortuna para oferecer a Eddie quando ele inevitavelmente perdesse tudo. Poderia cuidar dele sem nenhum problema. Por outro lado, se ela se casasse com Vincent e fosse deserdada pela família, eles mal conseguiriam pagar o aluguel e a comida de ambos, quanto mais para Eddie também. Evie pensou nas malas prontas e nos armários vazios do quarto. Pensou no rosto de Vincent quando ela dissera que ia fugir e depois quando mudara de ideia. Depois, pensou em como o rosto dele ia desabar quando ela dissesse que realmente tinha que ficar, que não ia mudar de ideia desta vez. Quando dissesse a ele que teria que se casar com Jim para ajudar o irmão. Quando dissesse que era o fim.

– Você vai me procurar – disse ela, mantendo a voz calma e o rosto sem expressão. – Vou cuidar de você. Quando eu me casar com Jim, a mamãe vai ficar tão feliz, que pode até ficar cega se eu garantir que você está bem. Ela nem teria que saber que você está comigo. Você pode sair do armário para ela e para o papai. Pode fazer um espetáculo, falar onde ela pode enfiar o casamento arranjado e ir embora! Em seguida, você vem direto até mim e Jim, e eles nunca terão que saber onde você está, se você não quiser.

Apesar de Evie morrer só de pensar em casar com outra pessoa que não fosse Vincent, a expressão de alívio no rosto de Eddie fez a ideia de seu sacrifício valer a pena. *As chances de fugir com sucesso eram baixas, de qualquer maneira*, pensou. *Minha mãe teria nos encontrado de um jeito ou de outro.* Pela primeira vez, rezou para isso ser verdade.

– Você realmente faria isso por mim? Você me deixaria morar com você? – Eddie parecia a criança que Evie sempre achava que era. Não que ela o achasse fraco ou imaturo. Só que ele era seu irmão mais novo. Apesar de ele ter um metro e oitenta e dois e ser mais do que capaz de cuidar de si mesmo, ela ainda sentia o desejo de irmã de segurar um guarda-chuva sobre a cabeça dele na chuva, verificar se ele estava com um lencinho no bolso antes da escola e deixar canecas de chá do lado de fora do quarto dele quando ele discutia com o pai. Era função de irmã mais velha ser superprotetora, quer o irmão mais novo fosse mais do que capaz de cuidar de si mesmo ou não.

– Eddie, por você – Evie tirou um fio de cabelo do rosto dele, e lágrimas cintilaram para ele escapando dos olhos castanhos embotados de Evie enquanto ela repetia as palavras que Vincent lhe dissera –, eu faria qualquer coisa.

31 de outubro

Sonhando

As portas da sacada se abriram de repente, e os desenhos presos nas paredes flutuaram na brisa. Depois da visita de Eddie, ela não conseguiu voltar a dormir e passou o dia com Vincent num estado de torpor, sem saber como pensar nem sentir. Vincent percebeu que algo não estava bem, mas alguma coisa em seu estômago lhe disse para não abrir essa lata de minhocas. Em vez disso, ele simplesmente a aninhou quando ela permitiu e leu quando ela ficou ansiosa e andou de um lado para o outro.

Agora eram dez da manhã, e Evie tinha deixado Vincent roncando na cama enquanto ela fazia o chá e ficava sentada no concreto frio, de pijama, encarando as barras, seu aniversário totalmente esquecido. Seu macacão não ajudava muito a protegê-la contra os dentes do vento que mordiam, mas ela não se importava muito. Já estava entorpecida sem a ajuda do vento. Hoje era seu último dia de liberdade. Riu por dentro de como havia considerado que aquilo era liberdade; como realmente pensara que a mãe estava lhe dando a chance de fazer o que queria, ser quem ela queria, quando, na verdade, tudo tinha sido uma aventura temporária. Eleanor tinha lhe mostrado um balde cheio de água, dado uma gota para ela e deixado o resto escorrer para o esgoto. E Vincent ainda não sabia.

Evie o ouviu se mexendo no quarto e voltou à vida, secando as lágrimas do rosto com as costas dos dedos e tomando o resto do chá, apesar de estar gelado.

— Evie? Onde você está? — Vincent mal tinha acordado e já parecia animado.

— Estou aqui fora.

— Não brinca! Está congelando! — Ele surgiu na sacada enrolado numa coberta. — Feliz aniversário — ele sorriu enquanto colocava a coberta nos ombros dela e se sentava no chão, seu calor corporal sendo transmitido para as roupas e a pele dela imediatamente. — Está tudo bem? — Ele percebia que não estava, mas precisava que ela dissesse por vontade própria. Mesmo assim, ao mesmo tempo, não queria que ela lhe contasse, porque tinha a terrível sensação de que já sabia o que ela ia dizer.

Evie olhou para ele e viu o mundo girando em seus olhos. Perdê-lo significava perder tudo que ela sempre desejou, e tê-lo significava perder tudo que ela já tinha. Evie precisava contar a ele.

— Vincent... — Ela não conseguiu pegar a mão dele.

— Acabou, não é? — sussurrou ele.

Vincent sabia, mas não queria ouvir a voz dela dizer as palavras que temia escutar desde que soube a verdade sobre o ultimato de Eleanor Snow.

É claro que ele sabe, pensou ela.

— Sou tão transparente assim? — Evie sentiu o cansaço se instalar, fundo em seus ossos. Sabia que vinha agindo de um jeito estranho, diferente, distante. Como poderia não agir assim quando seu coração se sentia uma bigorna, tão pesado, que ela mal conseguia se levantar da cama toda manhã?

— Por quê? — perguntou Vincent. Tinha prometido a si mesmo que não ia chorar se as coisas terminassem assim, mas, agora que estava sendo confrontado com a realidade de perdê-la, não conseguiu evitar.

— Eddie fugiu de casa de madrugada outro dia e veio aqui. Conversamos, e ele admitiu para mim... bem, ele me contou que é gay. Eu já sabia havia anos, mas foi a primeira vez em que ele disse as palavras.

Ele quer contar a verdade à minha mãe e ao meu pai, mas, quando ele fizer isso... – Evie fez uma pausa –, minha mãe vai expulsá-lo. Ele vai ficar sozinho, e eu preciso tomar conta dele.

– Certo – disse Vincent, puxando a coberta ao redor dos dois.

– Se fugirmos, se eu não estiver aqui para ajudá-lo, ele vai continuar fingindo que é algo que não é porque não terá para onde ir. Ele não pode viver assim. Mesmo que fôssemos embora e eu tentasse manter contato, não seria suficiente. Minha mãe o proibiria de me ver, e ela já escolheu Nelly Weathersby para esposa dele. – Respirou fundo e sentiu uma pontada no fundo da garganta. – Se eu ficar, terei que me casar com Jim... mas isso significa que eu poderia cuidar de Eddie. Poderia dar um lugar para ele ficar e ter a vida que merece, e minha mãe nunca precisaria saber. Jim concordaria com isso, eu sei que sim e, mesmo que ela descobrisse, provavelmente ficaria feliz por Eddie não ser mais problema dela.

Vincent ouviu em silêncio. Quando foi que algo tão simples se transformou nessa situação impossível? Quando Evie terminou, ele colocou um dedo dobrado no queixo dela e levantou seu rosto para encará-lo.

– Evie – sussurrou ele –, eu... eu entendo. – Evie sentiu o lábio tremer. – Ficarmos separados vai partir nosso coração, mas estarmos juntos, termos a vida que queremos vai provocar mais problemas para mais pessoas. Casar com Jim... – ele fez uma pausa, dando ao coração um instante para recomeçar – é o menor de dois males.

– Você não seria um mal nem se tentasse. – Evie colocou a mão no peito de Vincent. Sentiu o coração dele revirando. Precisava dar esperança a ele; precisava dar esperança a si mesma. – Talvez, depois que se passar um tempo, a gente encontre um jeito de continuar, mesmo que seja um sem o outro. – E, com essas palavras, as lágrimas vieram.

Vincent segurou Evie quando ela caiu na sua direção e fez uma tenda sobre ela. Juntos, mantiveram as partes quebradas um do outro no lugar enquanto a cola desgrudava e os laços se desfaziam. Quando as lágrimas dos dois se esgotaram e a energia restante também, os dois dormiram, aninhados um no outro embaixo da coberta.

🍃

Evie foi acordada por sirenes na rua lá embaixo.

– O que está acontecendo? – perguntou.

Não houve resposta e, quando Evie olhou ao redor, desorientada, viu que Vincent não estava lá para responder. A coberta tinha sido enrolada nela com cuidado antes que ele fosse embora.

– Vincent? – chamou, o pânico crescendo no peito quando não recebeu resposta.

Evie se levantou cambaleando e viu uma ambulância lá embaixo, com paramédicos vestidos de verde se espalhando prédio adentro.

– Vincent!

Uma voz em sua cabeça avisou que alguma coisa tinha acontecido, que era para socorrer Vincent que a ambulância estava lá, mas, quando correu de volta para dentro do apartamento e viu que a escova de dentes dele não estava no banheiro, a caneca sumida do armário da cozinha e o local vazio ao lado da porta, onde ele havia colocado a mala carregada, soube que ele simplesmente tinha ido embora.

Ela voltou correndo para fora e viu Pequenino descer voando e pousar na sacada à esquerda dela. A sacada que pertencia ao sr. Autumn, seu vizinho tranquilo. Foi aí que seu olhar cansado e deprimido caiu na figura esparramada de costas, usando um pijama de listras azuis e brancas. Ainda havia um copo de uísque na mão dele, sem vida, mas o conteúdo tinha se espalhado e derramado pela borda da sacada e para a rua lá embaixo.

Pequenino estava empoleirado na grade, com as penas totalmente manchadas de tinta. Ele olhou de Autumn para Snow, de Snow para Autumn, perdido. Evie ficou parada ali, perdida e, apesar de os paramédicos ainda não terem chegado até ele, ela sabia que Colin Autumn já estava morto.

🍃

Vincent não tinha muitas posses para encher o apartamento de Evie, mas, mesmo assim, o local parecia vazio sem suas coisas ali. Evie se sentou de pernas cruzadas no tapete, encarando as paredes ao redor, seus desenhos encarando-a de volta. A última luz do dia entrava pelas janelas e se movia pela sala, alcançando todos os desenhos e envolvendo Evie. Depois, a luz passou e desapareceu, e uma batida lenta e solene à porta fez seus músculos estremecerem. Sem pensar ou sentir, ela se levantou e abriu a porta para um Jim Summer sombrio, com uma Eleanor de olhos brilhantes pouco atrás, encarando o pijama de Evie.

– Sem confusão, Evie – disse Eleanor num tom controlado, e Jim se encolheu.

– Sinto muito – sussurrou Jim, desejando ter tido apenas um instante sozinho com Evie antes do que estava por vir.

Sem falar nada, Evie recuou para que eles entrassem. Jim relutou, mas Eleanor o cutucou para entrar. Depois que a porta se fechou, o silêncio foi sufocante.

– Jim? – disse Eleanor. – Você não tem uma pergunta para fazer a Evie?

– Não por escolha própria – disse ele, com o olhar firme.

Jim nunca vira Evie desse jeito. Ela não usava maquiagem e ainda estava de pijama, mas não parecia derrotada nem cansada nem doente. Parecia uma mulher pronta para a guerra. Uma mulher que conhecia seu destino e estava disposta a enfrentá-lo com cada grama de força e coragem que conseguisse reunir. Uma mulher que tiraria o melhor de um futuro que não havia escolhido.

– Quero dizer uma coisa antes – continuou ele, e os olhos de Evie se ergueram para encontrar os dele pela primeira vez desde que os dois chegaram. – Sei que isso não é o que você quer. Sei que você nunca vai me amar do jeito com que o ama nem... nem do jeito com que eu amo você. – Evie sentiu a respiração ficar presa. Era a primeira vez em que ele dizia isso. A primeira vez em que admitia o que todo mundo já sabia. – E eu sei que não posso lhe dar tudo com que você sonhou.

– Jim, este não é o momento para bobagens sentimentais...

– Eleanor – disse ele. – Sinceramente, não me importo com o que você pensa.

Eleanor pareceu surpresa por um instante, e depois seu rosto assumiu seu estado impassível normal, com uma pontada de desdém nos lábios.

– Você está nos obrigando a viver um futuro que nenhum de nós dois quer, então, pelo menos, tem que nos permitir um pouco de sentimentalismo – disse Jim, de um jeito claro e penetrante.

Eleanor simplesmente fez que sim com a cabeça uma vez, tão rápido, que seria fácil não perceber se você piscasse.

Jim se virou de novo para Evie, o rosto e o tom ficando mais suaves.

– Não posso lhe dar tudo com que você sonhou. – Ele engoliu em seco e deixou a voz virar um sussurro, apesar de saber que Eleanor ainda conseguia ouvi-lo. – Sei que não sou *ele,* Evie. Mas se casar com seu melhor amigo é a melhor opção. Farei tudo que estiver ao meu alcance para garantir que você se sinta protegida de todo mal. – Ele olhou de relance para Eleanor. – E vou tentar fazê-la o mais feliz possível, diante das circunstâncias. Sei que você nunca precisou disso, mas eu *vou* proteger você e cuidar de você.

Evie achou que devia ser excepcional no fingimento, porque tudo o que queria naquele momento era ser cuidada. De um jeito *adequado,* ao contrário do jeito como sua mãe tentava cuidar dela, obrigando-a a fazer coisas e ignorando seus protestos. Não deixou seu rosto se alterar. As lágrimas que tinha chorado lavaram tudo o que ela era e toda a esperança de um futuro que nunca aconteceria. Ela era uma tela em branco, pronta para sua mãe desenhar e mapear sua vida. Jim merecia mais do que isso, mais do que ela, só que ela não tinha mais nada para lhe oferecer. Evie conseguiu dar um sorriso e fazer que sim com a cabeça. Jim tirou a caixa do anel do bolso e a abriu.

– Você *devia* estar ajoelhado – disse Eleanor, apontando para o chão.

– Você *devia* poder se casar com quem quisesse – repreendeu Jim.

Ele seguiu devagar com a caixa diante de si. Evie olhou lá dentro. O anel era lindo, apesar de ser um pouco extravagante. A esmeralda era exagerada – sem dúvida, uma escolha de Eleanor –, mas, apesar disso, a cor, o corte e a faixa eram perfeitos. A única coisa imperfeita era o anel ser para ela.

– Evie – Jim engoliu, com a boca seca e as palmas suadas. – Quer se casar comigo? – A situação era horrível, e Jim desejou que não estivesse acontecendo desse jeito, mas (e ele se odiava por se sentir assim) parte dele pulava de alegria por finalmente estar fazendo a Evie a pergunta que queria fazer havia anos.

– Então? – perguntou Eleanor, com as sobrancelhas erguidas.

Ela não estava nem um pouco arrependida e parecia não entender o que de fato estava acontecendo: que a Evie que eles conheciam estava desaparecendo.

Evie olhou para o rosto gentil e agradável de Jim, marcado pela preocupação. Os desenhos dela pareciam encará-la com olhos assustados, todos esperando desesperadamente que ela encontrasse coragem para fazer o que seu coração mandava. *Não faça isso, Evie,* sussurravam eles. *Eddie vai encontrar outro caminho. Faça o que você acha que é certo.*

Quando confrontados com a escolha entre o que é certo e o que é fácil, somos estimulados a escolher o que é certo, mesmo que isso nos coloque numa situação difícil. Mas o que acontece quando você enfrenta a escolha entre o que é certo para você e o que é certo para as pessoas que você ama, e *nenhuma* das duas opções é fácil? Evie tinha pensado nisso muito mais do que a maioria das pessoas pensa ou deveria pensar, e tinha decidido que escolher o que era certo para as pessoas que ela amava também era certo para ela. Como poderia colocar a própria felicidade acima da felicidade do irmão?

Ela respirou fundo, para se estabilizar, sem tirar os olhos de Jim. Seu coração tinha se encolhido e virado uma bola no peito, e ela fez que sim com a cabeça no ritmo de seus soluços.

– Isso é um sim, então? – O tom de Eleanor era o de uma professora não impressionada.

– Sim – soltou Evie, demonstrando seus verdadeiros sentimentos pela primeira vez naquela noite. Seus olhos estavam cheios de ódio, e Eleanor não conseguiu evitar ficar surpresa com a súbita explosão da filha. – É um sim – confirmou Evie, acalmando-se ao se virar para Jim.

– Bom? Coloque o anel no dedo dela! Rápido! Precisamos voltar para casa e contar a boa notícia a Jane. – Eleanor saiu da sala a passos largos, sem se preocupar em parabenizar a filha e o noivo.

Jim tirou o anel da caixa, e Evie estendeu a mão, sem querer olhar. A faixa gelada deslizou pelo seu dedo.

– Pronto – disse Jim, beijando as costas da mão dela. – Sinto muito, Evie – sussurrou.

– Vamos ficar bem – disse ela. Evie tentou sorrir de um jeito tranquilizante, mas não tinha certeza de que conseguira fazer algo diferente de uma careta. Jim a puxou para si e a abraçou, acariciando seu cabelo. Evie não sabia o que fazer. Suas mãos ficaram penduradas nas laterais e a cabeça se apoiou no ombro dele.

– Sei que tudo com que sonhou até agora foi tirado de você – disse Jim. – Mas você precisa continuar a sonhar, Evie. Você *precisa*.

Uma imagem surgiu na mente de Evie. Era a imagem de Jim aos oito anos, parado no jardim dela, vestido de dragão. Ele dera a ela uma colher de madeira e uma panela para usar como espada e escudo, depois rosnou e urrou até ela perceber que tinha que matá-lo.

Essa imagem foi substituída por outra: Jim ensinando Evie a andar na bicicleta dele no bosque, quando ela fez doze anos, porque a mãe dela não tinha comprado a bicicleta que ela queria desesperadamente. Evie tinha se sentido muito instável no banco, mas Jim não a soltou até ela permitir.

Em seguida, viu o rosto de Jim do outro lado das dezoito velas do bolo de aniversário que ele mesmo tinha feito para ela, porque Eleanor dissera que alguém que fazia dezoito anos era velha demais para comemorar, e o aniversário de Evie era apenas mais um dia do ano. Sua mente viajou por todos os aniversários que compartilhou com Jim, quadro a quadro, como um folioscópio da gentileza e do amor que ele demonstrara por ela ao longo dos anos.

Em seguida, sua memória vasculhou todos aqueles dias comuns em que eles simplesmente ficavam na companhia um do outro. Em todos os momentos, percebeu Evie, Jim a colocara em primeiro lugar. Ele sempre garantira que ela estivesse feliz e fizera tudo que podia para estar ao lado dela, e agora ele não só estava fazendo isso de novo, mas estava jurando fazer isso para sempre. Era o melhor presente de aniversário que ele poderia e jamais lhe daria.

Evie se sentiu tomada pela tristeza e pela gratidão. Jogou os braços ao redor dele e o abraçou o mais forte possível e, naquele momento, todos os seus desenhos viraram vidro e caíram das paredes, se estilhaçando ao seu redor, perdidos para sempre.

1º de novembro

A caixa de sapatos

Jim havia planejado passar a noite na poltrona, sem querer deixar Evie sozinha, mas ela pegara a mão dele e o levara até sua cama, onde se aninhou em seus braços. A decisão contrária à dele, apesar de indesejada, havia lhe dado uma certa paz, e o sono finalmente a encontrara. Mas Jim ficou acordado, tentando não deixar suas lágrimas caírem no cabelo nem no rosto de Evie. Deus o livre de ela acordar e encontrá-lo nesse estado. Jim podia ser menos esnobe que o resto da família, mas chorar na frente de Evie era algo que simplesmente não podia fazer. Tinha prometido ser forte por ela e não ia vacilar na noite do noivado.

Antes de Evie acordar, Jim a ajeitara sob as cobertas e começara a empacotar as coisas dela do melhor jeito possível. Seria angustiante demais para ela, pensou ele, ter que encaixotar a vida que tanto amava, ser tirada do único lugar em que se sentia em casa. Mas o que fazer com os desenhos, agora apenas fragmentos de vidro espalhados pelo chão?

Procurou no apartamento e finalmente encontrou uma velha caixa de sapatos no armário perto da porta da frente. Varreu todo o vidro para dentro dela, até os caquinhos menores que tinham se enfiado embaixo do tapete e se escondido atrás da poltrona. Quando Evie se arrastou, bocejando, até a sala de estar, a maioria de suas coisas tinha desaparecido dos lugares em que ela as colocara e estavam nas mesmas caixas que usara para levá-las para o apartamento na primeira vez.

– Podíamos ter feito isso juntos. – Ela apertou o ombro de Jim enquanto ele se agachava para alcançar embaixo da mesa de centro e pegar o último caco de vidro.

– Eu sei. Mas eu não queria que você tivesse que passar por isso. – Ele pegou o caco e o colocou na caixa de sapatos. – Achei que você poderia querer guardar isso. – Deu a caixa para ela e, apesar de pegá-la, ela balançou a cabeça.

– Não. Eu não tenho uso para isso agora. – Ela sorriu. Estava ficando mais fácil fingir que os sorrisos eram verdadeiros. – Eles têm que ficar aqui. Este é o lugar deles.

Ela se agachou ao lado dele e começou a empurrar a mesa de centro para um dos lados da sala, e, quando Jim percebeu o que estava fazendo, foi ajudá-la. Juntos, eles enrolaram o tapete, depois Jim pegou uma faca de manteiga na cozinha e a deslizou entre duas tábuas de madeira, levantando totalmente uma delas. Evie se ajoelhou ao lado dele, segurando a caixa nas mãos, como se contivesse algo vivo. Ele deslizou o braço ao redor dos ombros dela, esperando que Evie desabasse, mas ela não o fez. Em vez disso, ela fechou a tampa da caixa e a colocou com cuidado no buraco do chão.

– Adeus, sonhos – disse ela. – Espero que um dia alguém encontre vocês e os usem melhor do que eu.

8

isla

Evie desceu em disparada pela garganta de Horace, como se fosse um escorregador, e foi catapultada para o ar num enorme jorro de água. Como um gato, caiu de pé numa explosão de pelo ruivo e abriu os olhos para ver que estava em pé ao lado da porta da frente azul da própria casa. Este era o lugar onde morara depois de sair do apartamento. Era uma casa que conhecia bem, mas agora parecia diferente. A tinta na porta parecia desbotada, e o candelabro no salão de entrada, que ela via pela janela, não brilhava tanto quanto costumava. A impressão era de que a casa havia perdido sua alma, sua magia – tudo que a transformava num lar, e não apenas numa estrutura que continha uma família e seus pertences.

Houve um movimento na janela do andar de cima, e Evie viu as ondas louras do cabelo da filha. Isla. Evie lhe dera o nome da mulher que lhe ensinara muito mais do que a própria mãe. Isla tinha um marido, Chester, e um filho, Percy, e a casa deles ficava a duas horas de distância de carro da casa de Evie, mas ela estava ficando ali enquanto arrumava o local depois da morte da mãe.

Além disso, ela sabia que deixar o pai sozinho numa casa tão grande estava fora de cogitação.

A porta da frente da casa se abriu com um rangido que Evie nunca a escutara fazer, e um homem com seus setenta anos saiu. Ele respirou fundo e olhou ao redor, para o jardim da frente, abandonado; depois, só por uma fração de segundo, olhou para Evie, e ela prendeu a respiração, mas o olhar dele se desviou de novo, e Evie se sentiu boba por achar que ele a vira. Apesar de sua idade ser aparente, devido às rugas na pele e à postura recurvada, seus olhos ainda brilhavam como se ele tivesse vinte e poucos anos, e Evie teria reconhecido seu brilho em qualquer lugar.

– Tio Eddie? Onde você se meteu? – chamou Isla de dentro da casa. Ela apareceu ao lado do homem e prendeu o braço no dele. – Sei que você odeia trabalhos domésticos, mas essas caixas precisam ser arrumadas. E não pense que vai escapar só por causa da idade. Já vi como você persegue Oliver. – Ela piscou para ele, que deu uma risada rouca, e o puxou delicadamente para dentro de casa.

Eddie tinha morado com o parceiro na casa dos Snow desde os seus trinta anos (depois de os pais morrerem, é claro. Eles nunca teriam permitido isso se estivessem vivos e capazes de interferir, e Eddie demonstrava muita alegria com o belo dedo médio apontado para os pais todos os dias em que moraram ali). No entanto, agora que eles já estavam com uns setenta anos e tinham dificuldade para fazer todas as coisas que costumavam fazer com tanta facilidade, August e Daphne foram morar com eles pouco depois de Evie ter morrido, e todos se beneficiaram da companhia extra de diversas maneiras.

Evie aproveitou a oportunidade antes de a porta se fechar e deslizou atrás deles até o salão de entrada da casa em que morara desde o casamento. Havia caixas de papelão espalhadas por ali, cheias de objetos que ela reconhecia como seus. Ela se ajoelhou, sem saber por que estava tendo cuidado para não encostar em nada. Sua caixa de joias, seus livros, suas bugigangas e seus tesouros estavam todos em caixas com as palavras *Doar* e *Guardar*. Outras caixas tinham o nome de seus filhos. Estas tinham coisas que August e Isla associavam tanto à mãe, que queriam guardar para si.

– August! – chamou Isla do andar de cima.

August deu um pulo do sofá, onde sem dúvida estava roncando, depois segurou a lombar e se encolheu.

– Essa mulher – resmungou enquanto mancava até a base da escada. – Ela vai me matar, tenho certeza.

– August! – Isla gritou ainda mais alto e se aproximou da balaustrada no patamar do segundo andar. – Você estava dormindo, não é? – perguntou, vendo o irmão desgrenhado e com os olhos semicerrados subindo a escada.

– Não – respondeu August com um bocejo.

– Você é irritante – disse ela de um jeito casual.

– Você é chata – retrucou ele sem nem olhar para ela.

Era uma rotina que eles cumpriam várias vezes ao longo dos anos. Isla mostrava a língua para ele, August mostrava a dele para ela e, só por um instante, os dois voltavam à infância e esqueciam suas idades verdadeiras: quarenta e sete e cinquenta e dois. Isla não conseguiu evitar sorrir para o irmão mais velho bobo.

– Vem – disse ela. – Essas caixas não vão se esvaziar sozinhas, e o tio Eddie fica estourando o plástico bolha.

Havia pouca coisa que Evie poderia fazer enquanto a filha estivesse disparando pela casa tentando fazer Eddie e August se comportarem, mas, apesar de a família não poder vê-la, ela gostou de passar um tempo na companhia deles. Estavam todos sentados no seu antigo quarto, esvaziando armários e gavetas e conversando e rindo, e Evie riu com eles. Juntos, Eddie e August encontravam várias maneiras de irritar Isla, mas suas brilhantes habilidades de argumentação sempre os derrotavam, e eles acabavam voltando, envergonhados, à tarefa em questão. Eles encontraram pertences que Evie ansiava por segurar mais uma vez e outros que ela nem se lembrava de ter, mantendo quase tudo que ela queria que eles guardassem, mas também escolhendo guardar coisas que Evie teria jogado fora num piscar de olhos.

– E isto? – Isla pegou uma luminária decorada. Uma estátua em miniatura de uma mulher apoiada no pé da luminária, o vestido flutuante arrancado de um dos ombros, quase revelando tudo. Um punho pressionado na testa, como se ela estivesse prestes a desmaiar; a outra mão, apoiada de um jeito atrevido no quadril, e uma expressão sedutora nos olhos.

– Guardar? – sugeriu Eddie, dando de ombros.

Agora eram quase nove da noite, e Eddie, setenta e cinco anos, estava ficando cansado, e suas respostas se tornavam cada vez mais indiferentes.

– Sério? Não me lembro de ver isso pela casa... nunca – disse August, observando a luminária.

– Não, nem eu, mas a mamãe deve ter guardado durante tanto tempo por algum motivo – observou Isla.

– Eu odiava essa luminária – disse Evie, apesar de nenhum deles poder escutá-la. – A tia Esme me deu, e eu a escondi tão bem, que tinha me esquecido dela até agora!

– Então podemos guardar. Mas não vou ficar com ela! – disse August, se recusando a pegá-la da mão de Isla quando ela tentou dá-la para ele.

– Bem, eu não quero! – disse Isla, agora desejando não ser a pessoa que segurava o objeto.

– Olhe, se você acha que a mamãe ia querer que guardássemos essa... coisa, a responsabilidade é sua. Mas não vou levar essa coisa pavorosa para casa!

O som de um carro no cascalho da entrada de carros interrompeu a discussão dos irmãos. August se levantou e foi até a janela. Isla olhou para a luminária e bufou de raiva enquanto a colocava numa caixa com seu nome, e Evie não conseguiu evitar sorrir de afeto pela filha.

– O papai chegou – disse August com a sobrancelha franzida, chamando Isla e Eddie para a janela. Evie os seguiu, sem saber se queria ver o que eles estavam vendo. Sabia que sua morte, apesar de não ter sido uma surpresa, teria cobrado um preço do marido. Ele a amara e cuidara dela até o fim, e vê-lo olhar para a casa e ver três rostos na janela em vez de quatro a deixou com vontade de lhe estender a mão. Mas isso teria sido egoísta, porque Evie não tinha segredos para compartilhar com ele. Contara ao marido tudo em vida, por isso não tinha necessidade de revelar nada a ele na vida após a morte. – Venham. Vamos ver se ele está bem – disse Eddie, conduzindo-os para o andar de baixo.

Ele abriu a porta para cumprimentar Jim.

Jim Summer agora parecia envelhecido e cansado, mas permanecia tão bonito quanto no dia em que se casara com Evie e também não havia perdido nada de seu charme.

– Olá, todo mundo – disse ele, como costumava fazer todas as vezes em que entrava pela porta, apesar de ultimamente fazer isso com muito menos entusiasmo.

– Olá, papai – disse Isla, cumprimentando-o com um beijo no rosto. August simplesmente abraçou o pai com os olhos fechados e a respiração presa, e Eddie apertou a mão de Jim com firmeza.

Olá, Jim, sussurrou Evie, esperando que ele escutasse, apesar de saber que obviamente não poderia.

– Como estava ela? – perguntou Isla.

– Calada. – A expressão de Jim mudou rapidamente para a de uma pessoa que tinha acabado de cortar o dedo no papel. – Detesto deixá-la sozinha. – Um soluço escapou antes de ele conseguir cobrir a boca, e August correu para colocar os braços ao redor do pai outra vez e segurá-lo antes que suas pernas velhas e trêmulas o fizessem cambalear. – Estou bem. Estou bem – garantiu Jim. Ele deu um tapinha nas costas de August, respirou fundo e se recuperou.

– O cemitério é agradável e tranquilo, e você pode visitá-la sempre que quiser. Todos nós podemos – disse Isla, e só então Evie percebeu que Jim estivera no seu túmulo. Lágrimas escorreram pelo rosto sem que ela percebesse.

– Eu sei. Estou sendo bobo. Só estou cansado. Acho que vou dar o dia por encerrado. – Jim deu um sorriso para todos, para dizer que realmente ia ficar bem, mas seus olhos ainda estavam preocupados.

– Aqui – disse Isla. – Deixe-me ajudá-lo. – Pegou a mão do pai e o ajudou a subir a escada.

– Eles se comportaram hoje? – perguntou Jim, apertando a mão da filha.

– E alguma vez eles se comportam? – comentou ela com um suspiro, e Jim riu. – Tem certeza de que não quer nos ajudar a analisar as coisas dela? – continuou Isla. – Estamos preocupados de jogar fora coisas que deveríamos guardar. – Isla abriu a porta do quarto de hóspedes, e Evie viu os pertences de Jim espalhados. *Ele está dormindo aqui*, pensou ela.

– É mais provável vocês estarem guardando coisas que ela teria jogado fora – disse ele. Jim a conhecia muito bem. Depois de cinquenta e quatro anos de casamento, como não a conheceria? – Não. Não consigo. Confio no julgamento de vocês. Além do mais, já peguei todas as coisas dela que eu gostaria de guardar. – Andou devagar até o quarto de hóspedes e se afundou na cama com cuidado.

– Está bem – disse Isla, relutante, sem querer deixar o pai sozinho com sua tristeza.

– Estou bem, Isla. Sério. Só... estou com saudade da sua mãe, só isso. – Ele sorriu. – Veja bem – ele olhou ao redor do quarto, observando cada canto –, conhecendo Evie, ela provavelmente ainda está por aqui em algum lugar, tentando garantir que estamos todos bem. – Ele sorriu para si mesmo, e Evie riu com ele, se sentindo mais presente e mais viva do que nos últimos tempos. Sabia que Jim a sentia por perto e ficou feliz por isso.

– Você provavelmente está certo – disse Isla, tendo um pouco mais de certeza de que ele ficaria bem hoje à noite. – Tente dormir um pouco. – Fechou a porta devagar, sem querer deixá-lo sozinho, mas sabendo, no fundo, que ele era mais forte que todos eles juntos e realmente ficaria bem. Evie saiu do quarto junto com ela.

Isla nunca fora uma criança problemática, mas tinha sido mal-humorada, teimosa e parecia estar sempre pronta para uma discussão, o que significava que, de vez em quando, Evie recebia bilhetes da escola sobre sua tendência a argumentar com os professores. Enquanto Evie cuidava da criatividade de August, Jim se preocupava com a necessidade de debater de Isla e lhe ensinava como estruturar seus argumentos de modo a nunca perder, para desespero de seu irmão mais velho. August não suportava o fato de que a irmã, cinco anos mais nova que ele, conseguia passar a perna nele aos sete anos. Evie erguia as sobrancelhas para Jim do outro lado da mesa, e Jim simplesmente dava de ombros, mas, depois do jantar, ele bagunçava o cabelo de Isla e a parabenizava pela execução calma e sensata da argumentação quanto ao motivo para ela ter permissão para ficar acordada até o mesmo horário de August. Isla cresceu adorando discutir e fazendo um milhão de perguntas para entender melhor as coisas. Apesar de ser basicamente protegida de Jim, Evie fez questão de ensinar compaixão, amor e tolerância à menina; todas as coisas que sua própria mãe nunca lhe ensinara. Seu relacionamento era construído com base em todas essas qualidades, mas a maior parte se baseava na sinceridade. Pelo menos, Isla achava que era assim.

No instante em que Evie aceitou a proposta de Jim, fez uma promessa de nunca mais falar sobre a antiga vida. Seu apartamento, seus desenhos e Vincent estavam no passado, e não fazia sentido ressuscitá-los e sofrer tudo de novo, então ela simplesmente enterrou tudo e negou completamente sua existência. Assim, quando o inevitável talento artístico de Isla se manifestou em desenhos em todos os livros da escola aos dezesseis anos, Evie começou a entrar em pânico. Evitou conversas longas com a filha durante uma semana antes de Jim encontrá-la na mesa da sala de jantar segurando um dos desenhos de Isla que tinha caído da mochila da escola.

— Ela é boa, não é? — disse ele, sentando-se em frente a Evie.

— É sim. — Evie fez que sim com a cabeça, acariciando o desenho com um dedo.

— Tão boa quanto você era.

Ela levantou a mão para impedi-lo de falar sobre coisas que ela queria esquecer.

— Você desenha Horace para ela o tempo todo — disse Jim, hesitante, esperando não a chatear.

— Isso é diferente. Todas as mães desenham com os filhos, mas isso... — Evie deixou o desenho de lado e apoiou a cabeça nas mãos.

— Você está preocupada de ela continuar desenhando e alimentando esse talento e de você se sentir cada vez mais como se estivesse mentindo para ela — disse Jim, e Evie olhou através dos dedos e fez que sim com a cabeça. — Então converse com ela.

— Não — soltou Evie, e Jim pareceu surpreso. — Sinto muito. Me desculpe. Eu simplesmente... não consigo abrir essa porta. Não consigo. — A voz de Evie tremeu, e ela respirou fundo para impedir a explosão de emoções que sentia no peito. — Quero que ela seja o que quiser e, se for uma artista, vou apoiar completamente, mas... vou precisar da sua ajuda mais do que nunca para esconder essa parte da minha vida. Se eu contar a ela que, muitos anos atrás, eu trabalhei como artista num jornal ou que lutei muito para manter essa carreira viva, uma coisa levará à outra, e terei que contar tudo a ela. E não posso, não posso reviver tudo de novo, não posso reviver a perda...

Jim tinha se levantado da cadeira e contornado rapidamente a mesa para abraçá-la antes de ela desabar. Com o rosto pressionado no colete azul de tricô dele, Evie respirou fundo algumas vezes, inalando seu aroma, e isso a acalmou.

— Tudo bem — disse ele, erguendo o queixo dela para ver seu rosto. — Podemos esconder, mas fique preparada. Conheço muito bem essa menina e, se ela decidir ser artista, nada vai impedi-la.

— E eu vou me recostar, feliz, e viver silenciosa e indiretamente através dela. — Evie sorriu, e Jim se inclinou para beijar levemente seus lábios.

Isla não se tornou uma artista depois de adulta. Ouviu o próprio coração e fez faculdade de direito, se tornando a primeira diretora feminina da Snow e Summer Ltda. e a primeira pessoa a administrar o escritório totalmente sozinha. Era metade Snow e metade Summer e, como August não tinha interesse em direito e o irmão de Evie não tinha filhos, ela sucedeu Jim com alegria e administrou a empresa melhor e com mais justiça do que qualquer um que a antecedera. Edward Snow e James Summer Sênior não manifestaram opinião sobre o assunto, já que os dois faleceram quando August e Isla eram crianças. Eleanor Snow seguira o marido pouco tempo depois, mas Jane Summer vivera até os noventa anos. Depois da morte do marido, se tornou uma pessoa totalmente diferente e concordou de todo o coração com que Isla assumisse a empresa.

Apesar de Isla ter se tornado advogada, seu amor pela arte nunca desapareceu, e ela desenhava e pintava no tempo livre, mas nunca conseguia entender o olhar da mãe quando ela lhe mostrava um novo quadro. Sempre parecia tão melancólica, e talvez até um pouco assustada. Isla odiava tanto esse olhar, que acabou parando de mostrar seu trabalho para Evie, acreditando que a mãe não a considerava boa. Ela manteve com ela essa crença que entristecia as duas.

Evie seguiu Isla pelo corredor até o quarto que a filha ocupava quando criança. Quando Isla abriu a porta, Evie escapou atrás dela e ficou parada, olhando ao redor. Ela e Jim não tinham mudado nada nos quartos dos filhos quando eles saíram de casa. Isla sempre fora obstinada e um pouco masculina, mas sua cor preferida era rosa-claro, e ela insistira para que o máximo de objetos fosse brilhante ou coberto de joias. Agora, Evie olhava ao redor, para o papel de parede listrado de rosa e bege e para as cortinas reluzentes. Algumas joias falsas cintilavam diante dela, reluzindo de cada canto e esconderijo, e os olhos da filha brilhavam de volta, cheios de tristeza. Isla correu até a cama e se jogou nela como fazia na infância, dando um chilique. Enterrou o rosto no travesseiro e deixou as lágrimas caírem no tecido. Evie olhou para ela da beira da cama, onde costumava se sentar e observar a filha dormir após fazê-la deitar-se terminado um pesadelo.

– Ainda estou aqui, Isla – sussurrou. – Sempre estarei.

Isla caiu no sono depois de alguns minutos de choro, e Evie esperava que isso tivesse algo a ver com sua proximidade. Agora era sua chance.

– Isla.

As sobrancelhas de Isla se uniram ao reconhecer o próprio nome, mesmo dormindo.

– Isla, minha filha brilhante. Você é tão inteligente. Você sempre soube que havia algo de errado comigo, algo que eu escondia de você, mas confiava tanto em mim, que nunca questionou isso. Obrigada por me deixar guardar meus segredos. Achei que eu estava sendo corajosa ao esconder meu passado de você, mas, no fundo, fui apenas covarde. Eu não queria mais sofrer. Queria que você tivesse me feito perguntas para que eu fosse obrigada a confrontar o que nunca tive coragem de enfrentar em vida, mas, na morte... parece que não temos outra opção a não ser encarar nossos maiores demônios. Então, meu conselho para você seria encarar tudo enquanto estiver viva. – Evie riu de si mesma, e Isla relaxou na sua risada, do mesmo jeito como costumava relaxar nos abraços quentinhos de Evie. – Mas agora, minha querida menina, é hora de você saber de tudo, então aqui estamos. Tem uma caixa, Isla, uma caixa de sapatos no meu antigo apartamento. Jim... seu pai tem o endereço. Sob o tapete da sala de estar tem uma tábua de madeira solta, e, embaixo dela, você vai encontrar a caixa. Na caixa... bem, você vai ter que olhar, e prometo que as coisas vão se esclarecer quando encontrá-la, mas você vai ter que me prometer uma coisa: cuide dessas coisas por mim, está bem? Cuide delas melhor do que eu cuidei.

Evie se levantou, sacudiu a saia e, na ponta dos pés, foi até a filha adormecida. Hesitante, tirou alguns fios de cabelo do rosto de Isla e, ao vê-la imóvel, Evie se inclinou e lhe deu um beijo na testa. Assim que os lábios fantasmagóricos de Evie se encostaram na pele da filha, Isla se sentou de repente.

– Mãe? – gritou ela.

Evie ofegou, mas a arfada pareceu levá-la para trás pelo quarto, e sua visão se esvaiu. Estava sendo arrastada para fora do mundo dos vivos pela segunda vez.

❦

Evie se viu cambaleando pelo piso do porão. Rolando de um jeito muito deselegante, caiu de cara aos pés de Lieffe.

– E aí? – perguntou, impaciente, o pequeno holandês.

Evie tinha perdido totalmente o fôlego no impacto, então simplesmente mostrou o polegar. Isso era tudo que Lieffe precisava saber. Ele pegou uma caneca de chá que já havia preparado e reservado para o retorno dela e a colocou com cuidado no chão ao lado de seu rosto.

9

magia

Todo o sangue correu para a cabeça de Isla. Tinha certeza de que não estava sozinha no quarto um instante atrás. Sentira outra presença, delicada e tranquilizante, tão forte, que acordou com um susto. No entanto, quando acordou, viu o quarto vazio. Esfregou as têmporas e riu da própria bobagem. Diferentemente do irmão, ela nunca acreditara em fantasmas e espíritos, e, enquanto August costumava se acovardar no escuro ou pular quando via sombras, Isla dormia profundamente e nunca vacilava. Olhou para o relógio rosa em espiral na parede e viu que só havia dormido alguns minutos. Ainda estava muito cansada, com as pálpebras pesadas, então aproveitou o fato de não ter acordado completamente e afundou de novo nos travesseiros.

Em seus sonhos, Isla se viu flutuando num céu preto, com fragmentos de vidro suspensos no ar ao redor. Eles reluziam e cintilavam à luz da lua, e alguns eram tão limpos e claros, que ela via o próprio reflexo, mas não era seu eu de quarenta e sete anos, com o cabelo ficando grisalho e a pele começando a enrugar. Tinha onze anos de novo. Olhou e viu que suas mãos estavam cobertas de tinta e giz colorido, e a calça cor-de-rosa e a camiseta verde-claro também estavam manchadas de cores. Até as pontas de seu cabelo tinham sido pintadas e estavam grudadas com a tinta acrílica.

O vidro começou a vibrar com um ruído tilintante agradável e, de repente, todos os fragmentos assobiaram, passando voando por ela numa direção, com cuidado para não perfurar Isla. Todos os fragmentos dançavam ao redor uns dos outros no céu, como pássaros, e Isla ficou hipnotizada até que, um por um, eles começaram a formar uma imagem. Parecia que cada pedaço se encaixava no outro: um quebra-cabeça feito de vidro. O último fragmento saltitou, provocando-a, antes de assumir seu lugar junto aos outros, depois as rachaduras e os espaços entre cada fragmento se preencheram até formar uma única placa de vidro – uma janela que tremulava. Enquanto Isla aplaudia, seu reflexo começou a desaparecer, de maneira constante no início, depois sumiu de repente. O vidro estava ficando enevoado, e a superfície reluzente ficou fosca. As bordas se curvaram, e Isla percebeu que o vidro se transformara em papel. *Mas por quê?*, pensou, e foi então que um ponto preto apareceu no centro da página em branco. Um único ponto preto, mas, depois, se transformou numa linha curva, como se alguém invisível estivesse desenhando na frente dela. Isla seguiu a linha enquanto ela girava e deslizava pela página até assumir a forma conhecida do desenho que sua mãe fazia de Horace de casaco e monóculo.

– Horace! – Ela riu na voz aguda de onze anos.

As orelhas do gato apontaram para cima.

– Horace? – Isla ofegou.

O gato estendeu as patas diante de si, depois deslizou para o canto inferior esquerdo da página e apontou para o espaço vazio no centro. O ponto preto apareceu de novo, e desta vez se transformou num desenho de um menininho vestido de caubói. Depois que foi totalmente desenhado, ele pegou uma pistola de brinquedo no cinto e as palavras *BANG! BANG!* apareceram ao lado enquanto ele fingia disparar a arma. Ele correu até o canto inferior direito, e o ponto preto apareceu de novo no centro. Um por um, mais desenhos apareceram. Uma mãe carrancuda. Um casal feliz. Um chefe com aparência de malvado. Um ganso com expressão de raiva. A página ficou lotada de desenhos a lápis, até que só sobrou um espaço minúsculo no meio. Alguns instantes se passaram, até que o ponto preto voltou, mas, desta vez, não foi um desenho que apareceu em seguida. Em vez disso, uma assinatura surgiu: uma assinatura minúscula e modesta, que sem dúvida pertencia à artista:

Evie Snow

Todos os desenhos se viraram para olhar a assinatura e, em silêncio, demonstraram agradecimento à mãe de Isla por ter dado vida a eles. As pessoas aplaudiram, o ganso bateu o bico, grasnando em silêncio, e Horace fez uma mesura com uma das patas apoiada no casaco sobre o coração. Os olhos da Isla de onze anos se arregalaram, e, de repente, ela se viu encarando o teto do quarto cor-de-rosa, não se sentindo mais pequena e ágil, mas pesada e cansada.

Estava acordada. De volta à realidade. De volta aos quarenta e sete anos.

Mas algo estava diferente. O sonho parecera tão real. Isla até vasculhou a roupa, procurando marcas de tinta, mas ainda usava as roupas limpas do dia anterior, e o relógio cor-de-rosa em espiral lhe disse que ela dormira por oito horas direto e que já eram quase nove da manhã. Ela gemeu. Definitivamente não parecia que havia dormido tanto tempo.

Isla tomou banho, trocou de roupa e ficou mais apresentável, mas, o tempo todo, os desenhos que vira no sonho perseguiam um ao outro ao longo da trilha externa de seu cérebro. O chefe perseguia a mãe, tentando beliscar sua bunda; a mãe perseguia o casal, acenando o dedo em desaprovação; o casal perseguia o menino enquanto ele tentava puxar o rabo do ganso; o ganso cambaleava atrás de Horace, que gostava de passar a perna em todos eles; e a pobre Isla perseguia todos, tentando encontrar as respostas para seu enxame de perguntas.

August foi o primeiro a perceber que algo estava errado.

– Querida irmã. Sua cabeça está nas nuvens hoje – zombou, numa voz boba de ator shakespeariano. Ele a contornou na ponta dos pés enquanto ela lavava a louça do café da manhã. – Sua cabeça nunca fica nas nuvens – continuou quando Isla não respondeu, a voz agora salpicada de preocupação. Ele arrancou a faca de manteiga molhada da mão dela, respingando água nos dois, e apontou para ela de um jeito brincalhão. – Quem é você e o que você fez com minha irmã fedorenta?

Isla riu e pegou a faca de volta, continuando a lavar a clara de ovo endurecida de suas pontas.

– Não dormi bem, só isso – disse ela, encarando as superfícies brilhantes das bolhas na pia e pensando em como elas se pareciam com a placa clara de vidro em seu sonho.

– O fantasma da mamãe também está assombrando você? – perguntou August, meio que brincando.

Um prato escorregou da mão de Isla e bateu na pia fazendo barulho. Por sorte, não quebrou, mas a água subiu e escapou numa grande onda e respingou em seu chinelo cor-de-rosa confortável.

– Argh!

August encarou os pés ensopados da irmã por um instante antes de cair na gargalhada.

– O que está assustando tanto você? – indagou ele depois de se compor.

– Você disse *também* – respondeu Isla, virando para encarar o irmão. Sua voz saiu mais pungente do que ela pretendia. – O que você quis dizer com o fantasma dela está me assombrando *também*? – A água estava ensopando rapidamente suas meias, e ela se sentou e as tirou, bufando de raiva.

– É bobagem, na verdade – disse August, agora se sentindo encabulado. Ele não contara sobre o sonho e o pássaro para ninguém além de sua Daphne e provavelmente não teria contado se ela não estivesse lá para testemunhar a maior parte. Mas ficou muito grato por ela *estar* lá, porque seu casamento agora estava tão bom quanto no dia em que os dois fizeram os votos. – Eu... – Ele fez uma pausa, pegou uma maçã na tigela de frutas e a mordeu. Enquanto mastigava, pensou em como ia contar essa história esquisita.

– Continue – pressionou Isla.

– Eu tive um... sonho.

Isla sentiu o coração ressoar nas costelas.

– Um sonho?

– Vai parecer bobagem, mas eu ouvia a voz da mamãe me falando sobre um... um pássaro. Eu o via batendo as asas e, quando acordei, isso não me deixava em paz. – Ele sentia a história se derramando de si como tinta de uma caneta. – Era como se o pássaro estivesse na minha cabeça até ele aparecer. Quero dizer, aparecer *de verdade*.

– O pássaro? – perguntou Isla, com medo.

– Sim. Um pequeno pássaro preto, só que ele não era um pássaro preto! Ela um pombo branco, mas a mamãe e um homem que ela amou o cobriram com bilhetes de amor. O pássaro voava de um lado para o outro entre eles quando os dois estavam separados, carregando os bilhetes que eles escreviam em suas asas.

Isla simplesmente o encarou.

– Sei que parece loucura. Mas espere...

August saiu correndo do cômodo e disparou escada acima, até onde estava sua mala. Vasculhou no meio das roupas e cuecas até achar a forma familiar do caderno. Quando reapareceu na cozinha, Isla continuava exatamente no mesmo ponto, com a mesma expressão.

– Nós salvamos os bilhetes de amor. Leia. Você vai se sentir mais próxima dela se ler.

Isla pegou o caderno em silêncio, mas não conseguiu abri-lo.

– Isla? – August estava preocupado porque ela ficara muito pálida.

– Eu volto mais tarde. – Isla deslizou da cadeira da cozinha e começou a acelerar o passo em direção à escada. – O papai está acordado? – gritou por sobre o ombro.

– Acho que o ouvi se movendo aí em cima. Por quê? Isla, o que está acontecendo?

Mas Isla já estava no patamar de cima, indo em direção ao quarto do pai. Bateu à porta, exaltada.

– Pai? Pai! Está acordado? – Tentou ouvir uma resposta, mas nada veio. – Pai! – gritou, aumentando a voz.

A porta do banheiro se abriu, e o pai estava parado ali, com seu pijama listrado e uma escova de dentes pendurada na boca.

– O que aconteceu? – gorgolejou ele por trás da espuma da pasta de dentes.

– Preciso do endereço da mamãe. O endereço *antigo* – esclareceu quando viu que as sobrancelhas dele se uniram.

Jim de repente se sentiu fraco. Segurou-se na moldura da porta com a mão livre.

– Pai? – Isla correu até o pai justamente quando ele perdeu o equilíbrio e começou a cair, a escova de dentes indo para o chão e espalhando creme dental na madeira. Ela o pegou antes que ele atingisse o chão e o manteve de pé usando toda a sua força. – August!

🍃

Jim retomou a consciência quase imediatamente e, depois de muito estresse de August e Isla, se sentiu firme o suficiente para se vestir. Encontrou os filhos no andar de baixo, onde ambos estavam sentados sussurrando um com o outro em tom preocupado, mas se calaram quando Jim chegou à porta e entrou no campo de visão deles.

– Não parem por minha causa – disse, se sentindo envergonhado por ter demonstrado a fragilidade da idade na frente dos filhos.

– Pai, tenho uma pergunta. Bom, tenho muitas perguntas – disse Isla. O caderno de August estava aberto sobre o colo dela.

– Sobre o quê? – Jim entrou com cuidado na sala, garantindo que cada passo fosse seguro e firme.

– Sobre a mamãe e… a vida dela antes de nós – disse August, pegando o caderno da mão da irmã.

O próximo passo de Jim falhou, e ele teve que se esforçar muito para não perder o equilíbrio antes de seu pé encostar de novo no chão. Ele respirou fundo.

– Entendo. – Ele finalmente alcançou a poltrona em frente ao sofá e, com cuidado, se sentou bem devagar.

– Eu… encontrei isto – mentiu August, sem querer incomodar o pai com sua história improvavelmente estranha. – É um caderno cheio de bilhetes. Bilhetes de *amor*, para ser específico. Da mamãe para…

– Vincent? – completou Jim com um leve sorriso.

– Isso – sussurrou Isla. – Como você…?

– Eu o encontrei uma vez. Só por um breve instante. Um camarada bacana. Amava muito sua mãe.

– Dá para ver – disse August, passando o caderno para o pai.

Jim folheou as páginas, admirando a caligrafia de Evie. Quando viu palavras que só ela usava, como "lerdo" e "cretino", o buraco em seu coração, que Evie costumava preencher, doeu.

– Você não… *achou* simplesmente isso, não foi, August? – comentou ele, sagaz.

August ficou surpreso e calado.

– Você conheceu Pequenino – continuou Jim como se estivessem tendo uma conversa perfeitamente normal. Ele levantou o olhar das páginas abertas que irradiavam calor. August pareceu mais do que um pouco confuso, e Jim continuou: – O pássaro preto não é um melro. Sua mãe sempre o chamava de Pequenino. De novo, só o vi uma vez, mas Evie me contou tudo sobre ele.

Essa era a abertura de que August precisava. Ele começou a contar a história de como as coisas estavam péssimas com Daphne, sobre o sonho que tivera e como Pequenino tinha aparecido e consertado tudo.

— Parecia que a mamãe estava cuidando de mim, e agora... — Os olhos de August foram até Isla, que olhava para o pai cheia de esperança.

— E agora eu tive um sonho semelhante. Um sonho que parecia tão real e tão familiar, como... Era como se a mamãe estivesse tentando me dizer alguma coisa.

Jim fechou o caderno com delicadeza e apoiou as mãos entrelaçadas levemente trêmulas na capa.

— E o que você acha que ela estava dizendo? — O tom de sua voz tinha mudado. Parecia cético, menos disposto a ajudar, e Isla sentiu o pânico subir pela garganta.

— Ela disse que morava em algum lugar depois de sair da casa dos pais e antes de se mudar para cá. Ela deixou alguma coisa lá que quer que eu encontre. O sonho que eu tive foi com vidro que se transformava em papel e... e desenhos que criavam vida, e...

— Já ouvi o suficiente. — Jim levantou a mão, e Isla prendeu a respiração. August se inclinou levemente para a esquerda e se apoiou no ombro de Isla para dizer que estava ao seu lado. — Vocês estão se metendo em coisas que não deveriam. A vida de sua mãe antes de nós era assunto dela. Não nosso. Respeitem a decisão dela de não contar nada para vocês e parem de cavar seu passado. Eu simplesmente... não aguento. — Ele colocou a cabeça na mão aberta, sem querer que os filhos vissem as lágrimas em seus olhos, e delicadamente acenou com a outra para que eles saíssem. Não queria ser indiferente nem cruel, mas se sentia fraco demais para se levantar da poltrona e precisava de um momento para si mesmo.

August pegou a irmã pelo braço, mas, antes que eles chegassem à escada, Isla se virou para o pai.

– O que quer que ela tenha lhe pedido para manter em segredo, pai, ela agora está me pedindo para encontrar. Tudo que preciso é do endereço. Só isso. Você não tem que se envolver em mais nada. Por favor, simplesmente... pense no assunto. Quero conhecê-la como você a conhecia.

Jim ficou sentado por muito tempo, pensando e lendo o caderno, se dedicando a um passado sobre o qual não tivera permissão para falar durante muito tempo, apesar de pensar nele com frequência. Eles nunca mais viram Vincent, e se Evie pensava nele ou não, nunca mencionou, mas Jim se perguntava quase todo dia por onde andava Vincent, *como* ele estava e se havia encontrado alguém e tido uma vida feliz. Sempre tinha esperança de que sim. Mas agora Jim estava confuso. Mantivera o passado de Evie trancado a pedido dela, e agora parecia que seu fantasma estava assombrando os filhos e convencendo-os a encontrar a chave que ele ainda mantinha escondida.

– Ah, Evie. O que eu faço? – sussurrou enquanto caía no sono na poltrona ao lado da lareira.

– Alguma coisa não está certa – disse Evie. Estava deitada de costas no chão do porão havia algum tempo, sentando-se apenas para bebericar o chá da caneca. – Ainda não senti nada. – Estava se preparando para o aperto e a vibração no peito que acabaria deixando-a mais leve, mas já se passara um tempo considerável desde que voltara ao prédio e... nada.

– Paciência, Evie. Às vezes, leva um tempo para os vivos entenderem a mensagem – disse Lieffe.

– Não... é algo além disso. É...

Evie sabia que não era a filha que estava empacando as coisas. Isla podia ter uma cabeça de advogada sobre os ombros, mas havia uma pontada de magia naquela menina que definitivamente entenderia o que Evie havia sussurrado para ela. Isla ia querer ir até o fim, mesmo que não encontrasse nada. Não, não era Isla. Mas, se não era ela, quem seria?

– É Jim. – Evie suspirou e tomou um grande gole de chá.

– O que tem ele? – perguntou Lieffe, tomando um gole menor do dele.

– Jim é um Summer. Pode ter sido diferente dos pais, até tinha imaginação, mas sempre era *apenas* um faz de conta. Jamais poderia nem seria real. Ele é o único que tem meu antigo endereço.

– E daí...? – Lieffe se sentiu perdido.

– Eu o fiz prometer que manteria meu passado e tudo que fazia parte dele em segredo. Ele não deu meu endereço porque acha que é isso que eu ia querer. Ah, Jim. – Evie ficou emocionada por ele estar guardando seus segredos tão bem, mas precisava fazê-lo perceber que agora precisava da ajuda dele de um jeito diferente.

Vamos lá, Isla, pensou com todo o coração. *Convença-o.*

───

Isla encontrou o pai adormecido na poltrona. Acendeu o fogo para mantê-lo aquecido enquanto a tarde se transformava em noite e o ar da casa espaçosa ficava mais frio. Sentou-se em frente a ele e o observou dormindo. Mesmo inconsciente, ele dava um jeito de parecer preocupado, e Isla se perguntou se a mãe estaria assombrando os sonhos dele também. Ele deve tê-la sentido ali, já que começou a se mexer, e seus olhos se abriram e, por um instante, achou que fosse a própria Evie sentada em frente a ele. Isla se parecia tanto com a mãe.

– Isla – disse ele, com a boca grudando.

– Pai. – Ela sorriu para ele. – Escuta, sobre o que eu disse mais cedo...

Jim se ajeitou na poltrona, com as juntas rangendo em protesto.

– Isla – disse ele com um leve tom de alerta na voz.

– Eu sei que a mamãe deve ter pedido para você manter isso em segredo, senão você não estaria lutando tanto. Mas, se me der o endereço, o que eu descobrir vai continuar na família. Não vou nem contar a August, se você não quiser. Vou fingir que não encontrei nada, se é que vou encontrar alguma coisa. Mas eu tenho uma... sensação. Tem alguma coisa que eu deveria procurar, simplesmente sei disso.

Jim se sentiu cedendo. Tudo que mantivera trancado em sua mente estava forçando a gaiola, dobrando as barras um pouco mais a cada vez.

– Tem uma coisa que a mamãe deixou para mim naquele endereço antigo, e ela quer que eu veja.

Isso foi tudo que ela precisou dizer. A lembrança da caixa de fragmentos de vidro entrou pelo buraco da fechadura da mente de Jim, finalmente livre.

– Não sei por que estou fazendo isso – disse ele.

– Fazendo o quê? – perguntou Isla, a fina sobrancelha erguida.

Jim fechou os olhos e deixou a lembrança descer até o peito, onde seu coração abriu a boca e gritou. Seu silêncio irritou Isla, mas, um minuto depois, houve um bater de asas do lado de fora da casa.

– Siga esse pombo maldito e descubra o que quiser. – Sorriu, derrotado.

Isla se virou para a janela. Pousado no parapeito havia um pássaro muito branco, que ela poderia jurar que estava sorrindo.

– Não me pergunte como. Eu nunca consegui descobrir, mas sua mãe tinha uma palavra para isso.

– E qual era? – perguntou Isla.

– Magia.

10

apartamento 72

O prédio estava abandonado havia muito tempo. O exterior tinha sido consumido por plantas que cresceram tanto, que a folhagem de cada sacada se entrelaçava com a da seguinte. As janelas estavam quebradas, e a tinta fresca e lisa havia sido substituída por lascas rachadas e foscas, salpicadas de musgo. Mas, apesar de estar dilapidado e caindo aos pedaços, Isla achou que o prédio ainda tinha personalidade. Era como olhar para a fotografia de uma pessoa mais velha quando era mais nova. Ainda dava para ver a juventude em seus olhos, apesar de o corpo ter se debilitado ao longo dos anos. Ela se perguntou se estava colocando a própria segurança em risco ao entrar no prédio ou se sequer ia conseguir encontrar um jeito de entrar. Uma das portas de vidro da entrada fora quebrada, e ela pensou na possibilidade de haver desabrigados morando lá dentro. Esperava que essa não fosse a pior ideia que já teve, mas sabia que tinha que tentar, no mínimo.

Conforme pisava no vidro quebrado, ficou feliz por ter pensado em trocar os sapatos sociais por um par de tênis antes de sair. O saguão estava escuro, e ela sentiu o cheiro das manchas úmidas mofadas que subiam pelas paredes. A única coisa que parecia mais ou menos inteira era o ornamento iluminado no centro do saguão. Era um candelabro extremamente modesto – se é que se pode chamar desse jeito –, mas, mesmo assim, brilhava através da poeira e ainda não tinha sido vandalizado como a maior parte dos móveis. Havia marcas na poeira onde antes havia cadeiras, o papel de parede estava pichado e diversas palavras grosseiras haviam sido entalhadas na madeira. O elevador estava claramente enguiçado e, mesmo que estivesse funcionando, Isla não teria se arriscado. Olhou para a escada. O carpete fora comido por ratos, mas os degraus pareciam firmes o suficiente.

– Sétimo andar, lá vou eu.

Não havia nada de incomum no prédio e nada que fizesse Isla sentir que deveria ter medo, mas ali havia uma atmosfera que simplesmente não conseguia explicar. Isla sentia como se o local tivesse morrido antes da hora, que sua vida e sua alegria foram levadas dali antes de ter uma chance de realmente ser alguma coisa. Ela quase ouvia música e risos vindo de trás das portas dos apartamentos e quase via pessoas inclinadas por sobre os corrimãos para chamar outras, e a ideia de este lugar ter sido uma comunidade onde todos gostavam uns dos outros e se convidavam para tomar chá aqueceu sua alma. Esperava que realmente tivesse sido assim na época da mãe. No entanto, ao ver o prédio agora, com as janelas quebradas e as paredes vandalizadas, a tristeza acompanhou a ideia de que o local fora tão adorado.

Quando chegou ao sétimo andar, Isla teve que se sentar no último degrau para recuperar o fôlego. Pensando bem, se o elevador estivesse funcionando, ela o teria usado. No entanto, depois de um minuto, deu um pulo e se levantou. Sua respiração continuava ofegante e suas coxas queimavam do exercício mais prolongado que fizera nos últimos anos, mas ela agora estava muito perto e não podia descansar com calma sabendo que estava apenas a alguns passos de onde sua mãe morou.

Passou apressada pelo elevador. Suas portas douradas enferrujadas estavam pichadas com *CB ama PF* em amarelo, envolto num coração torto. O corredor se parecia com muitos outros por onde ela havia passado, mas alguma coisa era diferente. Quanto mais se aproximava do apartamento da mãe, mais alto ficava o tilintar agradável que ouvira no sonho. Em pouco tempo, estava parada diante da porta de madeira suja com o número 72 encarando-a através de uma camada de poeira.

Seu estômago revirou de nervoso quando ela percebeu que a porta estava fechada. *Claro que está*, pensou. *Que idiotice minha, achar que eu conseguiria entrar tranquilamente!* Arriscou e virou a maçaneta com força, ao mesmo tempo em que atingia a porta com o ombro esquerdo. Para sua surpresa e prazer, a porta rangeu e se abriu numa nuvem de poeira. Ela recuou e deixou a poeira assentar antes de entrar.

O apartamento estava totalmente vazio. Sem móveis, sem cortinas, sem nada. Isla não sabia por que pensara que o encontraria cheio de coisas da mãe. Imaginara que estaria repleto de personalidade, salpicado de verde, vinho e laranja, armários cheios de saquinhos de chá e balas e com cheiro de melado. Sua mãe sempre cheirava a melado. Isla fechou os olhos e tentou imaginar a jovem Evie que só vira em fotos andando de um lado para o outro nesses cômodos. Ela sorriu, porque era muito fácil imaginar. Não sabia identificar, mas alguma coisa nas paredes e na atmosfera gritava Evie Snow. Estava claro que era ali que sua mãe tinha se sentido em casa.

Parada no meio do apartamento vazio, Isla, de repente, percebeu que não tinha ideia do que estava procurando nem se havia alguma coisa a procurar. Ouviu uma batida de asas familiar quando Pequenino voou até a sacada e se empoleirou na grade. Isla puxou uma das janelas, que resistiu muito, mas as dobradiças finalmente estalaram e a janela se abriu. Antes de ela ter chance de sair, Pequenino entrou.

– Não! – Isla entrou em pânico ao pensar que ficaria ali durante horas, tentando enxotar o pássaro para fora do apartamento. Não conseguiria trancá-lo lá dentro e deixá-lo ali para outra pessoa resolver, porque não tinha nem certeza de que havia alguém para cuidar do prédio. August tinha se apegado tanto ao pássaro, que ela nunca seria perdoada se deixasse alguma coisa acontecer a ele.

No entanto, Pequenino não era um pombo assustado. Estava calmo e tranquilo enquanto andava pelo chão, de um lado para o outro, até finalmente parar numa tábua, que ele bicou três vezes. Isla inclinou a cabeça, confusa. Pequenino bicou três vezes de novo, desta vez com mais força. Isla se ajoelhou ao lado do pássaro, que saltou para fora da tábua, e, com o coração acelerado, levantou a tábua de madeira com as unhas com alguma facilidade. Embaixo, havia um buraco escuro, mais profundo do que ela imaginara. Teve pensamentos atípicos de colocar a mão lá dentro e monstros segurarem seu pulso e a puxarem para baixo, fazendo-a desaparecer para sempre. Balançou a cabeça. Depois, um pensamento ainda pior a atingiu: *e se ela colocasse a mão lá dentro e não encontrasse absolutamente nada?* Era mais a cara de Isla ter medo da realidade do que do desconhecido.

Olhou para o pássaro, que estava empoleirado na ponta, esticando o pescoço para espiar dentro do buraco.

– Lá vamos nós – sussurrou ela e colocou a mão na escuridão.

Estava enfiada até quase o ombro quando a ponta de seus dedos encontrou alguma coisa sólida. Deu um pulo com a sensação inesperada e retraiu o braço por instinto. Depois, rindo de si mesma e de sua bobagem, enrolou as mangas do suéter e enfiou os dois braços lá dentro, pegando o que havia encontrado e trazendo para a luz. Percebeu que estava olhando para uma caixa de sapatos bem comum. Não havia sido lacrada e estava coberta com um centímetro de poeira, mas, incrivelmente, não havia sido mastigada por ratos nem cupins. Isla soprou a tampa como se estivesse soprando velas de aniversário, e Pequenino cobriu a cabeça com as asas enquanto a poeira voava no ar ao redor.

– Ah, desculpe! – disse ela, limpando o ar ao redor do pombo com a mão. Pequenino arrulhou, aceitando o pedido de desculpas, e agitou as penas.

Isla sacudiu a caixa com cuidado e foi saudada por aquele tilintar outra vez. A curiosidade a tomou. Não podia mais esperar. Abriu a tampa com os polegares, e seu rosto foi imediatamente iluminado por centenas de fragmentos de vidro captando a luz das janelas e lançando diversos arco-íris aqui, ali e em toda parte. Ela riu, mas o riso ficou preso na garganta, sob um nó de emoção.

– É como no meu sonho – conseguiu dizer, apesar de não ter certeza total do que estava vendo. Era apenas uma caixa com vidro quebrado. Não havia papéis nem desenhos, e nada que dissesse que a caixa pertencera à sua mãe. Para ela, era apenas um copo que alguém quebrara. Mas por que a pessoa o guardaria, quanto mais esconderia do mundo embaixo de uma tábua solta? Tantas perguntas sussurravam na sua mente, e, mesmo assim, ela se sentia aliviada por ter encontrado *alguma coisa*, apesar de não saber muito bem o que era aquilo.

Isla fechou a tampa, e toda a luz foi sugada de novo do cômodo. Em seguida, com Pequenino bem perto, saiu do apartamento 72.

11

a maior artista que já viveu

Isla se recusou a mostrar a August a caixa e seu conteúdo antes de decifrar o quebra-cabeça. Despejou o vidro com cuidado num lençol no chão de seu quarto e, com luvas de jardinagem, tentou juntar o vidro, mas havia fragmentos demais. Alguns nem eram pedaços, mas se pareciam mais com pó de vidro moído que não tinha a menor utilidade. Algumas lascas se encaixavam com perfeição, e Isla comemorava em voz alta, fazendo August, Jim e Eddie se assustarem em algum lugar da casa e se perguntarem o que ela estava aprontando. No entanto, a maioria dos pedaços tinha rachado muito e continha pontas tão afiadas, que não havia como adivinhar onde se encaixavam.

Depois de horas de trabalho e alguns cortes, apesar das luvas, Isla desistiu de criar aquela placa de vidro clara como cristal que ainda reluzia em sua mente. Com cuidado, despejou o vidro do lençol para a caixa, depois, relutante, fechou-a e colocou-a embaixo da cama, escondida. Puxou as pernas em direção ao peito e abraçou os joelhos com força, lutando contra as lágrimas de derrota.

Não, pensou. *Não vou desistir. A mamãe queria que eu encontrasse aquela caixa por um motivo e, se eu não conseguir criar essa placa de vidro impossível, terei que fazer outra coisa.*

Com determinação renovada, pegou a caixa mais uma vez, depois foi até a mesinha. Colocou de lado todas as suas bugigangas velhas e inúteis e vasculhou armários e gavetas, tentando encontrar sua antiga caixa verde de ferramentas e material de pintura e artesanato. No fim, duas caixas de sapatos ficaram sobre a mesa: a caixa marrom de cinquenta e cinco anos do apartamento 72 e uma caixa verde de trinta e seis anos que guardava um par de sapatos de escola que Isla usava quando tinha onze anos. Isla abriu a própria caixa e, lá dentro, havia fitas, fios, glitter, lantejoulas e botões e, no fundo, dobrado com cuidado, um desenho de Horace, com o casaco abotoado e o monóculo no focinho. Isla esperou suas orelhas se mexerem, mas isso nunca aconteceu. Alisou o pedaço de papel, suavizando as dobras, e o colocou na parede, para que Horace pudesse vê-la enquanto ela se preparava para trabalhar.

Separou as peças inúteis e as que eram grandes o suficiente para fazer alguma coisa com elas. Lixou as pontas de cada fragmento, eliminando a capacidade de machucar ou cortar as pessoas que os pegassem. Fez um buraco na ponta de cada um, com cuidado para não os quebrar em pedaços ainda menores, depois passou um fio através de cada buraco e amarrou com força. Pegou um antigo bastidor de bordado em ponto-cruz na caixa e amarrou a outra ponta de cada pedaço ali. O tempo todo, Horace a observava, e Isla às vezes levantava o olhar, se perguntando se ele tinha se movido pela página enquanto ela não estava olhando.

Por fim, quando a lua estava quase se despedindo, pegou um pedaço de fita e amarrou as duas pontas em cada lado do bastidor de madeira, para poder pendurá-lo. Ela o levantou para analisar o trabalho árduo, com os fragmentos de vidro balançando felizes, e Isla também ficou feliz, tão feliz, que o pendurou na maçaneta da janela do quarto, para que cada pedaço captasse a luz de manhã.

De repente, se sentiu exausta e deixou o cansaço dominar. Não percebera o quanto e por quanto tempo havia trabalhado naquele vidro. Suas mãos doíam de segurar os fragmentos afiados e lixá-los, e o pescoço estava tenso por ter ficado dobrado em cima deles e, pela segunda vez naquela semana, ela dormiu de roupa.

Na manhã seguinte, o sol de fato inundou o quarto de Isla pelas janelas e encontrou o capturador de sol que ela havia montado. Mas ela não viu padrões de luz dançando nas paredes. O que viu a fez esfregar os olhos como uma criança.

– August! – gritou. – Venha rápido!

Como uma bala de revólver, August ouviu o grito na cozinha e disparou escada acima, dois degraus de cada vez, acreditando que a irmã estivesse em perigo. No entanto, quando atravessou correndo a porta do quarto dela, não foi recebido por um problema, mas por um desenho de Horace, vivo e correndo pelas paredes. Um ganso bamboleava pelo teto, batendo o bico e as asas. Um casal feliz valsava desengonçado. Um garotinho jogava o chapéu para cima e dava tiros nele. Depois de cinquenta e cinco anos presos numa caixa de sapatos, os desenhos encontraram um caminho através do vidro no quarto e estavam comemorando a liberdade.

Os filhos de Evie ficaram parados, chocados, com lágrimas escorrendo pelo rosto.

– A mamãe era uma artista – soluçou Isla.

– Era mesmo – disse uma voz na porta. Enquanto Jim observava, o casal valsante o viu e acenou, e ele tirou um chapéu imaginário e sorriu.

– Por que ela nunca me contou? – perguntou Isla, passando os dedos na parede para Horace persegui-los.

– Havia muitas coisas que ela nunca contou a ninguém, coisas que estavam todas conectadas. Se contasse uma coisa, teria que contar todas as outras, e ela simplesmente... não conseguia. Foi por isso que, quando você demonstrou não apenas interesse pela arte, mas também talento, ela teve pavor de compartilhar a própria paixão, para o caso de você fazer perguntas. Ela odiava esconder coisas de vocês, mas agora parece que acha que vocês precisam saber. – Jim olhou para cima, como se estivesse gesticulando para Evie, onde quer que ela estivesse.

Isla foi até o desenho de Horace que havia encontrado na noite anterior, em sua própria caixa de sapatos. Sentiu a menina de onze anos dentro de si vir à tona enquanto perguntava:

– Quer dizer que ela não achava meus desenhos horríveis?

– Ah, Isla. Era isso que você pensava? – August foi até a irmã e colocou o braço ao redor de seus ombros enquanto ela fazia que sim com a cabeça, chorosa.

– Isla – disse Jim –, ela via a si mesma nos seus desenhos. Você herdou muito dela nesse quesito.

– É bom saber disso. Porque, para mim – Isla fungou e sorriu, olhando para Horace, que a observava do outro lado do quarto –, ela era a maior artista do mundo.

🍃

Evie tinha ficado deitada no chão do porão pelo que pareciam anos. As jornadas através da parede tinham cobrado seu preço. Ela se perguntou por que se sentia tão exausta quando nem estava mais viva, mas sentia-se esgotada demais para perguntar. Simplesmente ficou deitada ali, deixando o sussurro da parede consolá-la e aquecê-la até que, quando quase perdera a esperança, teve consciência daquela sensação mais uma vez. Começava no nariz, como se ela estivesse prestes a espirrar, e se espalhava garganta abaixo e pelo peito. Não se moveu de onde estava deitada, mas Lieffe percebeu a diferença.

– Evie, está acontecendo? – perguntou ele, e ela fez que sim com a cabeça, animada, os olhos bem fechados.

Alguma coisa começou a se agitar e retinir no peito dela, dez vezes mais forte que antes, e ela teve que usar toda a sua energia para se manter presa ao chão. Achou que nunca ia parar e estava prestes a gritar pedindo socorro, quando, de repente, tudo desapareceu, deixando seu corpo todo formigando.

– Então...? – perguntou Lieffe, querendo saber se ela ainda estava consciente.

Evie secou o suor da testa.

– Se essa sensação for piorar progressivamente a cada jornada através da parede – disse ela –, tenho medo do que vem a seguir.

12

a jornada final

Evie se sentou e contou a Lieffe tudo sobre os filhos. Lieffe havia deixado o mundo antes de August e Isla nascerem, e ela desejou de verdade que eles pudessem ter se conhecido.

— Isla é teimosa e muito esperta — disse com afeto.

— Uma combinação fatal. — Lieffe riu.

— O irmão dela sabe muito bem disso! August, Deus o abençoe, tinha pavor de ela crescer. August é criativo. Diferente de tudo que você já viu. O modo como seus dedos se movimentam pelo piano e as melodias que ele tira do nada... ele é incrível. — Os olhos de Evie ficaram vidrados, mas não era no filho que estava pensando agora. Havia outra pessoa em sua mente. Um músico brilhante que ela conhecera e que teria sentido orgulho do filho dela e do homem em quem ele se transformou.

— Evie — disse Lieffe com delicadeza, tirando-a do transe.

— Sim?

— É hora de pegar as balas? — Ele sorriu.

— Sim, Lieffe — respondeu ela. — É hora de pegar as balas.

Evie tinha ficado nervosa por encontrar o filho e a filha, mas não havia nada que pudesse prepará-la para a próxima viagem através da parede.

– Vincent ainda... você sabe?

– O quê? – perguntou Evie, confusa.

– Está vivo? – sussurrou Lieffe.

Evie estava vestindo o casaco verde. Ela deixou as mãos caírem na lateral, totalmente surpresa.

– Não tenho a menor ideia. Eu nem tinha pensado nisso. Como foi que não pensei nisso?

– Talvez você só esteja esperando o melhor. Se ele estiver em algum lugar *deste* mundo, a parede não fará nada. Já vi isso acontecer. Mas existem maneiras de procurá-lo aqui, não se preocupe.

Pensar que Vincent havia falecido antes dela sem ela saber, e pensar que ele estava muito mais perto do que ela imaginava no início... Evie experimentou quase todas as sensações antes de decidir parar na náusea.

– Espero que ele esteja feliz onde estiver – comentou ela.

– Eu também. – Lieffe sorriu com delicadeza. Apesar de não ter conhecido Vincent como conhecia Evie, ele sabia que Vincent era um homem bom. Tinha visto como Evie ficara feliz quando Vincent entrou na vida dela. Ele a escutava cantarolando dois andares abaixo, antes de ela sair do elevador, e seus abraços estavam mais calorosos do que nunca.

Lieffe não precisava conhecer Vincent melhor para saber que era um homem bom, porque ele conhecia Evie.

Evie pegou um punhado de balas na Caixa dos Perdidos e encheu os bolsos.

– Acho que só uma vai ser suficiente – disse Lieffe, olhando para as embalagens brilhosas escapando do bolso do casaco.

– Também acho. O resto é para mim – disse ela, sorrindo. Pegou uma e a colocou na palma da mão. – É tão pequena. Tão simples. – Ela a colocou contra a luz fraca. – Um punhado dessas me aproximou do único homem que amei. Foram o começo de tudo – comentou, encantada com o enorme significado de algo tão pequeno.

— Alguns diriam que é tudo culpa delas! — disse Lieffe. — Essas pessoas jamais voltariam a tocar numa bala, depois de passar por tudo que você passou.

Lieffe moveu a cadeira de rodinhas para o centro do cômodo, para poder ver a diversão acontecer.

— Sim, foi horrível, e, sim, passei a vida toda escondendo isso. — Evie abriu a embalagem da bala e a jogou na boca. — Mas isso não significa que eu mudaria um segundo de tudo que vivi. Por nada no mundo.

— Por que não? — perguntou Lieffe, sentando na cadeira com um gemido.

Evie sorriu, se lembrando de uma conversa semelhante muitos anos antes. Colocou a bala no canto da boca e começou a explicar:

— Porque, se nada daquilo tivesse acontecido, eu poderia ter me tornado uma pessoa muito diferente. Se eu tivesse tudo que queria na vida, poderia ter me tornado uma fedelha mimada. Se eu nunca tivesse perseguido o sonho de ser artista, se nunca tivesse enfrentado minha mãe, poderia nunca saber o que era amar alguém de verdade, porque eu nunca teria conhecido Vincent. Sim, o sonho fracassou, no fim das contas, mas aprendi muito. Em geral, coisas insignificantes, mas basta uma faísca para acender uma fogueira. Todas essas coisas insignificantes se acumularam e me fizeram ser quem eu sou. Se nada disso tivesse acontecido, eu poderia ter tido uma vida bem pior. É por isso que, apesar de todo o sofrimento, todo o fracasso e todos os segredos, se eu tivesse a chance de voltar no tempo e mudar as coisas, não faria isso. Nem um segundo.

Lieffe olhou para ela. Quando estava viva, ela era uma pessoa singular, cheia de entusiasmo e nenhum lugar para usá-lo. Ela forçou limites e lutou contra pessoas que lhe diziam não, mas sem se beneficiar disso. Para a maioria das pessoas, isso teria sido o fim; elas teriam desistido e voltado pelo caminho de onde vieram. Algumas até poderiam se tornar amargas, sentindo que o universo lhes devia alguma coisa e invejando os bem-sucedidos, mas não Evie. Ela perdera a batalha, mas a guerra foi ganha quando ela se tornou a mãe da qual os filhos precisavam. Quando lhes permitiu crescerem e se transformarem nas pessoas que queriam ser. E, principalmente, quando aceitou as cartas que lhe foram dadas e fez o melhor possível com elas. Parte de Lieffe desejava poder voltar no tempo e mudar o passado dela, para Evie poder ter sido tudo o que queria, mas também estava muito feliz porque o que aconteceu resultou na mulher parada diante dele agora, porque ele a achava simplesmente brilhante.

– Está preparada para isso? – perguntou ele, juntando os dedos e se recostando na cadeira.

– O mais preparada possível, o que não é muito, mas vai funcionar.

Evie tirou a bala laranja da boca. Estava quente e grudenta; então, antes que tivesse a chance de secar, Evie a grudou no centro da parede com um empurrão firme. O sussurro parou de repente. Estava esperando a bala desaparecer ou a parede se transformar em algo que representasse seu amor perdido havia tanto tempo, mas ela continuou com a mesma superfície lisa amarelada, com o papel de parede irregular nas pontas. *Por favor, esteja vivo*, cantarolou repetidas vezes mentalmente.

– Eu a quebrei? – perguntou, sem querer tirar os olhos da parede, só para garantir.

– Não tenho certeza. – Lieffe se inclinou para a frente. – Normalmente, ela só leva alguns segundos antes de...

– Shh! – Evie o calou de repente. – Está ouvindo? – Ela encostou o ouvido na parede, com cuidado para não perturbar a bala. Era fraco, mas definitivamente estava ali. – Ele está tocando. Onde quer que esteja, ele está tocando.

Evie sentiu um alívio apoderar-se dela. Ele estava vivo, no fim das contas, e certamente bem, já que estava tocando violino.

O som ficou cada vez mais alto, e ela se perguntou como tinha vivido tanto tempo sem ele. Esse som fazia cada osso de seu corpo reverberar e cada terminação nervosa efervescer. Fazia com que se sentisse viva outra vez.

– Ele é bom. – Lieffe sorriu.

– Ele é extraordinário.

Evie colocou a palma da mão na parede, mas algo atrás da parede fez um barulho abafado, e ela afastou a mão enquanto a bala laranja rachava no meio. Ela se agachou para inspecionar a bala quebrada de perto, mas, ao fazer isso, a parede imitou a bala e também rachou no meio, de modo que havia metade da bala de cada lado, como pequenas maçanetas de uma porta muito grande.

– Dê um passo para trás, Evie – disse Lieffe, conhecendo a natureza temperamental da parede. Ele a tinha visto fazer muitas coisas, todas incomuns e inesperadas.

Evie aceitou o conselho e foi para os fundos do cômodo, observando enquanto as paredes se separavam, revelando uma abertura escura mais ou menos do tamanho de...

– Uma escada rolante. É o som de uma escada rolante! – exclamou ela. – Está ouvindo? – O som de degraus de metal deslizantes era um com o qual Evie se acostumara durante o ano em que se locomovia entre o trabalho e sua casa, e ela sabia que era isso que estavam escutando naquele momento.

Lieffe fungou a brisa que entrava no cômodo.

– Está sentindo o cheiro de hambúrgueres? – perguntou ele, e Evie riu.

– Estou, sim! – Ela fechou os olhos, se lembrando daquela noite na estação e de como havia sido perfeita e descomplicada. Quando abriu os olhos de novo, viu alguma coisa surgindo através da escuridão, se aproximando cada vez mais, até que a escada rolante que ela ouvira aparecesse. Os corrimãos móveis se alinhavam perfeitamente com a abertura na parede e, ali, nos primeiros degraus, com as páginas ficando absurdamente amassadas, havia um livro. Evie se apressou para pegá-lo. Era uma cópia exata do livro que estava lendo na noite em que ouviu Vincent pela primeira vez.

– Acho que ele está esperando você – disse Lieffe.

– Eu estou esperando por ele – respondeu Evie enquanto pisava nos degraus que a carregaram para cima, em direção ao som de Vincent tocando.

o terceiro segredo

a boa árvore

24 de dezembro

O casamento

Planejar o casamento tinha sido excepcionalmente fácil, já que Jim e Evie deixaram a tarefa para as mães. Afinal, o casamento não era de fato para eles. A pior parte tinha passado, e o que quer que estivesse reservado para eles no dia do casamento, os dois iam enfrentar juntos, de mãos dadas.

O coração de Evie estava pesando muito no peito desde o dia em que Vincent foi embora; todo dia sem Vincent era mais um dia em que seu coração tinha que aguentar aquele fardo. No início, parecia suportável, mas ela não contava que seu amor cresceria cada vez mais sem ter aonde ir, de modo que seu coração ficava cada vez mais pesado conforme os dias passavam. Agora, sentada diante da penteadeira, ajeitando a maquiagem no espelho, a ideia de Vincent estar no fim do corredor no lugar de Jim a atingiu e fez seu coração inchar até quase explodir. Ela se segurou na beirada da penteadeira para se firmar e derrubou um pote de pincéis no chão. Eleanor soltou um muxoxo, mas não se mexeu para ajudar. Em vez disso, Evie se recompôs, se abaixou e pegou os pincéis, alguns dos quais tinham rolado para debaixo da bainha do vestido de casamento. Eleanor continuou a soltar muxoxos.

– Você vai se casar com um dos homens mais bonitos deste mundo, seu vestido de casamento foi desenhado por um grande estilista, tudo foi pago pelo pai de James e você *ainda* está arrasada. O que temos que fazer para deixar você feliz?

Evie se divertia com as tentativas de Eleanor de fazê-la se sentir mal-agradecida. Isso só lembrava a ela como era grata, porque as coisas de fato poderiam ter sido bem piores, mas Evie sabia, lá no fundo, que isso não significava que ela não tinha motivos para estar triste.

– Sou grata por tudo que tenho, mãe, de verdade, mas isso não quer dizer que tudo que eu tenho é o que desejo. Você *sabe* que eu desistiria de tudo se isso significasse que eu poderia ter só mais uma chance de ser quem eu quero. – Não estava tentando convencer a mãe; simplesmente desejava que Eleanor entendesse, mas, quando viu de relance a expressão de repulsa no rosto da mulher mais velha, não sabia por que se importara em explicar.

– Então, por que concordou com tudo isso? Você podia estar lá agora, morando na própria sujeira com aquele valentão, sem nenhum dinheiro, tentando satisfazer esses seus sonhos bobos. Me diga, por que você desistiu, se era tudo tão glorioso?

– Primeiro, você não me deu opção. Segundo... – Evie olhou pela janela. Eddie estava rindo com Jim enquanto bebiam champanhe no gramado, enquanto os outros convidados andavam de um lado para o outro em seus casacos de pele e joias sob a tenda enfeitada de azevinho. Eddie parecia animado. Estava à beira de uma enorme mudança de vida, e Evie não poderia estar mais feliz de poder lhe dar essa chance. – Na verdade, não tem segundo. Você simplesmente nunca me deu opção.

– Você teve um ano. – Eleanor alisou o vestido lilás, sem se impressionar com o rumo da conversa. – Seja grata por isso.

– Sim. Eu tive um ano. Um ano inteiro e maravilhoso para ver a vida que eu estava perdendo e a vida que eu poderia ter tido. – Evie se levantou. Eleanor tinha lhe dito que, se ela não estivesse tão inchada, poderia estar linda, mas uma aparência encantadora teria que servir. O corte do vestido fazia seu busto parecer fenomenal, e um cinto de joias apertava sua cintura, de modo que a saia no estilo Cinderela pa-

recia ainda mais cheia. Ela colocou a mão atrás da cabeça e puxou o véu sobre o rosto, mas seu olhar não hesitou quando ela disse:
— Se pelo menos eu tivesse uma mãe, e não uma carcereira.

🍃

Poucos minutos antes do casamento, pouco depois de Eleanor ter saído enfurecida da sala de estar dos Summer, que Jane Summer tinha apelidado carinhosamente de "suíte da noiva" naquele dia, Eddie veio ver como estava a irmã.
— Ah, Evie — ofegou ele. — Você está... incrível. — Ele se apressou para pegar as mãos dela, mas não teve coragem de abraçá-la para não amassar o tecido nem pisar na barra.
— Eddie, a pessoa que eu precisava ver — disse Evie, se encolhendo enquanto seu coração ficava mais pesado e mais inchado no peito.
— O que foi? — perguntou ele, sentindo que nem tudo estava certo.
— Preciso que você peça a Jim para esperar mais uns... — ela olhou para o relógio na parede — quinze minutos antes de fazer todo mundo se sentar.
— Claro. Mas por quê?
Evie já estava segurando o enorme vestido e tentando correr em direção à porta usando sapatos idiotas de saltos altos e com o coração idiota pesado.
— Jim vai entender. — E, com um olhar arrependido, ela desapareceu.

🍃

Evie saiu correndo pela porta da frente, surpreendentemente sem ser notada. Conforme os minutos tiquetaqueavam e se aproximavam do momento mais importante do dia, os convidados saíam da casa para o jardim, onde assentos brancos foram colocados em fileiras arrumadas, um arco de rosas estava erguido no fim de um corredor perfeitamente reto e champanhe e canapés pareciam ilimitados. Estava frio demais para um casamento ao ar livre, mas Eleanor, que queria garantir que Evie não teria tempo suficiente para mudar de ideia, insistira para o casamento acontecer o mais rápido possível, e o prazo apertado significava que o local tinha que ser a casa dos Summer, já que todas as igrejas estavam reservadas com meses de antecedência.

Ela correu até a própria casa, que ficava a uma curta distância do outro lado de um pequeno bosque que separava os hectares dos Snow dos hectares dos Summer. Era uma nuvem branca e pura em contraste com o verde gelado e se movimentava com velocidade e determinação, apesar dos saltos afundando no chão a cada passo e do coração martelando com todo o peso. No entanto, quando chegou à casa, percebeu, horrorizada, que não tinha a chave. Foi aí, através da janela congelada, que ela viu um flash vermelho. Evie se perguntou se a casa tinha sido invadida, mas depois se lembrou de que a equipe de funcionários dos Snow tinha recebido um acréscimo recente.

– Clementine? Clementine! – Ela via a respiração diante de si, estendendo a mão para a bola vermelha flutuante que ficava cada vez maior enquanto Clementine Frost se apressava até a porta.

– O que aconteceu? – perguntou a garota por baixo da corrente de segurança estendida na abertura. Sua voz era cantarolada e doce, o rosto era redondo e indescritivelmente delicado. Evie percebeu por que Eddie tinha se encantado por ela.

– Sou Evie Snow, filha de Eleanor e Edward. Vou me casar hoje e acho que eu... hum... deixei uma coisa aqui da qual preciso desesperadamente. Posso entrar?

Clementine já estava fechando a porta para soltar a corrente e recebeu Evie imediatamente dentro de casa.

– Como foi que você escapou sem ser vista? – perguntou ela, se inclinando para fora na intenção de ver se ninguém a seguia.

– Escapar? – Evie riu de maneira histérica, com o coração ainda disparado por causa da corrida até a casa. – O que você...

– Estou trabalhando aqui há tempo suficiente para saber como é sua mãe. Se ela soubesse que você não estava naquela casa fazendo tudo que ela mandou, provavelmente colocaria sua cabeça numa estaca.

– Você está errada – disse Evie. – Ela *definitivamente* colocaria minha cabeça numa estaca! – As duas riram, e a risada aqueceu um pouco o ar gelado da casa.

– Sou Clementine. – Ela estendeu a mão delicada para Evie apertar, mas, em vez disso, Evie a abraçou com delicadeza, com cuidado para não a sufocar com uma quantidade enorme de tecido branco.

– Eu sei. Eddie me contou tudo sobre você.

Clementine sorriu.

– Eddie também me contou tudo sobre você. Quer uma xícara de chá? Um pouco de água? Alguma coisa para comer? – Ela já estava na cozinha, abrindo gavetas e armários, procurando alguma coisa para oferecer.

– Não, não, de verdade, estou bem. Não vou demorar mais do que cinco minutos. Se eu sumir por muito tempo, não vou poder me casar porque minha mãe vai ter me assassinado. – Evie se espremeu com o vestido pela cozinha, sem tomar cuidado para não o amassar, e abriu a porta dos fundos. – Ah, e Clementine. – Olhou para trás por sobre o ombro, sem conseguir se virar completamente por causa da saia rodada. – Se eu for pega, vou dizer à minha mãe que entrei pelos fundos sem você ver. Está bem?

Clementine suspirou aliviada.

– Você já fez isso antes. – Era uma declaração, não uma pergunta. Ela ergueu a sobrancelha, se divertindo, e cruzou os braços, impressionada.

– Com uma mãe como Eleanor? Claro que sim!

Clementine soltou um pedaço de tecido de uma gaveta da cozinha e disse:

– Obrigada.

– Ah, não seja boba. Infelizmente mentir para minha mãe se tornou muito necessário, se eu quiser ter algum tipo de felicidade – admitiu Evie.

– Tenho certeza! Mas, na verdade – Clementine encontrou a mão de Evie e a apertou –, eu estava agradecendo por você não ser como ela.

Evie saiu mancando pela porta dos fundos, desceu os degraus da varanda e foi até o fundo do jardim. Nada crescia ali. Sua mãe achava que flores eram frívolas e árvores bloqueavam a luz do sol, por isso o grande jardim era simplesmente cercado por uma cerca viva comprida, lisa e sem graça. Ela se ajoelhou no centro da cerca viva, aos pés do jardim, com cuidado para levantar o vestido de modo que apenas a meia-calça branca ficasse suja. Ninguém ia vê-la. Pegou um galho da cerca viva e começou a cavar o solo, criando um buraco mais ou menos do tamanho de uma bola de boliche. Suas mãos tremeram enquanto ela colocava o galho no chão, e ela respirou fundo e no frio para se estabilizar. Em seguida, com cuidado, pressionou as mãos na caixa torácica e empurrou com força. Alguma coisa clicou dentro dela e, quando afastou as mãos, seu peito se abriu como um armário. A caixa torácica se abriu como duas portas, revelando um coração grande e brilhoso que irradiava tanto calor, que o gelo começou a derreter nas folhas diante dela, e o nariz e as bochechas de Evie ficaram rosados.

Evie nunca tinha visto o próprio coração. Era vermelho e cintilante, manchado com pontos pretos de todas as vezes em que ela mentira, enganara ou fora reconhecidamente má. Mas também havia manchas douradas de todas as vezes em que estivera ao lado de alguém que precisava, quando fizera algo altruísta ou tentara ao máximo ser a melhor versão de si mesma. As cores de seu coração representavam suas ações, boas ou más, mas o leve aroma de melado lhe dizia que, no geral, seu coração era doce.

Com delicadeza, enfiou a mão no peito e envolveu os dedos no coração da melhor maneira possível, mas a palma era pequena demais para envolvê-lo. Inspirou, observando os pulmões se expandindo, depois girou e apertou. Ele saiu de uma vez só, e ela o segurou com as duas mãos. O coração brilhou mais forte em protesto, e suas cores giraram com preocupação.

– Shh – sussurrou ela. – Vai dar tudo certo.

O coração bateu mais alto, e uma das lágrimas de Evie salpicaram sua superfície vermelha.

– Não posso dar você ao homem que eu amo e também não posso dá-lo ao homem com quem vou me casar. Não vou dá-lo para alguém só porque me mandaram. Você merece mais do que isso. – Ela acariciou a superfície quase vidrada com os polegares em círculos suaves.

– Portanto, não vou dá-lo para ninguém. Você merece ter a chance que eu nunca terei. A chance de ser qualquer coisa que quiser.

Quando colocou o coração ainda batendo no buraco que cavara, ali na superfície, outra mancha dourada passou a existir. Foi aí que soube que estava fazendo a coisa certa. Manter o próprio coração quando já decidira a quem ele pertencia parecia errado, como se estivesse guardando mercadorias roubadas. Não. Seu coração não era mais seu, não podia ser de Vincent e, tristemente, nunca seria de Jim. Com muita rapidez, ela puxou os montes de terra que tinha escavado de volta para o buraco, para cima do coração que ainda batia. Quando passou a mão sobre a terra para alisá-la e fazê-la parecer intacta, sentiu um pedaço quente onde estava guardado o coração. Esperava que ninguém percebesse isso e resolvesse cavar ali.

Fechou as portas do peito vazio e, embora se sentisse vazia, também se sentia completa. Seu coração tinha batido na caixa torácica durante tempo demais, ansiando por estar com o homem a quem pertencia. Agora ele tinha uma residência permanente, onde ficaria em segurança e seria bem cuidado, sem o perigo de cair nas mãos erradas.

🍃

Evie andou pelo corredor em direção a Jim, de braços dados com o pai. Edward Snow mal olhara para ela desde que Evie era pouco mais do que um bebê e também não fez um esforço especial no dia de seu casamento, e ela também não esperava que ele o fizesse. Ela sorriu, disse os votos, os dois trocaram alianças e, quando o padre deu a ordem, Evie beijou Jim pela primeira vez, selando o destino dos dois para sempre. Jim deixou ela beijá-lo pelo tempo que ela achou necessário e não fez movimentos súbitos, sem saber como ela estava se sentindo. A última coisa que ele queria era provocar mais sofrimento desnecessário no dia do casamento. Quando voltaram pelo corredor, Jim apertou a mão dela o tempo todo, mas só tiveram a chance de conversar quando dançaram juntos como marido e mulher pela primeira vez.

– Você não retribuiu meu beijo – disse Evie, um pouco magoada.

– Não. Eu não sabia como você estava se sentindo. Eu... estou preocupado com você. – Ele a puxou mais para perto enquanto os dois giravam lentamente pelo chão da tenda iluminada de maneira aconchegante, com a família e os amigos observando.

– Estou dando a impressão de que você precisa se preocupar? – Evie olhou para ele, o peso em seu peito, agora enterrado, fazendo-a se sentir mais leve.

Jim a afastou de si, pegando-a pela mão e girando-a embaixo do braço só uma vez.

– Você parece surpreendentemente bem. – Ele a puxou para perto outra vez, com cuidado para não forçar a barra.

– Ainda temos uma vida para viver. Ou eu anseio pela vida que desejo, sabendo muito bem que não posso tê-la, ou continuo com a que tenho e faço o melhor possível com ela. – Evie deu de ombros e apoiou a cabeça no ombro de Jim. – Isso não significa que sempre vai ser fácil. Haverá momentos em que será difícil para nós dois por causa do que aconteceu, mas temos muita sorte de ter um ao outro.

– Eu me sinto com sorte – ele a apertou –, mas também me sinto mal.

Evie levantou a cabeça para olhar para ele.

– Nada do que aconteceu é culpa sua, Jim. Só porque você se casou com a garota que ama e conseguiu o que queria de algum jeito ou forma, isso não faz com que seja o malvado da história. Só significa que você conseguiu o que queria com menos cortes e contusões do que o resto de nós, mas também teve sua dose de sofrimento. – Ela acariciou o rosto dele, desejando poder tirar aquela preocupação de seus olhos e enterrá-la junto com seu coração para sempre.

– Eu me sinto mal por todos nós. Especialmente... – Jim não teve coragem de dizer o nome dele, mas Evie sabia de quem ele estava falando.

– Ele entendeu por que isso tinha que acontecer. Ele vai sobreviver. Todos nós vamos.

Jim deixou os olhos de Evie acalmarem seus pensamentos, depois fez que sim com a cabeça.

– Agora, e o beijo? – perguntou Evie. – Afinal, somos marido e mulher. Nossos amigos podem começar a suspeitar. – Ela sorriu, e o estômago de Jim deu uma cambalhota quando ele pensou em quantas vezes tinha imaginado Evie pedindo para ele beijá-la. Com delicadeza, removeu um cacho caramelo macio que tinha ficado preso nos cílios dela, depois inclinou seu queixo para cima com o dedo e a beijou com todo o amor que tinha.

🌿

Evie e Jim não tiveram lua de mel. Não acharam necessário nem adequado. Em vez disso, encontraram uma casa perto do mar, o mais distante possível dos pais, e fizeram as malas, prontos para se mudar no primeiro dia do ano. A casa tinha quatro quartos. Um para eles, um para hóspedes, um para possíveis filhos e um para certa pessoa que prometeram não deixar para trás.

– Quer que eu entre com você? – Evie e o irmão estavam parados do lado de fora da sala de estar na casa dos pais. Quando Evie apertou a mão de Eddie, sentiu seu batimento cardíaco na ponta dos dedos. – Eddie, você está tremendo. Não faça isso sozinho.

– Não. Não, nem consigo dizer como estou preparado para isso. Não estou com medo. Sei que as coisas vão ficar bem não importa o que eles digam. Graças a você. – Eddie abraçou a irmã pela milionésima vez desde o casamento. Evie achava que ele não sabia a extensão do que ela abrira mão por ele, mas Eddie não era burro, e até mesmo a suspeita de que o fato de Evie concordar em se casar com Jim tinha alguma coisa a ver com ele o fazia agradecer a ela todos os instantes em que podia.

De repente, o menino que antes tinha vergonha de demonstrar afeto agora abraçava a irmã amada várias vezes por dia.

– E agora posso começar o ano novo como alguém que *eu* quero ser. Lá vou eu! – Eddie sorriu.

– Vou esperar bem aqui. – Evie apontou para os pés e ficou parada, fingindo que não ia sair daquele ponto até vê-lo outra vez.

Eddie empurrou a porta para abri-la.

– Mãe, pai. Posso ter uma palavrinha com vocês? – disse e entrou.

🍃

Evie sentia como se cada segundo fosse um ano, e ela estaria velha e grisalha quando visse o irmão de novo. *Ele está lá dentro há tempo demais*, pensou. Todas as suas preocupações estavam prestes a explodir quando a porta se abriu e Eddie reapareceu, totalmente ileso.

– O que aconteceu? O que eles disseram?

Eddie a pegou pelo braço e começou a empurrá-la em direção à porta da frente com vigor.

– O que está acontecendo, Eddie? Você não contou a eles?

– Claro... bem... mais ou menos. Eles ainda não sabem. – Ele falava rapidamente, com as bochechas vermelhas e quentes.

– Você não conseguiu? – Evie se sentiu decepcionada, mas sabia que não podia forçá-lo se ele não estivesse preparado.

– Não, não, eu consegui! Só que... – Antes que Eddie pudesse continuar, a mãe deles soltou um grito na sala de estar que abalou as fundações da casa.

– Consegui uma vantagem para nós – disse ele.

A porta se abriu com violência, e lá estava o pai, com o rosto vermelho-escuro, as veias do pescoço prestes a explodirem. Na mão suada, havia um pedaço de papel dobrado, que ele amassou e jogou em Eddie. Ele errou, e Evie o pegou na dobra do braço. Ela o abriu rapidamente e leu:

Mãe e pai,
Gosto de homens, por isso vou me mudar. Talvez um dia vocês sejam seres humanos decentes e me aceitem como eu sou, mas, até lá, fodam-se.
Eddie

Evie tinha certeza de que o choro e os gritos de Eleanor podiam ser ouvidos a quilômetros de distância, mas o som competia com os passos pesados de Edward Snow indo na direção deles.

– *Vai!* – Eddie empurrou Evie pela porta da frente, seguindo-a de perto. Os dois deram de cara com Jim, que tinha chegado para pegá-los e levá-los até a casa nova. – *Carro!* – ambos gritaram para ele. – Entra no carro!

Jim entrou em pânico e escorregou nos degraus da frente, mas os irmãos Snow o levantaram e o empurraram em direção ao veículo apinhado com seus pertences. Evie escalou o banco de trás, onde estavam as caixas, e Jim deu partida no motor antes que Eddie conseguisse fechar a porta. Durante a maior parte da descida pela entrada de carros, Eddie estava pendurado no banco do carona, perigosamente perto de deslizar para a rua.

Evie achou que não poderia ter sido pior, mas, quando Eddie finalmente agarrou a maçaneta e bateu a porta com força, ele gritou de alegria, socou o painel para comemorar e riu o caminho todo até em casa.

Dez anos depois

Uma surpresa aguarda

James Summer Sênior faleceu pouco depois de Isla nascer. Jim ficou triste porque o pai não pôde conhecê-la, mas também ficou feliz porque Isla não teria que crescer à sombra de um homem tão frio e sem coração. O pai de Evie morreu três anos depois e, após poucos meses, Eleanor se juntou a ele, onde quer que estivesse. Jim e Evie foram aos funerais, mas poucas lágrimas foram derramadas pelas pessoas. Evie sentiria falta dos pais, como qualquer filha, mas seu mundo ficou bem menos complicado agora que eles tinham morrido.

Quando August tinha dez anos e Isla, cinco, Evie e Jim acharam que era hora de vender a casa perto do mar e voltar para cuidar da mãe de Jim, Jane. A casa dos Snow foi deixada para Evie no testamento dos pais, mas ela se recusou a voltar para um lugar que tinha sido mais uma gaiola para ela do que um lar. Entregou as chaves a Eddie, que ficou muito feliz por ter sua própria casa para dividir com o amor de sua vida.

Oliver Hart era um garoto humilde, criado na cidade à beira-mar para onde eles tinham se mudado, e trabalhava numa cafeteria no calçadão. Eddie ia lá principalmente porque recebia café de graça, mas, quando Evie o acompanhou um dia e apontou para o responsável pelo gesto generoso, Eddie perdeu o fôlego. Oliver tinha o rosto redondo, gostava de roupas de malha grossa e cortava o cabelo igual ao do pai, fazendo com que os dois fossem estranhamente parecidos. Eddie gostava de conhecer pessoas que tinham os mesmos interesses que ele, não apenas em relação a homens, mas em todos os aspectos da vida que ele nunca tivera permissão para explorar até agora. Namorou vários caras que Evie adorava, pensando que o gosto do irmão em relação aos homens não era muito diferente do dela. Evie perguntava em voz alta o que havia de errado com cada homem todas as vezes que Eddie anunciava uma separação, e Eddie respondia "quando você sabe, você simplesmente sabe". Desta vez, Eddie sabia. Oliver era o homem para ele, e Oliver parecia sentir o mesmo em relação a Eddie. O relacionamento se desenvolveu sem complicações, e isso não poderia ter deixado Evie mais feliz. Até o pai de Oliver aceitava o relacionamento dos dois.

Apesar de Evie se recusar a morar na antiga casa dos Snow, ainda havia algo que ela estava curiosa para ver, por isso concordou em ir com Eddie até o local antes de ele e Oliver se mudarem para lá. Conforme subiam a entrada de carros, as perguntas de Evie obtinham respostas.

– O que é *aquilo*? – perguntou Eddie.

Todos inclinaram a cabeça para olhar pelo para-brisa. Atrás da casa, dava para ver uma árvore gigantesca com dezenas de galhos compridos e retorcidos.

– Nem imagino – respondeu Evie com um sorriso sagaz que chamou a atenção de Jim quando ele puxou o freio de mão. – Então, crianças! Querem ver onde a mamãe e o tio Eddie cresceram?

Isla comemorou; August, cantarolando e batucando melodias com os dedos no joelho, perdeu a segunda parte da frase, mas seguiu o tio Eddie mesmo assim. Eddie subiu correndo os degraus, empolgado para abrir a porta pela primeira vez desde que a casa se tornara sua. Ele socou o ar com as duas mãos e comemorou de longe com Jim e Evie, que estavam observando do carro. Depois, pegou Isla no colo e August pela mão e começou a contar ridículas histórias inventadas sobre sua infância.

– Muito bem, o que está acontecendo? – perguntou Jim depois que Eddie e as crianças desapareceram dentro da casa.

– Não sei do que você está falando. – Evie não conseguia olhar nos olhos dele, mas também não conseguia tirar o sorriso do rosto.

– Conheço esse sorriso. É o sorriso "Evie sabe de uma coisa que ninguém mais sabe", e ele me deixa louco! – E riu, meio que brincando.

– Eu conto mais tarde. Você vai ter que ver com seus olhos primeiro. – Saiu do carro, mas antes mostrou a língua para ele.

Evie não conseguiu se conter. Correu direto pela casa, abriu a porta dos fundos e disparou para o jardim. No fim do gramado, forçando a cerca viva lisa e sem graça que contornava o jardim, havia uma árvore uns três metros mais alta que a casa. Era marrom-escuro, com um tom laranja estranho na casca. Não havia folhas nos galhos nem no chão em volta dela, e isso fez Evie pensar se um dia ela floresceria. Mal podia esperar para ver como seria ou o que cresceria nela, se é que algo cresceria.

– É possível mesmo? – perguntou em voz alta. Quando se encostou no tronco da árvore, sentiu o calor irradiando de cada rachadura na casca, e o batimento inconfundível do próprio coração pulsando fraco sob a palma da mão. Os galhos da árvore tremeram, sabendo que sua proprietária finalmente tinha voltado.

– Que tipo de árvore é essa? – perguntou August no centro do gramado, com os dedos ainda tocando melodias na lateral sem pensar. Jim estava parado atrás do filho, observando Evie ser bem recebida em casa.

– Uma árvore especial, sem dúvida – disse e sorriu para a esposa, ainda tentando descobrir o que estava acontecendo com ela.

– É mediana, na melhor das hipóteses – ela deu de ombros –, mas é boa. É uma boa árvore.

August inclinou a cabeça para a estranha interação entre os pais.

– É só uma árvore – disse, franzindo a testa e semicerrando os olhos para os galhos mais altos.

– Não é *só* nada! Alguns podem dizer que você é *só* uma criança, mas você é? – Evie correu até ele, pegou-o no colo e fez cócegas no filho.

– Não! – Ele riu.

– O que você é, então? – perguntou ela, colocando-o no chão e se ajoelhando diante dele, sem se preocupar com a umidade da grama estar encharcando sua meia-calça. Ela o olhou bem nos olhos, fingindo ser ameaçadora.

– Qualquer coisa que eu quiser ser – respondeu o filho, recitando com um gesto da cabeça o que Evie lhe dissera um milhão de vezes.

– Exatamente. Bem, uma vez eu disse a essa árvore que ela poderia ser qualquer coisa que quisesse, e ela decidiu ser boa. – Evie apertou o nariz dele com um dedo.

– Está bem – disse August, entendendo. – É uma boa árvore.

– Acho que ela é *a* Boa Árvore – comentou Jim. – Provavelmente única. – Assim como o filho, ele estava começando a entender. Um trovão rugiu ao longe. – Vamos entrar antes que a chuva chegue. – Apontou para as nuvens agressivas que se aproximavam.

– Ahhhh, mas eu gosto de chuva! – reclamou August enquanto Jim o conduzia em direção à porta dos fundos.

– Você é muito parecido com a sua mãe. – Jim revirou os olhos com afeto na direção de Evie, que olhou para a árvore pela última vez antes de se unir à família dentro de casa.

🍃

Oliver se juntou a Eddie na casa, mais tarde naquele dia, e Evie e Jim os deixaram para que curtissem a primeira noite oficialmente morando juntos. Eles dirigiram quase sem sentir pela distância curta até a casa da mãe de Jim, que seria sua nova casa.

Assim que Jim entrou, parou de repente no saguão e olhou ao redor, incrédulo.

– Por que as paredes estão... azuis? – Jim estava acostumado à casa ser sem graça e cinza, cheia de cabeças de animais empalhadas penduradas nas paredes, trazidas das viagens de caça do pai. Agora, as paredes estavam cobertas por um papel de parede azul agradável, salpicado de violeta, e Jane Summer correu em direção a eles, usando um terninho de seda rosa-pink, e surpreendeu todos.

– Eu precisava mudar. Também precisava de uma vida, por isso saí e consegui uma. Chega de me reprimir. Ah, não acredito como é bom ver vocês! – Jogou os braços ao redor do filho e, depois, do resto da família, um de cada vez. Isla e August adoraram a atenção, mas Jim estava surpreso.

– Mãe... o que aconteceu, afinal?

Jane se colocou entre as crianças, cobriu suas orelhas com as mãos e o próprio corpo, de modo que elas não a ouvissem dizer:

– Seu pai morreu. Foi isso que aconteceu. Eu o amava, de verdade, mas passei a melhor parte da vida fazendo tudo para ele e reprimindo minha própria vida. Chega! – disse com um floreio e soltou as crianças, sem perceber que, na verdade, elas tinham escutado todas as palavras. Os dois correram para dentro de casa, rindo da vovó Jane.

– Mãe, eu... eu...

Jane se preparou para a opinião do filho.

– Eu não poderia estar mais feliz por você!

– Eu também! – disse Evie, abraçando-a pela segunda vez, adorando a ideia de que Jane poderia ser uma figura maternal melhor para ela e uma avó adequada para seus filhos.

Jane secou uma lágrima.

– Bem, o que vocês estão esperando? Entrem e vejam o que eu fiz com o resto da casa!

🍃

Eles esvaziaram o carro e a van, escolheram qual quarto seria de quem e caíram no sono rapidamente, devido à longa viagem, ao esforço de carregar todas as caixas pesadas e de tentar explicar para uma Isla cansada e aborrecida por que August deveria ficar com o quarto maior. Um trovão retumbou na noite, e a chuva caiu pesada no telhado, e Isla sonhou com muitas pessoas minúsculas batendo no telhado para entrar e fazer amizade.

Na manhã seguinte, Evie desceu e encontrou Eddie e Oliver na cozinha conversando com Jane, que estava rindo histericamente das piadas de Oliver.

– Dia, pessoal. Tudo bem por aqui? – perguntou Evie principalmente para Eddie, imaginando como Jane estava aceitando o casal na sua cozinha – ou se, na verdade, ela percebia que os dois eram gays.

– Tudo ótimo, querida. Era o pai de Jim que tinha um olhar antiquado para a vida, não eu! – Ela sorriu e se encostou no braço de Oliver de um jeito que parecia mais uma paquera do que uma aceitação, mas, contanto que não saísse gritando pela casa como sua mãe fez, Evie estava feliz.

– Fiz uma torta hoje de manhã. – Eddie empurrou um prato na direção dela, e o cheiro que subiu fez o estômago de Evie roncar.

– Ahhh! Melhor irmão do mundo!

Jane lhe deu uma faca. Evie cortou uma grande fatia para si e, assim que a primeira garfada encostou em seus lábios, ela sabia que havia alguma coisa estranha. Continuou mastigando, sem saber que sabor estava sentindo ou qual era a fruta do recheio.

– Que tipo de torta é essa? – perguntou com a boca cheia.

– Não temos a menor ideia – respondeu Oliver, se afastando imperceptivelmente de Jane, que não tirava os olhos dele.

– O quê? – disse ela, deixando o prato de lado, sem confiar mais no que estava engolindo. – Achei que você tinha feito.

– Fizemos – disse Eddie. – Mas pegamos as frutas naquela árvore estranha no fundo do jardim. Pesquisamos, mas não encontramos nada parecido. Achamos que talvez fosse melhor cozinhá-las do que comê-las puras, por isso fizemos uma torta. O que você achou?

– Okay, para começar, você quer me matar? E se forem venenosas?

Oliver olhou de relance para Eddie.

– Ops – disse Eddie, arrependido. – Não pensamos nisso. Está se sentindo bem?

– Acho que estou bem. *Acho.* Se eu desmaiar, vocês vão saber o motivo. Segundo, vocês não experimentaram antes?

Eddie balançou a cabeça.

– Achei que podíamos experimentar todos juntos.

– Muito conveniente você me fazer provar primeiro.

Evie empurrou o prato da torta na direção deles e pegou mais uma garfada, menor, da própria fatia. Ela a dissecou e inspecionou, sem ver nada de errado com as frutas ali dentro. Era de uma bela cor de laranja madura e não parecia estar ruim nem mofada. Tinha um sabor diferente de tudo que comera antes, mas ela sabia que terminaria a fatia sem problema. Evie observou quando Eddie encheu a boca, mas, no instante em que suas papilas gustativas receberam o sabor, ele cuspiu a torta na pia atrás de si com uma exclamação de repulsa.

– Caramba! Evie! Sinto muito! Não coma mais. Essa é a coisa mais nojenta que já comi. – Já estava levando o prato de torta para a lata de lixo quando Oliver o interrompeu:

– Preciso experimentar isso! – Oliver pegou um pedaço da fruta na parte aberta da torta com os dedos e o jogou na boca. Evie teve esperança de que ele gostasse, mas ele fez as mesmas caretas e os mesmos barulhos que Eddie. Ele perseverou no sabor e engoliu, mas mal conseguiu pedir um copo d'água depois. Jane também experimentou e cuspiu elegantemente o pedaço num lenço de papel, tentando não ofender Eddie e Oliver. Um por um, a família toda provou a torta, e parecia que a única pessoa que não achou seu sabor totalmente repulsivo era Evie.

– Esperem – disse Jim. – Aquela árvore estava totalmente sem folhas ontem. Tem certeza de que essas frutas vieram daquela árvore específica?

– Só tem uma árvore no jardim, mas venham ver com seus próprios olhos! – disse Eddie.

Juntos, um Hart, um Snow e cinco Summer foram até o jardim de Eddie. A árvore ainda estava sem folhas, mas realmente estava coberta com aquelas frutas estranhas.

– Viram? – indagou Eddie, apontando para os galhos mais altos.

– Que estranho – disse Evie. – Ela deve ter gostado da tempestade. – E sorriu, pegando uma fruta laranja oval no chão.

Ela se encaixava com perfeição na palma da mão de Evie. Era ali que ela deveria estar.

Ao longo dos meses seguintes, todos ficaram de olho na árvore. Em pouco tempo, perceberam que ela só dava frutas quando trovões e raios estavam dominando o céu. Não havia uma ordem de estação. Ela simplesmente adorava a chuva.

– Como será o gosto em forma de geleia? – perguntou Jim certo dia. Ele adorava colocar geleia de morango na torrada de manhã, mas, quando Eddie testou a teoria, Jim ficou semanas sem comer geleia. Eles tentaram tortas e geleias, bolos e biscoitos, até que finalmente desistiram, e a árvore no fundo do jardim simplesmente se tornou a árvore no fundo do jardim. Uma árvore que era bonita, mas inútil, uma árvore que dava frutas que faziam todo mundo, menos Evie, ficar enjoado.

– Não é estranho a árvore só dar frutas depois de uma tempestade? – perguntou August uma noite, tamborilando os dedos no peitoril da janela enquanto olhava para a chuva. Jim estava ao seu lado e, juntos, eles observaram pequenos pontos laranja aparecerem nos galhos marrons-escuros mais altos, que eram vistos da casa. Um por um, os pontos absorviam a chuva e surgiam na forma de fruta. August dava uma risadinha toda em vez que uma fruta passava a existir com um estouro, porque o som era audível de onde eles estavam. Jim, no entanto, sabia que a árvore era mais do que parecia, embora o que parecia já fosse realmente muito extraordinário.

Ele sabia que havia algo mais por trás de sua história.

– A árvore gosta de tirar o máximo de uma situação ruim – respondeu Jim, olhando para a esposa, que estava sentada na poltrona ao lado da lareira, fingindo ler, mas sem conseguir disfarçar o sorrisinho.

– O que você acha, Evie? – perguntou Jim diretamente.

– Parece que é isso mesmo. – E deu de ombros sem tirar os olhos do livro, ainda sorrindo.

– August, acho que está na hora de ir para a cama. – O menino estava prestes a correr para a escada, mas Jim o pegou pela gola do pijama e o puxou para trás, num abraço. – Boa noite, patife.

– Te amo, papai – sussurrou August.

– Também te amo.

Depois que o filho tinha disparado para o quarto, Jim se sentou na poltrona em frente à da esposa.

– Aquela árvore – disse ele.

– Hum? – Evie virou uma página.

– Parece ser um tanto... familiar. – Jim apoiou os cotovelos nos joelhos para inspecionar de perto a expressão dela.

– Hum. – Evie sorriu de novo.

– Evie? – disse ele, preocupado, e ela olhou para o marido. – Como foi que você a fez crescer?

Evie perdeu um pouco o espírito de brincadeira quando pensou em explicar sua literal ausência de coração e por que o havia enterrado no jardim. Mas precisava contar a ele. Os dois não tinham segredos um para o outro. Quando finalmente encontrou as palavras, Jim simplesmente escutou e fez que sim com a cabeça.

– Então a árvore é tão parecida com você porque... bem, ela é você – comentou ele, rindo. E levantou um dedo. – Mas por que a fruta tem um gosto tão ruim? – Mostrou a língua, enojado. Até a lembrança fazia suas papilas gustativas tremerem.

– Bem, isso eu não posso responder. – Evie franziu a testa.

– Você não sabe?

– Eu não sei – confirmou ela.

– Só mais uma pergunta.

Evie fez que sim com a cabeça, gostando de compartilhar o que sabia.

– Tem mais algum segredo que você está escondendo, na sua casa antiga... ou nesta? – Os olhos de Jim dispararam pela sala, procurando artefatos esquisitos que não havia notado antes e que poderiam esconder verdades ocultas, verdades que se proliferariam como cupins se fossem removidas de seu lugar legítimo.

– Nenhum – respondeu Evie com firmeza.

– Nenhum? – pressionou Jim mais uma vez, só para ter certeza.

– Nenhum. Agora você sabe de todos.

13

a única grande aventura

A escada rolante subia agitada para uma escuridão absoluta que fez Evie se perguntar se ainda estava consciente ou se tinha dormido sem perceber. Deu um passo para a frente quando a escada ficou reta, mas prendeu o salto do sapato e tropeçou. Um trem ao longe tocou sua buzina numa explosão curta, depois outra vez, mas agora parecia muito mais perto de Evie, perdido na escuridão, até o maquinista tocar a buzina tão alto e por tanto tempo, que Evie teve certeza de que ia ser esmagada. Colocou os punhos sobre os olhos, se preparando para a dor excruciante que achava inevitável, mas o som passou voando por ela. Uma lufada de vento do trem passando apressado fez Evie perder o equilíbrio e, quando estendeu os braços para se equilibrar, descobriu os olhos e viu que estava na estação onde costumava trocar de plataforma quando ia para casa saindo da redação do *The Teller*. Não só isso, mas estava de frente para o antigo ponto de exibição de Vincent. Um velho estava tocando lá agora. Seu violino era preto como o de Vincent, mas esse homem estava muito evidentemente na casa dos oitenta anos. Tocava sentado num banquinho dobrável de lona verde, talvez porque suas pernas não o sustentassem pelo tempo em que desejava se apresentar, o que, a julgar pela quantidade de moedas no estojo, era muito tempo.

Evie seguiu em direção à entrada da plataforma, mas algo no violinista chamou sua atenção. Algo que estava fora de lugar, mas ao mesmo tempo era totalmente familiar. Seus olhos estavam fechados enquanto ele tocava uma bela canção, e, a seus pés, havia uma pequena tigela prateada cheia de balas embaladas individualmente. Balas de cor laranja, para ser mais precisa. Apoiado ao lado, havia um pequeno cartaz escrito à mão. Dizia:

Grandes aventuras podem começar pequenas.
Até mesmo do tamanho de uma bala.
Sirva-se de uma aventura.

Evie leu as palavras várias vezes, até o violinista parar de tocar. Foi aí que olhou para ele, o violino apoiado no colo e, apesar de parecer uma pessoa totalmente diferente, com o cabelo curto e grisalho, a pele curtida e amarelada e as mãos envelhecidas tremendo, aqueles olhos verdes não tinham mudado nada.

❦

– Vincent.

Vincent Winters guardou o violino e as balas, fechou o banquinho e, devagar, seguiu pesadamente para fora da estação para fazer a caminhada até sua casa. O tempo não estava frio, mas as calçadas estavam úmidas por causa da chuva que caíra mais cedo, por isso ele levou muito tempo para chegar em casa, garantindo que cada passo fosse dado corretamente para não escorregar. Evie caminhou com ele e, apesar de ele não ter a menor ideia de que ela estava ali, Evie ficou feliz por ele não estar sozinho.

Juntos, atravessaram uma ponte até uma parte curiosa da cidade, onde as casas eram unidas em fileiras organizadas, cujas fachadas eram pintadas em diferentes tons pastel. Vincent cambaleou subindo os degraus, segurando no corrimão com uma das mãos, o violino na outra e o banquinho embaixo do braço, e Evie desejou poder lhe dar a mão com seu corpo restaurado e capaz de vinte e sete anos. Em vez disso, simplesmente observou, impotente, rezando para ele não cair.

A casa era pequena, mas claramente mais valiosa do que a casa que o Vincent que ela conhecera poderia pagar. Evie se sentiu orgulhosa. Ele devia ter se saído bem por conta própria no fim. Ela entrou pela porta azul da frente antes de ele fechá-la e observou enquanto ele tirava o casaco preto e o pendurava no suporte da entrada. O casaco balançou, revelando o debrum roxo, e Evie sorriu.

Quando Vincent se arrastou com firmeza até a sala de estar, Evie aproveitou para olhar ao redor.

As paredes da entrada eram cobertas de fotos emolduradas, a maioria de Vincent quando era mais jovem com uma mulher que Evie não reconheceu. Era baixinha e feliz e se encaixava com perfeição ao lado dele, como se os dois fossem peças de um quebra-cabeça que se uniam de maneira satisfatória. Uma pontada de ciúme atravessou o estômago de Evie, mas ficou feliz porque Vincent não tinha se afogado no relacionamento fracassado dos dois, como ela facilmente poderia ter feito. Ele seguiu em frente e encontrou alguém que claramente lhe trouxe felicidade. As fotografias mostravam uma aventura atrás da outra, os dois fazendo coisas extraordinárias em cenários no exterior. Numa delas, os dois estavam ao lado de um leão, com os braços ao redor da juba densa, e o leão lambia os lábios. Em outra, se equilibravam nas asas de um aeroplano, a milhares de metros de altura. Eles apareciam no topo de uma montanha, com neve até os joelhos. Apareciam de mãos dadas numa corda bamba sobre um público de centenas de pessoas. Apareciam sentados na posição de lótus em camas de pregos, com o rosto tranquilo.

Cada foto era mais uma pontada no estômago de Evie. Era a vida que ela queria ter tido. A vida da qual abrira mão pela própria segurança e pela do irmão. A vida que nunca conheceria.

Desviou o olhar das fotos, sem saber o que mais esta casa feliz tinha a lhe apresentar, mas, mesmo assim, seguiu Vincent até a sala de estar, onde ele estava sentado numa poltrona grande. A sala tinha muitas prateleiras, todas cobertas de livros, principalmente de ficção, mas as que ficavam ao lado da poltrona de Vincent continham partituras e biografias de grandes músicos que ele admirava. Havia um apoio para partituras perto da janela da frente, que dava para a rua. Estava ajustado mais ou menos na altura de Vincent quando sentado na poltrona. Evie se lembrou de como as costas dele costumavam doer quando ficava de pé por mais do que alguns minutos e de como ela desejava que houvesse algo que pudesse fazer para aliviar isso.

Passou a noite sentada no chão da sala de estar, observando Vincent ler, bocejar, tocar violino, bocejar, beber um copinho de vinho do Porto, bocejar e finalmente ceder à ideia de ir para a cama. Parecia tão sozinho, tão calado, e ela se perguntou se ele se sentia tão assim quanto ela achava pela observação. Mesmo quando Evie estava mais velha, ela se sentia agitada se ficasse sentada sem fazer nada por muito tempo e tinha que encontrar coisas com que se ocupar. Aprendera a tricotar e fazer crochê, e fazia um cachecol atrás do outro para manter a família aquecida durante o inverno, enquanto, durante o verão, fazia capas de almofadas e coberturas de chaleira em crochê. Escrevia cartas e cartões para os amigos da pequena vila onde tinham morado depois que ela se casou com Jim ou cozinhava durante horas. Estava sempre ocupada e agitada, mesmo quando seu velho corpo resistia. Vincent, no entanto, parecia calmo e bem contente de ficar sentado e não fazer nada, mas, por outro lado, pensou Evie, ele sempre foi assim. Enquanto ela desenhava freneticamente ou fazia o jantar ou um chá, ele ficava sentado no sofá com um livro na mão. Evie o deixava num lugar sabendo que ele ainda estaria ali quando voltasse.

Ele subiu a escada com cuidado, colocando os dois pés em cada degrau antes de subir para o próximo, mas Evie ficou na entrada. Ela se perguntou se a garota das fotos ainda estaria viva ou se eles continuariam juntos. A quietude da casa sugeria que Vincent morava ali sozinho, mas a presença de fotografias lhe dizia que nem sempre foi assim, que eles tinham morado juntos nesta casa. Um pensamento lhe surgiu. Vendo as fotos de novo, percebeu que eram apenas do casal. Vincent nunca teve filhos.

Seus olhos caíram na única foto que não era de Vincent e sua garota. Era um rosto que ela reconhecia, e Evie riu quando viu a imagem de Sonny Shine beijando a bochecha de Vincent com tanta força, que o rosto de Sonny estava esmagado e distorcido. Era Vincent como ela o conhecera, parecendo de saco cheio de Sonny, mas sorrindo do mesmo jeito. Seu cabelo havia caído diante do olho esquerdo, mas o verde brilhante capturara o flash da câmera e reluzia através dos fios escuros. Ele não parecia um modelo, um deus grego ou um personagem de ficção inventado por uma mulher para fazer as mulheres o desejarem. Seu nariz era redondo e torto, os dentes eram levemente manchados pelo cigarro na adolescência e por beber muito chá, e o pelo facial sempre foi desmazelado e rebelde... mas era Vincent. Evie o amara por tudo que ele era, não só pelas partes que eram universalmente aceitas como bonitas. As partes não convencionais eram as que o destacavam das outras pessoas. Ela se lembrou de como ele dormia, com a mão apoiada na barriga carnuda dela, como ele dizia que ela era linda mesmo quando não estava usando maquiagem, como ele beijava a ponte do nariz dela entre os olhos, apesar de ela sempre dizer que era um pouco largo demais e que fazia seus olhos parecerem engraçados. Individualmente, os dois tinham defeitos, como todas as pessoas, mas juntos eles eram perfeitos, porque aceitavam as partes um do outro que não eram exatamente como queriam que fossem. Ela encostou um dedo no nariz de Vincent na foto, sentindo mais saudade dele do que nunca. O Vincent que estava no andar de cima não era o homem que ela conhecia. Ela não estava lá nos anos que o criaram.

Subiu a escada na ponta dos pés e, com cuidado, colocou a cabeça através das duas portas fechadas antes de encontrar o quarto de Vincent no fim do corredor. A porta estava entreaberta, presa por um calço que parecia um gato preto. Vincent já estava aninhado na cama e roncando baixo. O quarto estava escuro, mas, à luz da lua, Evie conseguiu ver o edredom floral, que parecia combinar demais com a decoração do quarto para ser ideia de Vincent. Havia uma mesinha no canto, onde ele deixara a carteira e o relógio de pulso, e um armário encostado na parede, mas, além do essencial, o quarto parecia frio e vazio. Nada da personalidade que Evie sabia que Vincent tinha se refletia nos cantos da casa, e Evie se perguntou quanto tempo se passou desde que a mulher das fotos tinha ido embora. Havia muito tempo, supôs.

Ela contornou a cama para ver melhor o rosto de Vincent e descobriu que, dormindo, ele se parecia mais com o homem que ela conhecera. Ele carregava os fardos no rosto, mas, ao dormir, seu rosto relaxou e se transformou no rosto que Evie conhecia. Ele era relativamente tranquilo e despreocupado quando ela o conhecera, mas, ao vê-lo na estação, agora idoso, seu rosto preocupado parecia uma máscara que ela não conseguia transpor. Agora, dormindo, ela encontrara o Vincent pelo qual se apaixonara, apenas um pouco mais enrugado.

– Vincent? – sussurrou, o nome parecendo estranho na língua. As sobrancelhas dele se ergueram um pouco, como as orelhas de um cachorro se erguendo ao som familiar de seu nome. – Vincent. É... é Evie. – Ela não conseguiu identificar, mas algo mudou no rosto dele, e Vincent pareceu inconsolavelmente triste. Sua voz devia estar afetando os sonhos dele, e ela se perguntou o que ele estava vendo mentalmente que o deixava tão abalado. Só queria encostar no rosto dele e alisar os vales de preocupação que se formaram na sua testa. – Vincent. Há tanta coisa que eu poderia dizer. Tanta coisa que eu quis dizer durante tantos anos. Primeiro, você precisa saber que Eddie se tornou o homem que eu sempre esperei. Ele encontrou um companheiro amoroso e tem uma vida feliz. Nosso término não foi em vão, mas nem um dia se passou sem eu me perguntar o que teria acontecido se nós dois tivéssemos enfrentado tudo e todos. Eu me pergunto qual teria sido nosso fim alternativo. Eu me pergunto se Eddie teria encontrado a felicidade apesar de não ter a segurança que lhe demos, e me pergunto se nossa vida teria sido melhor ou pior do que foi.

"Eu acabei encontrando a felicidade. Eu a encontrei em meus dois filhos. Eles se tornaram a minha vida, e eu nunca ia querer mudar alguma coisa que significasse que eles não existiriam, porque um mundo sem August e Isla seria um lugar bem menos glorioso para se viver. Mesmo assim, passei todos os dias desejando que você estivesse ao meu lado e me perguntando onde você estava e se você também sentia saudade de mim. É difícil viver com suposições, mas viver com uma tão importante foi insuportável. Meu coração se tornou tão pesado, que eu... bem, eu o arranquei e enterrei no jardim no dia do meu casamento."

O rosto de Vincent se retorceu, e uma única lágrima rolou pela ponte de seu nariz e afundou no travesseiro.

– Do meu coração, nasceu uma árvore. Uma árvore gigantesca, mais alta do que todas as casas num raio de quilômetros, e ela dá uma fruta esquisita cujo sabor ninguém suporta, exceto eu... e talvez você, não sei. – Esse pensamento não tinha ocorrido a Evie até agora. – Você pode ir visitá-la? Acho que, se a visse, você entenderia. Você saberia o quanto senti saudade de você todos os dias e veria que eu nunca deixei de te amar. Nem um dia.

De repente, Vincent choramingou e rolou para ficar de barriga para cima, com lágrimas escorrendo pelas laterais do rosto e caindo no cabelo grisalho. Ele murmurou alguma coisa, e Evie achou que ele dissera seu nome, mas não tinha certeza. Depois, ele fungou enquanto dormia e pareceu se recompor, e Evie se perguntou se ele estava sonhando com ela.

– Evie...

Desta vez, foi mais claro. Tinha certeza de que ele sabia que ela estava ali e, ah, como desejou que ele acordasse e a visse, de modo que pudessem conversar e relembrar e ficar juntos de novo, mesmo que só por um instante. Mas Evie sentiu aquele puxão na nuca. O mundo das almas perdidas a estava chamando mais uma vez. Não sentia que tinha falado tudo que precisava, mas havia tanta coisa que queria dizer a ele, que, se continuasse, nunca mais iria embora.

Fechou os olhos e estava cedendo às mãos que a arrastavam de volta para o dr. Lieffe quando ouviu Vincent sussurrar:

– Evie – e ela abriu os olhos para vê-lo dizer –, você foi minha única grande aventura.

🍃

O barulho de um trem sibilou no cérebro de Evie e fez sua caixa torácica estremecer como os trilhos por onde andava. Ela atravessou a parede de uma vez, com um grande sopro forte, mas parou de repente, suspensa no ar, e desceu lentamente até o chão, como se estivesse parada numa escada rolante invisível.

– Bem, essa foi muito mais agradável do que as outras! – disse à parede, que ondulou sua superfície em resposta.

– Como foi? – Lieffe ajudou Evie a tirar o casaco e girou a cadeira até atrás dela, para ela poder cair para trás e se sentar.

– Foi... bem, simplesmente foi. Não tenho certeza absoluta de como me sinto, mas sei que estou sentindo.

Lieffe fez que sim com a cabeça e saiu do cômodo pelo que pareceram apenas segundos antes de retornar com uma caneca de chá que acabara de fazer.

– Você não precisa falar sobre o assunto se não quiser, mas sabe que estou aqui, se quiser falar. – Ele lhe deu o chá e ficou parado de um jeito envergonhado com sua própria caneca fumegante. – Quer um tempo sozinha? – perguntou ele.

– Não. – Ela balançou a cabeça imediatamente. – Fico feliz com a companhia. Afinal, tudo que precisamos fazer agora é esperar.

14

ideias impossíveis antes do café da manhã

Vincent acordou na manhã seguinte numa piscina de lágrimas. Seu travesseiro estava encharcado, e o cabelo, úmido. Tinha sonhado com Evie, como ocorrera muitas noites, mas, desta vez, ela estava tão viva, com a voz tão nítida. Girou com cuidado e saiu da cama, colocando os pés diretamente nos chinelos. No caminho para o andar de baixo, para fazer o café da manhã, abriu uma gaveta numa arca no corredor, pegou um envelope e o levou para a cozinha. Enquanto tomava o mingau, leu o convite para o funeral de Evie, ou uma "comemoração de sua vida", como disseram os filhos dela.

A notícia de que Evie tinha morrido afetou Vincent de um jeito que ele não imaginava. Depois de vê-la pela última vez, ele passara sete anos sozinho, sofrendo a perda de uma mulher sem a qual não queria viver a vida. Mergulhara nos estudos e na música, se formara com a nota mais alta e fora convidado para tocar numa orquestra para um balé que ia viajar o mundo todo, numa turnê de três anos. Foi nessa turnê que uma das bailarinas, Cynthia Petal, se apaixonou pelo violinista bonitão. Verdade seja dita, todas as bailarinas se apaixonavam por Vincent, mas foi de Cynthia que ele gostou de imediato, porque era muito diferente de Evie.

Cynthia tinha um bom coração, claro, e merecia muito o afeto de Vincent, mas era baixinha e angulosa, e seu riso estilhaçava janelas. Toda vez que uma garota demonstrava interesse por Vincent, ele encontrava alguma coisa nela para associar a Evie Snow. Quando ela sorria com todos os dentes, ele via Evie. Quando tinha curvas em todos os lugares "errados", ele sentia Evie, e quando a risada aquecia a atmosfera três metros ao redor dela, ele ouvia Evie. Ele a via em toda parte, exceto em Cynthia Petal. Conseguia ficar perto de Cynthia sem sentir o coração se partir a cada dez segundos, por isso se aproximou muito dela, e ela permitiu isso.

Em todas as paradas da turnê, em todas as terras estrangeiras, Vincent e Cynthia encontravam uma aventura. Eles se divertiram tanto, que, quando a turnê acabou, não viram motivo para acabar também com as aventuras, por isso continuaram viajando, usando o dinheiro que ganharam dançando e tocando no balé. Só mencionaram casamento quando pararam em Las Vegas e passaram por uma capela drive-thru. Nessa época, Vincent não tinha notícias de Evie havia onze anos e sabia que nunca mais as teria, e os quatro anos que passara com Cynthia foram verdadeiramente felizes. Não via motivos para os dois não ficarem juntos pelo resto da vida. Ele amava Cynthia de um jeito muito diferente de como amara Evie, mas a amava mesmo assim, e os sentimentos dela por ele nunca foram questionados, porque estavam presentes nos olhos dela. Assim, Vincent virou o volante com força e desviou o carro para o "Casamento Drive-thru Diga Sim" para dar início a um tipo muito diferente de aventura.

Vincent e Cynthia passaram os anos juntos dançando e tocando para ganhar dinheiro e depois gastá-lo em passagens de avião e quartos de hotel. Só quando voltaram para casa por um tempo é que perceberam que não estavam viajando, e sim fugindo. Fugindo da grande realidade de que não podiam ter filhos. Tentaram durante muito tempo, e nunca houve nem um vislumbre de esperança. Então, para distrair, eles fugiam de um lugar para outro, fingindo que ainda eram jovens e tinham todo o tempo do mundo, negando a realidade até ser tarde demais. Acabaram aceitando que não teriam pequeninos e finalmente se assentaram na sua antiga cidade, onde se conheceram.

Ambos receberam ofertas de trabalho numa escola de artes perto da cidade. Vincent ensinava violino, e Cynthia ensinava balé e, apesar de nunca terem filhos, eles tinham um ao outro, e isso era suficiente. Pelo menos, era o que Vincent pensava, até que, aos quarenta e seis, Cynthia começou a demonstrar sinais de gravidez. Vincent acordava muito cedo com o barulho do vômito e corria até o banheiro, na esperança de receber boas notícias, mas ela insistia que era apenas alguma coisa que tinha comido. Depois de seis semanas segurando o cabelo dela quase toda manhã, ele insistiu para que ela fosse ao médico para descobrir o que estava errado. Foi aí que ela cedeu e admitiu que estava grávida. Vincent ficou em êxtase e tentou beijá-la, mas ela se afastou dele, com lágrimas escorrendo pelo rosto, e contou a verdade.

Quando Cynthia finalmente percebeu que ela e Vincent nunca teriam filhos, procurou conforto em outro lugar, se entregando ao afeto de um bailarino cujos avanços sexuais ela evitara durante anos. Mas, num instante de fraqueza, ela cedera ao bailarino – Cynthia tinha tendência a momentos de fraqueza, e um caso amoroso floresceu. Ela se convenceu de que era estéril, por isso tinha certeza de que Vincent nunca descobriria nada sobre o caso, mas a verdade era que não era Cynthia que não podia ter filhos. Poucas semanas depois do início do caso com Antoine Blanc, ela percebeu que alguma coisa estava errada e, depois de semanas vomitando, seios grandes e nenhum sinal do Chico, Cynthia não podia mais negar que estava grávida e que esse bebê não era de seu marido.

Vincent ficou arrasado. Num ato cruel de autopreservação, Cynthia começou a falar e a culpá-lo por não permitir que ela tivesse filhos mais nova, e Vincent só conseguiu concordar e pedir desculpas. Ela foi morar com a mãe por um tempo, deixando Vincent sozinho com várias garrafas de uísque barato para beber até esquecer. Até que um velho amigo apareceu em sua porta.

Sonny Shine, embriagado como sempre, tinha conseguido o novo endereço de Vincent com Violet Winters e, quando Vincent abriu a porta e encontrou o antigo colega de quarto deitado nos degraus da frente porque tinha se jogado na porta para bater, isso foi suficiente para deixá-lo sóbrio. A conversa subsequente mostrou que a vida de Sonny não tinha mudado nada ao longo dos anos em que não se viram e, quando Sonny lhe ofereceu um gole de seu frasco, Vincent recusou. Não queria que as pessoas olhassem para ele e vissem o que ele via em Sonny.

No dia seguinte, ligou para Cynthia e disse que ia cuidar do filho dela e criá-lo como se fosse dele, se ela voltasse para casa. A vida continuaria normalmente, dissera a ela. Sua resposta veio em soluços do outro lado da linha cheia de estalos. Cynthia tinha perdido o bebê. De acordo com os médicos, era um milagre o simples fato de ela ter engravidado, mas manter a gravidez jamais seria possível.

Cynthia voltou para casa cheia de remorso e promessas de que tinha terminado com Antoine, e Vincent conseguiu perdoá-la em seu enorme coração. Ela era a única mulher que o fizera feliz depois de Evie, e ele simplesmente não podia perdê-la. A vida dos dois voltou ao normal, só que agora havia uma fragilidade neles que todos que os conheciam conseguiam sentir. Como indivíduos, os dois eram de pedra, mas juntos eram de vidro, e os amigos e familiares dançavam um balé ao redor, com cuidado para não destruir a paz que os dois tinham encontrado. Eles viviam felizes, mas tranquilos, e as aventuras se tornaram escassas e com grande intervalo entre elas, até cessar totalmente. Cynthia morreu quando tinha setenta e seis, deixando Vincent apenas com as fotos das aventuras para lhe fazer companhia.

Vincent Winters leu a caligrafia cursiva no convite várias vezes. Desejou desesperadamente ter ido ao funeral de Evie para prestar uma homenagem adequada a ela, mas não teve coragem e convenceu-se de que era isso que Evie ia querer. Jim tinha mandado o convite, então não foi a reação de Jim que o impedira; mas o fato de que tinha certeza de que Evie não ia querer que os filhos começassem a fazer perguntas sobre o velho estranho do passado da mãe, que eles nunca tinham visto e de quem nunca nem tinham ouvido falar. Além disso, achou que seu coração não ia conseguir aguentar. Nem um dia se passava sem que ele pensasse em Evie, mas tinha muita prática em afastar esses pensamentos e escondê-los nos cantos mais remotos de sua mente. Conhecer os filhos dela, no entanto, que ele já sabia que seriam parecidos com ela, falariam como ela e teriam pedaços dela em tudo que faziam, seria como perdê-la mais uma vez.

Tinha decidido não ir assim que recebeu o convite, e o funeral tinha acontecido semanas atrás, de qualquer maneira, mas agora estava repensando a decisão e não sabia por quê. O sonho que tivera com Evie preenchera cada um de seus poros com uma esperança estranha e inconcebível. A mesma esperança e energia que sentira quando pediu para ela fugir com ele tantos anos antes. Era uma ideia impossível e totalmente insensata, mas ele acreditava de todo coração que os dois iam conseguir. Era exatamente o mesmo tipo de crença que ele sentia agora.

Vincent virou o convite para ler o endereço da casa dos Summer. Nunca pensara nisso, mas agora, apesar de ser impossível e totalmente insensato, ele acreditava, de algum jeito, enquanto tomava o mingau no café da manhã, que um dia veria Evie Snow de novo.

15

olá, adeus

Vincent ficou parado no degrau inferior de uma grande casa, olhando para uma porta azul. Tamborilou a bengala, nervoso, no cascalho, apreciando o som que produzia, depois se virou e observou o táxi se afastar cada vez mais, desejando ter pedido para ele esperar, caso mudasse de ideia. *Isso é bom,* pensou. *Não posso recuar agora* e, com um esforço corajoso, subiu os degraus e bateu à porta com os nós dos dedos, com alguma força. Os instantes que se seguiram reviraram seu estômago. Temia que um dos filhos de Evie atendesse à porta e mandasse o velho maluco embora, mas o rosto que o recebeu, apesar de ser de alguém que ele não conhecia bem, pelo menos era conhecido.

– James Summer? – gemeu Vincent, depois tossiu para limpar a garganta seca.

– Sim, sou eu. – Jim deu um passo à frente, puxando a porta e quase a fechando atrás de si. Sabia que conhecia esse homem de algum lugar. Vasculhou rapidamente seu arquivo mental, tentando encaixar um nome no rosto.

– Jim... – disse Vincent para quebrar o silêncio enquanto observava o outro homem tentando desesperadamente entender essa explosão do passado. A percepção que surgia em seu rosto era digna de uma fotografia.

– Vincent Winters – sussurrou ele e, antes que Vincent pudesse recuar e descer os degraus e esquecer essa ideia idiota, Jim tinha descido mancando na direção dele e o abraçado. – Nem sei dizer como é bom ver você – disse, as palavras abafadas enquanto ficavam presas na garganta.

As costas de Vincent ficaram tensas. A última vez que foi abraçado assim foi pela própria mãe, na noite em que ela falecera vinte anos antes.

– É bom ver você também – disse, retribuindo o abraço, relaxando e curtindo a interação com outro ser humano. Algo que ele tivera pouco nos últimos anos.

– Você está bem? Você parece bem. – Jim não conseguia conter a empolgação. Tinha passado tantos anos se perguntando como estava Vincent, se ele estava enfrentando bem a situação e o que tinha feito da vida. Em respeito aos desejos da esposa, nunca tentara descobrir, mas agora o homem estava à sua porta, e ele sentia que devia a Vincent a oportunidade de fazer todas as perguntas que queria que ele tivesse feito e de oferecer a ele a amizade que sempre quis oferecer.

– Estou, sim. Acho que sim. Tive umas semanas estranhas... – disse Vincent. Os dois homens tinham encolhido, agora que estavam mais velhos, mas Vincent ainda era uns quinze centímetros mais alto que Jim e olhava para ele de cima para baixo mesmo quando arqueado sobre a bengala.

– Desde que Evie morreu? – perguntou Jim, e Vincent fez que sim com a cabeça, tímido. – Todos nós tivemos. Quer entrar? Conhecer a família?

A porta da frente tinha se aberto um pouco com o vento, e Vincent ouvia vozes conversando, rindo, soltando muxoxos, fazendo barulhos em algum lugar da casa. Seu coração fez força para a frente dentro do peito, tentando empurrá-lo em direção à casa, mas ele firmou os calcanhares.

– Eles não vão fazer perguntas? – indagou.

Jim fez que sim com a cabeça.

– Provavelmente. Eles descobriram muita coisa sobre você nas últimas semanas, mas, mesmo assim, acho que já é hora de saberem de tudo... você não acha? – Colocou o braço sobre os ombros de Vincent, e juntos eles entraram. – Todos estão dormindo aqui nas últimas semanas para arrumar as coisas de Evie. Mas agora parece que eles ficaram para cuidar de mim.

– Como você está? Desde... – perguntou Vincent, se sentindo como se tivesse esquecido como conversar com as pessoas.

Jim suspirou e se apoiou delicadamente sobre uma arca de gavetas no saguão de entrada.

– Você sabe como é perder Evie.

Uma pontada familiar percorreu o corpo de Vincent como eletricidade.

– Mas estou... melhor. Obrigado. – Jim sorriu com os lábios, mas não com os olhos, e Vincent entendeu isso bem demais.

– Pai? – chamou uma voz feminina.

– Você chegou na hora certa, Vincent – disse Jim rapidamente enquanto o som dos passos ficava mais alto. – Isla está fazendo o almoço, e ela costuma me recrutar, só para me dizer que não estou fazendo as coisas com rapidez suficiente. – Ele revirou os olhos com carinho.

– Vou livrar você do trabalho na cozinha? – Vincent sorriu, se divertindo.

– Não, você vai assumir meu lugar! – Jim riu quando uma mulher de meia-idade apareceu no fim do corredor usando uma calça de corrida larga, uma camiseta rosa-pink e um avental vermelho de babados coberto de farinha.

– Você está aí! Você devia estar me ajudando e... Ah. Quem é esse?

Vincent não conseguia tirar os olhos de seu rosto redondo. Era como não querer desviar o olhar de uma batida de carros. Na verdade, ela se parecia mais com Jim, mas seus lábios se moviam do mesmo jeito com que os de Evie e, apesar de estar ficando um pouco grisalho, seu cabelo era do mesmo tom de louro.

– Essa é Isla, minha filha.

Isla foi em direção a eles, com a mão enfarinhada estendida para apertar a de Vincent. Ele a apertou, esperando que ela não percebesse como suas palmas estavam suadas. Odiava o fato de estar se sentindo constrangido e inadequado.

– Isla, este é Vincent.

Isla parou abruptamente de apertar a mão dele e simplesmente ficou parada ali, com a boca agora ligeiramente aberta.

– Você... você é Vincent? Vincent Winters?

Vincent respirou fundo.

– Sou.

Nem Vincent nem Jim sabiam o que estava disparando pela cabeça de Isla, já que a expressão em seu rosto não mudava, mas nenhum dos dois esperava que ela...

– AAAUUUGGGGUUUUSSSSTTT!!!! – Os dois homens se assustaram com o grito. – Ai, meu Deus! Sinto muito, mas... você está aqui! É você! Você é você, e você realmente está aqui! – Depois de ler e reler o caderno que August, Daphne e Pequenino tinham organizado, Isla tinha a impressão de que um de seus personagens fictícios preferidos havia saído do livro e estava parado no saguão.

August veio correndo da cozinha brandindo uma espátula de madeira, com a roupa tão enfarinhada quanto o avental de Isla.

– O que está acontecendo? – gritou ele enquanto escorregava de meias no tapete, batendo na parede em alta velocidade, mas sem largar a espátula.

Ficou claro para Vincent que August recebera a maioria dos genes de Evie. Os olhos eram tão grandes e castanhos quanto os dela, o rosto era redondo, e as bochechas, apertáveis. A ponte do nariz era ligeiramente larga demais, mas não fazia seus olhos parecerem esquisitos, do mesmo jeito como nunca fez os olhos de Evie parecerem esquisitos. Apenas grandes, iluminados e cheios de felicidade e travessura.

– Está tudo bem, está tudo bem! Tem uma pessoa aqui que você precisa conhecer! – disse Isla, animada. – Pai... – Ela apontou para Jim, para ele fazer a apresentação.

– Você é impossível – disse Jim, rindo da filha, mas muito consciente de que isso tudo poderia ser demais para Vincent, até ver que um sorriso estava se esgueirando nos lábios do outro homem.

– Paaaai – gemeu Isla como se fosse adolescente de novo. – August. – Ela se virou para o irmão, que estava segurando a espátula mais alto do que o necessário, ainda sem saber se deveria bater no intruso ou fazer almoço para ele. – Esse é Vincent Winters! – disse com um gritinho.

– O quê? – August soltou os braços na lateral num grande movimento, e o molho escapou da ponta da espátula e caiu no tapete. – Você é Vincent? O Vincent?

– Eu... eu acho que sim. – Vincent, agora se sentindo um pouco mais confiante, estendeu a mão, que August apertou com satisfação.

– Bom, que incrível. Não consigo acreditar! Entre, entre! – Isla e August se apressaram em direção à cozinha, tropeçando um no outro. Vincent deu uma olhada para Jim enquanto os seguiam.

– Não sei o que deu neles – confessou Jim.

– O que sempre existiu neles, tenho certeza – disse Vincent. – A mãe.

❦

August e Isla fizeram o almoço enquanto Jim e Vincent arrumavam a mesa e se sentavam para conversar.

– Como é que eles sabem quem sou eu? – Vincent se inclinou por sobre a mesa na direção de Jim, apontando com a cabeça para os irmãos, que não paravam de olhar para ele e de sussurrar como crianças no refeitório da escola.

– Quanto tempo você tem? – perguntou Jim retoricamente, mas Vincent verificou o relógio e respondeu:

– Provavelmente só mais alguns anos, mas me conte mesmo assim. Faz muito tempo que não ouço uma boa história.

August apareceu com um caderno e furtivamente o colocou na mesa diante de Vincent, tentando fingir que não estava escutando a conversa deles. Vincent o abriu e encontrou sua própria caligrafia, bem mais firme e bonita do que era nos últimos anos, mas dele mesmo assim.

– Onde foi que vocês conseguiram isso? – Ele fechou o caderno e o girou nas mãos, na certeza de nunca tê-lo visto.

– Pequenino – respondeu Jim.

– Pequenino – repetiu Vincent e riu, se lembrando de que o pássaro negro não era um melro.

– August teve um sonho com esse pássaro, e, naquela mesma noite, Pequenino apareceu no jardim dele – explicou Jim. – No sonho, ele ouviu a voz de Evie dizendo para lavar as asas do pássaro e liberá-lo de suas tarefas e, quando eles o limparam, todos os bilhetes que vocês trocaram foram revelados. A esposa de August, Daphne, teve a brilhante ideia de guardar tudo num caderno.

Vincent virou as páginas de um passado que nunca pensou que veria de novo em tantos detalhes. Fechou o caderno e o colocou na mesa antes que suas lágrimas molhassem as páginas.

– Posso pegar isto emprestado? – perguntou.

– Ah, Vincent, são suas lembranças. O caderno pertence a você. – Jim o empurrou na direção dele e, perdendo o juízo, Vincent o pegou e o abraçou.

– Depois, Isla também teve um sonho. Para resumir, ela encontrou uma caixa de sapatos que Evie e eu escondemos embaixo do piso do antigo apartamento dela, onde ela escondeu todos os desenhos.

– Posso vê-los? – perguntou Vincent.

– Pode, claro, mas talvez não do jeito como você se lembra. – Jim se levantou parcialmente da cadeira para subir e pegar o capturador de sol antes de ver Isla parada na porta, segurando-o com delicadeza, com um sorriso tímido.

– Achei que Vincent poderia querer ver isso em algum momento – disse ela, colocando-o sobre a mesa. Antes de voltar para a cozinha, virou-se e disse: – Eu não estava escutando... – Jim lhe deu um olhar de desaprovação, mas a enxotou de um jeito brincalhão.

– No sonho de Isla, ela ouviu a voz da mãe dizendo para ela procurar a caixa de sapatos e, quando a encontrou, ela fez isso. – Jim pegou o capturador de sol e o pendurou no lustre acima da mesa, onde o sol das janelas poderia atingi-lo quando saísse de trás das nuvens. – Prepare-se. Só um instante... pronto!

O sol atravessou a janela, atingiu o vidro, e os desenhos criaram vida. Encantado, Vincent apertou o caderno com mais força, mas, assim que reconheceu o ganso que o fez cair no laguinho, uivou de tanto rir. Ele até reconheceu o desenho dele mesmo e de Evie encolhidos embaixo de um guarda-chuva. O desenho de Vincent acenou para o Vincent de verdade, mas a Evie desenhada estava fazendo uma mímica, como se quisesse lhe dizer alguma coisa. Estava apontando para Vincent com um dedo contundente, depois apontando para os próprios lábios e movendo as mãos para sugerir que havia um som saindo de seus lábios. Depois, juntou as duas palmas, colocou-as sob a cabeça e fingiu dormir.

– O que ela está fazendo? – perguntou Jim.

Vincent balançou a cabeça, sabendo muito bem que o desenho estava fazendo mímica de *Conte a ele sobre seu sonho*. Ele não sabia se conseguiria aguentar um acontecimento extraordinário naquela idade. O simples fato de estar perto dessa família fez seu velho coração lutar para mantê-lo de pé. Contar a Jim sobre seu sonho com Evie poderia provocar acontecimentos estranhos, e Vincent estava cansado demais para ser zombado. Evie ainda estava morta, e isso era tudo que importava. Não importava quantas coisas extraordinárias aconteceram para dar a impressão de que ela ainda estava por perto, nenhuma delas a traria de volta.

– Eu devia ir – disse ele, evitando o contato visual com o desenho, que continuava acenando as mãos. Virou-se para ir embora, mas o desenho de Evie subiu num raio de sol e apareceu na parede ao lado da porta, com as mãos nos quadris e o nariz contraído de frustração.

– Vincent... – Jim estava preocupado, mas teve a sensação de que sabia o que havia deixado Vincent tão arisco. – Você também teve um sonho, não é?

Vincent estava encarando a versão de Evie na parede. Era como Evie se via. Bochechas grandes, olhos engraçados e muito maior na cintura do que jamais fora, mas, mesmo assim, ele não podia ignorá-la. Virou-se para Jim e fez que sim com a cabeça.

🍃

Durante o almoço com um assado, Vincent recontou seu sonho. Como Evie tinha parecido real, o que ela dissera e suas especulações sobre por que ele teve aquele sonho.

– Por que ela quer que você veja a árvore? – Isla riu. – Não é nada especial. – Vincent se sentiu um pouco decepcionado por não estar ali para ver uma coisa maravilhosa, mas percebeu que Jim desviou rapidamente o olhar dos filhos e olhou para o molho.

– Bem, está muito claro que ele precisa vê-la mesmo assim – disse Jim, sem tirar os olhos da carne que estava cortando com mais precisão do que o necessário.

– Todos esses sonhos – disse August. – Fazem a gente pensar no que realmente acontece depois da morte.

– Você acha que é a mamãe que está fazendo isso? – perguntou Isla num tom de desafio. – Do outro lado do túmulo! – Ela sacudiu os dedos para o irmão, provocando-o.

– É mais fácil acreditar quando vemos todos aqueles desenhos dançando nas paredes! – disse August, tentando manter a calma.

– É só um truque de luz – disse Isla sem convencer.

– Não é! – August deixou o garfo de lado com força.

– É sim! – Isla fez a mesma coisa. O molho se espalhou pela toalha de mesa e na manga de Vincent.

– Muito bem, vocês dois. Já chega – disse Jim com seriedade, dando um guardanapo a Vincent. – Não importa por que vocês estão tendo esses sonhos. O que importa é o que aconteceu depois deles. Vocês aprenderam muita coisa sobre sua mãe. Coisas que fizeram vocês dois se sentirem mais próximos dela, agora que ela se foi. Isso é que é importante, não se esqueçam.

– Me desculpe, Vincent – disse Isla, encostando no braço dele de um jeito arrependido.

– Sim, me desculpe – disse August, envergonhado. – Não sei o que deu na gente. Mas parece estranho. Nós três tendo sonhos com a mamãe que nos levaram a coisas que ela escondeu a maior parte da vida.

– Se Evie continuou parecida com a pessoa que era quando a conheci – disse Vincent baixinho, sem querer deixar Jim desconfortável –, eu não duvidaria de que se ela encontrasse um jeito de falar conosco do outro mundo. – Ele riu.

– É – interferiu Jim. – Assim como você, Isla, ela estava sempre lutando contra as possibilidades e normalmente vencendo.

Jim e Vincent compartilharam um olhar sagaz. Apesar de saberem que era totalmente impossível, nenhum dos dois estava disposto a descartar o sobrenatural quando se tratava de Evie, mas Jim achou melhor não assustar o filho imaginativo e não discutir com a filha realista.

— Então — Jim limpou a boca, colocou o guardanapo na mesa ao lado do prato e olhou para Vincent. — Acho que é hora de você ver a árvore.

Enquanto o céu escurecia, três Summer e um Winters atravessaram lentamente o bosque com lanternas. Isla tinha ligado antes, por isso Eddie e Oliver estavam na varanda esperando por eles quando chegaram. Vincent nunca conhecera Eddie, mas, durante um tempo, ele o culpara pelo fim de seu relacionamento com Evie. Ao longo do tempo, refletiu e percebeu que Eddie não tinha ideia do quanto a irmã fizera por ele nem do quanto ela abrira mão. Mesmo assim, não sabia como ia se sentir quando o conhecesse.

Apesar de Vincent estar bem consciente de quanto tempo se passara desde que arrumou suas coisas e deixou Evie dormindo na sacada, esperava conhecer o Eddie de quem ela sempre falava: um garoto de olhos brilhantes, quase sem idade suficiente para beber. Em vez disso, foi recebido pela realidade de um homem de quase oitenta anos, lado a lado com outro homem idoso, que Vincent pensaria que tinham sua idade, se os visse casualmente na rua. A lacuna entre as idades se aproxima cada vez mais conforme você envelhece, até que décadas parecem apenas rachaduras na calçada. Vincent, Jim, Eddie e Oliver eram todos homens velhos. Um fato que eles negariam até a morte, se ela não estivesse tão próxima.

— Vincent. — Eddie o cumprimentou com um sorriso, mas se apoiou em Oliver com ansiedade. — É um prazer conhecer você.

— Você também, Eddie. Me contaram tanto sobre você, mas isso foi há mais de cinquenta anos — disse Vincent.

— Duvido de que muita coisa tenha mudado — disse Isla, cutucando Eddie com o dedo.

A casa dos Summer tinha sido uma casa de família, onde as crianças costumavam brincar e os quartos ainda eram repletos de nostalgia. No entanto, apesar de a casa dos Snow ter sido ocupada por Eddie e Oliver durante tantos anos, e agora também por

August e Daphne, Vincent sentiu um calafrio inexplicável no ar. *Deixado pela mãe de Evie, sem dúvida*, pensou.

– Pode ir na frente, Eddie. – Jim fez um gesto para Vincent seguir Eddie pela porta dos fundos e até o jardim.

Contra o céu cinza-escuro, a árvore impressionante assomava, quase preta. Vincent não conseguia acreditar na altura dela, e seu pobre pescoço dolorido não conseguiu se inclinar para cima até vê-la totalmente.

– Uau... – Ele riu. – O que vocês dão para ela comer?

Quando o vento açoitou os galhos e soprou ao redor deles, Vincent teve certeza de ter escutado alguma coisa incomum, mas sua audição já não era como antes, e ele provavelmente estava enganado. Mesmo assim, sentiu calor sob o colarinho de repente e se apoiou com um pouco mais de força na bengala.

– Você está bem? – perguntou Isla, encostando no braço dele, preparada para pegá-lo se ele caísse.

– Sim, sim. Só com um pouco de calor, só isso. – Um trovão ribombou no alto, e as nuvens escuras se moveram para cima deles.

– A chuva deve diminuir a umidade – disse Oliver, sentindo algumas gotas atingindo sua testa.

– Vincent, você tem um pouco mais de tempo? Acho que vai querer ficar para ver a tempestade. – Jim deu um tipo de sorriso estranho e sagaz ao qual, apesar de estar se sentindo cansado e estupefato, Vincent não conseguiu resistir.

– Claro. A árvore faz um espetáculo? Canta uma música? Dança? – brincou.

– Melhor – disse Eddie, antes de conduzir todos eles de volta para a casa.

Jim tinha feito um sinal para todos, avisando que deveriam deixá-lo sozinho com Vincent por um tempo. Os dois homens se sentaram nas poltronas perto da lareira, ambos demorando para descer o corpo até os assentos, e rindo quando finalmente sentaram-se com um *upa!*.

– Acho que é melhor nós dois falarmos abertamente... não acha? – disse Jim, tentando manter o sangue-frio. Do lado de fora, a garoa batia nas janelas, e o trovão ribombava sobre a casa. Vincent estava suando, apesar de ter tirado o casaco preto.

– Claro – respondeu, abrindo o botão de cima da camisa.

Jim respirou fundo antes de começar.

– Evie era uma... mulher extraordinária. Às vezes, era muito chata. – Vincent fez que sim com a cabeça, concordando. – Mas era extraordinária mesmo assim e fez umas coisas inexplicáveis durante a vida: a maioria boas, algumas ruins e outras para as quais ninguém jamais saberá a resposta, mas uma das coisas mais extraordinárias que ela fez foi plantar aquela árvore. – Jim se ajeitou no assento para ver se os outros estavam ouvindo atrás da porta, mas parecia que eles tinham formado outro grupo na cozinha, para discutir a chegada inesperada de Vincent.

– É uma árvore impressionante. – Vincent deu de ombros, sem saber o que mais poderia dizer. Para falar a verdade, estava meio decepcionado por não ter encontrado alguma coisa que tornasse a viagem mais útil.

– É mais impressionante do que você imagina. Posso contar uma história? – Jim estava gostando da chance de recontar a história de Evie. Vincent fez que sim com a cabeça, piscando devagar. – No dia em que Evie e eu nos casamos, antes de ela andar pela nave e antes de fazermos nossos votos, ela correu até esta casa de vestido branco e se ajoelhou na lama no fundo do jardim. Ela percebeu que nunca poderia dar o coração para você e não queria dá-lo para mim, por isso decidiu nunca dá-lo a ninguém. Naquele momento, ela tirou o próprio coração do peito e o enterrou no chão.

De repente, Vincent se sentiu mais desperto e se aprumou na cadeira, olhando para Jim com interesse e uma pitada de diversão com o que poderia parecer uma história exagerada, se ele não conhecesse Evie.

Jim continuou:

– Quando voltamos para esta casa, dez anos depois, aquela árvore tinha aparecido, bem no ponto onde Evie enterrou o coração. – Ficou feliz de ouvir um som de estouro abafado, mas muito familiar, ressoando pela casa. – Era uma árvore que parecia familiar para todos nós, mas ninguém sabia exatamente por quê. Uma árvore que era quente ao toque, uma árvore que sussurrava palavras de consolo quando o vento pegava o ângulo certo dos galhos, uma árvore que só dava frutas depois de uma tempestade porque gostava de tirar o melhor...

– ... de uma situação ruim – disseram os dois em uníssono e sorriram.

– Está ouvindo isso? – perguntou Jim.

Vincent fez um esforço com os pobres ouvidos e escutou o que parecia o som de milho de pipoca estourando na panela.

– O que é isso? – indagou.

– Acho que você vai querer dar mais uma olhada na árvore.

Juntos, eles se ergueram das poltronas e foram até a porta dos fundos. Vincent riu animado quando viu as frutas de cor laranja aparecendo nos galhos, algumas estourando com tanta força, que caíam imediatamente no chão, fazendo barulho.

– A única árvore que garante um cesto de frutas toda vez em que chove – disse ele, agora satisfeito porque toda a ansiedade da viagem tinha valido a pena.

– Se ao menos fosse comestível – disse Jim.

– É venenosa? – perguntou Vincent.

– Não. Mas tem um gosto nojento. Pode experimentar, se quiser.

– Vou aceitar sua palavra... – disse Vincent, enquanto escutava a voz de Evie em sua mente. *Uma árvore gigantesca, mais alta do que todas as casas num raio de quilômetros, e ela dá uma fruta esquisita cujo sabor ninguém suporta, exceto eu... e talvez você, não sei.* – Pensando bem...

Vincent saiu na chuva, a respiração escapando em nuvens de vapor e a bengala batendo na lama a cada passo. Alguma coisa lhe dizia que era assim que ele poderia estar mais perto de Evie. Esta era sua chance de vê-la outra vez, tinha certeza.

– Pelo menos, leve um guarda-chuva! – gritou Jim atrás dele, mas o único pensamento de Vincent era chegar até a árvore. Conforme se aproximava, sentia seu calor. Ela aquecia as gotas de chuva enquanto caíam, e ele não via mais sua respiração diante de si. Chutou levemente uma das frutas com a ponta do sapato. Sua superfície parecia macia o suficiente para morder, mas ele se perguntou se estaria madura, já que tinha acabado de cair. O vento farfalhou nos galhos, e Vincent teve certeza de ouvir o próprio nome sendo chamado por uma voz que não escutava havia mais de cinquenta anos.

Vincent, chamava Evie. *Vincent.*

– Evie? – sussurrou. Vincent virou-se na direção da casa, onde August e Isla tinham se unido a Jim. Seu rosto ficou vermelho de vergonha.

Vincent.

Não, ele tinha certeza de que era a voz de Evie.

– Evie! – chamou acima do ruído da chuva e do trovão.

– Vincent! Volte para dentro! Você vai ficar muito resfriado aí fora! – Eddie agora também estava na varanda, e Oliver olhava pela janela.

Um raio caiu perto, tão perto, que Vincent ouviu o estalo da eletricidade, e iluminou o rosto preocupado da família de Evie. Ele olhou para cima quando outra fruta explodiu de um galho e caiu em sua mão aberta. Sem pensar, apenas confiando nos próprios instintos, Vincent a mordeu. Suas papilas gustativas ficaram atiçadas quando sentiram o gosto conhecido de maçãs carameladas, melado e creme. Ele fechou os olhos enquanto o suco da fruta, quente na boca, deslizava com doçura, escorrendo pelo queixo.

Ao engolir, seus lábios formigaram como se ele tivesse sido beijado por alguém que acabara de tomar uma xícara de chá.

– Evie... – sussurrou.

A tempestade estava terminando, a chuva agora era apenas um chuvisco, e o trovão soava ao longe. Vincent esperou o calor na pele diminuir, mas isso não aconteceu. Em vez disso, o calor se espalhou pelo corpo, chegando à ponta dos dedos. Ele se sentia como se estivesse próximo a um fogo alto. Soltou a bengala na lama, mas não caiu. Sentia-se mais firme do que nunca.

– Vincent! Está me ouvindo? – Isla saiu da varanda para ir até ele, mas Jim colocou a mão em seu ombro e balançou a cabeça.

– Se precisar, ele vai nos chamar. Tenho certeza – disse, e Isla fez que sim com a cabeça, mas, mesmo assim, ninguém entrou na casa. Todos sentiam que não era apenas um homem idoso sofrendo por uma antiga paixão. Era algo diferente, algo *especial*.

O calor no corpo de Vincent dançou e rodopiou em seu sangue e finalmente encontrou o caminho até o coração, acariciando-o, provocando suas bordas. O vento parou completamente, a chuva também, e tudo ficou mortalmente silencioso. Vincent abriu os olhos por um instante e viu Eddie, Oliver, Isla, August e Jim se aninhando contra o frio, observando-o com a respiração presa e os olhos assustados. Sabia que algo maravilhoso estava prestes a acontecer e fechou os olhos pelo que tinha certeza ser a última vez.

– Adeus – sussurrou enquanto as chamas em seu corpo consumiram o coração completamente e, de uma só vez, foi iluminado pelo amor de Evie.

Um relâmpago atingiu a árvore com um único raio enorme e estalado, a chuva caiu com violência mais uma vez, e o trovão riu. Toda a dor que Evie tinha sentido ao longo dos últimos cinquenta e cinco anos, todos os instantes em que ansiara por Vincent e todo dia em que ainda estava apaixonada pela lembrança dele: Vincent sentiu tudo, de uma vez só, e foi demais para seu corpo de oitenta e três anos. Tudo que foi capaz de fazer foi ceder à força do amor que o coração de Evie havia guardado. Seus joelhos cederam, batendo na lama, e, quando ele caiu, a árvore caiu com ele.

A família ofegou e gritou, e Jim correu até ele, do melhor jeito que conseguia, por causa da idade, mas já era tarde demais. A vida de Vincent desaparecera, escapando dele como fumaça, subindo pelo ar até um lugar com o qual ele sonhava havia tempo demais.

16

finalmente

Evie e Lieffe ficaram sentados, num silêncio confortável. Ela bebericava o chá, e Lieffe estava com os olhos ligeiramente fechados, deixando o tempo passar, cheio de felicidade. Evie realmente não sabia como se sentia depois de ver Vincent. Passara a vida toda afastando lembranças dele, mas essas lembranças eram do Vincent que ela conhecera. O Vincent que visitara do outro lado da parede era um homem muito diferente. Não só porque era mais velho, mas porque teve uma vida da qual Evie não fizera parte, e isso o transformara e moldara num homem solitário, sem família para amar. O Vincent que ela encontrara era um homem que ela não reconhecia, e isso a deixou incrivelmente triste. Será que deveria ter fugido com ele? Isso faria os dois mais felizes? Ajudar o irmão e ficar com Jim foram coisas que acabaram deixando Evie feliz, mas fizeram Vincent ter uma vida de sofrimento... Mas como ela poderia saber que ele não encontraria alguém que amasse tanto ou mais do que a ela? Evie balançou a cabeça, sem gostar do jogo de faz de conta que estava jogando desde que voltara.

– Lieffe. – Evie resmungou, e Lieffe abriu um pouco os olhos, mas ela não olhou para ele. Não conseguia. – Eu fiz a coisa certa? Ao manter meus segredos? – perguntou.

– Pareceu a coisa certa? – indagou Lieffe, fechando os olhos de novo, e isso a deixou satisfeita. Ela se sentia menos julgada quando ele não a estava observando.

Ela se viu fazendo que sim com a cabeça.

– Sim. Pareceu. Na época. Foi certo para mim, de qualquer maneira.

– Você magoou seus filhos ao não contar a eles sobre seu passado? – murmurou Lieffe, com os olhos ainda fechados.

– Eles não me conheceram tão bem quanto poderiam – respondeu ela.

– Mas você os magoou? Alguém foi magoado pelas suas ações?

– Não. – Ela balançou a cabeça.

– Então pronto – concluiu ele.

– Mas poderíamos ter tido um relacionamento mais sólido – disse ela de um jeito fraco, sem saber se era verdade.

Lieffe abriu totalmente os olhos.

– Talvez – disse, chocando Evie com a resposta brusca e súbita.

– Eles poderiam ter conversado mais comigo quando estavam crescendo, se me conhecessem melhor – disse Evie, repassando a história na mente.

– Sim – concordou Lieffe.

– Confiado mais em mim.

– Eles poderiam ter amado você melhor se conhecessem a *verdadeira* Evie – disse Lieffe.

– Bom, eu não acho... – começou, mas Lieffe a interrompeu:

– Tecnicamente, você não os magoou nem mentiu para eles, mas nunca contou a verdade toda, e isso provavelmente afetou seu relacionamento com eles mais do que você jamais vai saber – disse ele, depois se recostou na cadeira e fechou os olhos mais uma vez.

Evie levou um instante para processar o que acabara de ouvir.

– Não – disse, e Lieffe abriu um olho. – Não. Isso não é verdade. – Deixou o chá de lado no chão, perto dos pés. – Meus filhos conheceram a versão de mim que foi criada pela minha vida antes de me casar com o pai deles, e isso é tudo que importa. Histórias ruins podem criar pessoas boas, e eu queria protegê-los dessas histórias ruins para eles poderem viver com a pessoa boa que essas histórias criaram sem nunca terem que se preocupar com o que eu tive que enfrentar para me tornar essa pessoa. Guardei esses segredos porque eu precisava, e... e, às vezes, é aceitável tomar essas decisões pelo bem da sua própria felicidade.

Evie se levantou e andou de um lado para o outro do cômodo.

– Tudo que importa é que eu fui a mãe que eles mereciam e que eu consegui me tornar essa mãe por causa da minha vida antes de eles sequer existirem. Minha mãe me mostrou como *não* ser mãe, e eu fiz questão de que meus filhos tivessem tudo que eu nunca tive. Jim me mostrou como amar alguém incondicionalmente, aconteça o que acontecer, e Vincent me mostrou quanto amor eu tinha dentro de mim para dar. Então, não, eu não magoei meus filhos. Eles são felizes por causa de Jim e de mim e por causa da vida que demos a eles. – Ela parou, de repente sem fôlego.

Lieffe se inclinou para a frente, com os cotovelos nos joelhos.

– Então, acho que você tem sua resposta. – Ele sorriu de um jeito diabólico.

– Eu fiz a coisa certa? – indagou Evie.

– Você fez a coisa certa – comentou ele, fazendo que sim com a cabeça.

De repente, a parede começou a sussurrar, e Evie sentiu aquele impulso estranho naquela direção, com os pelos dos braços e do pescoço arrepiados. Ela a deixou puxá-la para perto, até ficar parada no centro do cômodo. Sua superfície amarelada começou a girar como um redemoinho, e um buraco apareceu no centro; apenas um furinho no início, mas, conforme o redemoinho se tornou gradualmente mais rápido, o buraco se abriu até o tamanho de uma bola de boliche. Uma brisa encheu o ambiente, soprando o cabelo de Evie em todas as direções, tornando difícil enxergar. Ela ouviu um barulho metálico vindo de dentro de si e, antes de saber o que estava acontecendo, as portas de seu peito começaram a se abrir. Em pânico, colocou as mãos ali, tentando fechá-las, mas as portas estavam fora de seu controle e forçaram de volta.

– Não lute contra isso, Evie! Nada pode machucar você aqui. O que está acontecendo é para o bem! – gritou Lieffe acima do barulho do vento, tentando ao máximo reconfortá-la. – Você está segura aqui!

Evie respirou fundo o máximo que pôde, tentando se acalmar. O buraco negro ainda estava girando, e agora ela ouvia um ruído vindo da escuridão, um ruído que a acalmou completamente e até colocou um sorriso de alívio em seus lábios:

Tum-tum. Tum-tum. Tum-tum.

Através do buraco na parede, seu coração manchado de preto e dourado flutuou, girando e brilhando, fazendo um espetáculo para a proprietária que não encontrava havia mais de meio século. Evie parou de resistir e deixou as mãos caírem nas laterais do corpo. O coração flutuou no vento em direção a ela e, sem hesitar, se posicionou de volta no vazio do peito de Evie, no local a que pertencia. As portas se fecharam com um último barulho metálico sólido, e Evie levou a mão ao peito, finalmente capaz de sentir o coração batendo sob a pele e os músculos. Ela franziu a testa.

– Aconteceu alguma coisa? – perguntou Lieffe, correndo até ela com a cadeira.

– Não, não tem nada errado. É só que... meu coração está de volta, mas não estou me sentindo mais pesada. Na verdade, me sinto mais leve. Muito mais leve que antes. – Olhou para Lieffe com esperança.

– Isso só pode significar uma coisa.

Eles estavam a oito andares de distância, mas Evie ouviu o clique da fechadura na porta do apartamento 72. Estava finalmente aberta.

Não conseguiu evitar. Soltou uma gargalhada tão alta e cheia de alegria, que quase derrubou Lieffe. Riu tanto e com tanto entusiasmo, que começou a flutuar para cima, quase batendo a cabeça no teto.

– Venha! – disse para Lieffe entre as risadas felizes.

Ela usou as mãos para se mover pelo teto e sair do cômodo. Sua felicidade e sua leveza recém-descoberta significavam que seus pés literalmente não encostavam no chão. Evie flutuou escada acima, com Lieffe correndo atrás. Antes que ela conseguisse flutuar até o topo do prédio, Lieffe segurou seu tornozelo e a guiou até o sétimo andar, onde a puxou para baixo, até que seus pés finalmente se encostaram no chão. Ela deu um único e enorme suspiro feliz e secou as lágrimas do rosto.

– Você está bem? – Lieffe deu uma risadinha.

– Estou – respondeu ela, feliz. – Estou bem. Mais do que isso.

– Que bom. Fico feliz. Bem, Evie – ele apertou o braço dela –, é aqui que eu me despeço de você.

– Vou ver você de novo, não é? – perguntou Evie, subitamente em pânico.

– Sempre que quiser! Seu paraíso fica do outro lado dessa porta. Se quiser me convidar para um chá, estarei lá, mas será sua vez de fazê-lo.

– Claro. Eu prometo. Você é bem-vindo a qualquer momento. – Ela o abraçou com força. – Obrigada por tudo, Lieffe. Eu nunca teria ido tão longe sem você.

– Ah, Evie. Eu conheço você. Claro que teria.

– Talvez, mas teria levado o dobro do tempo.

– Bem – disse Lieffe –, foi um prazer de verdade. – Ele a abraçou também, com mais força ainda.

Depois de um longo instante, Evie finalmente se afastou.

– Hora de ir – disse ela.

Lieffe lhe deu um último sorriso encorajador antes de ela se virar de costas e caminhar decidida pelo corredor.

Quando chegou ao apartamento 72, a animação que estava sentindo um segundo antes deu lugar ao medo de que sua chave se recusasse de novo a virar. Ela se aproximou da porta e apoiou a cabeça nela, rezando para não haver algo que esquecera, algo que teria que voltar para corrigir. Bem nesse momento, ouviu um barulho vindo de dentro. Encostou o ouvido na madeira. Tinha certeza de que era o som de porcelana e água fervendo. Sua curiosidade ofuscou as preocupações dos últimos minutos, e ela se atrapalhou para pegar a chave no bolso. Suas mãos tremiam, agitadas, e ela errou a fechadura várias vezes, arranhando a madeira da porta, antes de finalmente colocar a chave na fechadura com precisão. Pela primeira vez em muito tempo, sentia o coração batendo no peito.

Um, contou ela na cabeça, *dois... três...* Empurrou a chave com o polegar para a direita.

A chave girou.

Sua respiração ficou presa na garganta. Forçou a maçaneta, que girou com facilidade. Com cuidado, empurrou a porta e a abriu. Apenas um pouco, no início – foi tudo que conseguiu –, depois respirou fundo e a empurrou totalmente.

A sala tinha uma iluminação aconchegante, como sempre teve quando ela morava ali. A poltrona verde estava perto da porta, parecendo confortável e levemente gasta. O tapete estava onde sempre estivera, os sofás estavam no lugar certo, tudo estava como deveria ser. Evie estava se virando para fechar a porta, colocando a chave no bolso, tão feliz de estar em casa, quando ouviu um barulho atrás de si: a inconfundível batida de asas.

Virou-se devagar, as costas na porta, e olhou para fora através das portas que davam para a sacada. Contra o sol que se punha, viu a silhueta de Pequenino empoleirado na grade.

Ele não estava sozinho.

Evie não conseguia respirar. O desmazelo... o cabelo bagunçado... os olhos verdes... A única coisa que faltava no apartamento. A única *pessoa* que faltava na sua vida havia tempo demais.

– Vincent?

O homem na sacada entrou na sala. Seu rosto estava com a barba por fazer e corado, o sorriso sob o nariz redondo era amável e torto, mas foram seus olhos, seus olhos verdes, brilhando através do cabelo preto retinto, que fizeram o coração de Evie explodir em mil pedaços salpicados.

– Evie? – disse ele, com a voz trêmula.

Evie correu para os braços abertos de Vincent, e a sensação dele no corpo era tão *real*. Ele pegou o rosto dela com as mãos ásperas e roçou o nariz no dela, convencendo-se de que não era um sonho, que ela também era real e estava ali com ele. Evie apoiou as mãos no peito dele, sentindo o coração bater sob a pele, e passou os dedos no cabelo dele, se convencendo da mesma coisa.

Vincent levou os lábios até os dela e, pouco antes de beijá-la, Evie sussurrou:

– Finalmente.

agradecimentos

Em primeiro lugar, eu gostaria de agradecer a todas as pessoas que ajudaram este livro a existir fisicamente no mundo. Minha agente, Hannah Ferguson, sem você e a fé que depositou em mim minhas ideias e minhas histórias ainda estariam anotadas em caderninhos e ninguém as teria visto jamais. Obrigada pelo seu apoio constante. Meu editor, Manpreet Grewal. Você foi espetacularmente paciente comigo e maravilhoso em aceitar minhas ideias totalmente malucas. Obrigada por não sair berrando feito um doido pelo corredor quando leu que Horace, o gato, ia engolir a heroína e que Evie e Vincent usariam um pássaro como caderno de anotações. A Stephanie Melrose, que conseguiu um caso, agitou um livro e tirou uma foto com aqueles que chegaram para contar um caso. Seu trabalho foi árduo e não consigo dizer a você o quanto eu o apreciei. A Rhiannon, pela sua constante tolerância comigo, sempre maleável em relação aos prazos finais. À designer, Bekki Guyatt, e à artista, Helen Crawford-White, pela capa do livro, é realmente linda e eu não poderia tê-la imaginado melhor. A Hannah Boursnell, por ter sido tão entusiasmada com o livro como foi com o anterior. Também a Sara Talbot, Rachel Wilkie e Marie Hrynczak por estar na retaguarda deste livro, garantindo que tudo corresse com tranquilidade e por sempre providenciar chá e petiscos nas minhas visitas.

Em segundo lugar, obrigada a todas as pessoas que colaboraram para que esta história existisse. Evie é uma mulher da maneira que aspiro ser, e sem meus amigos incrivelmente fortes, brilhantes e ligeiramente loucos eu não teria tido metade da inspiração para criá-la como ela é. Celinde Schoenmaker, minha sereia holandesa! Podemos não dividir mais um camarim, mas você está sempre aqui e eu sempre a amarei. *Ik hou van jou*. Louise Jones, você é a lesma da minha alface, mas estamos aqui, cara, mais fortes que nunca, prontas para enfrentar o mundo com nossas palavras e nossos desaforos... JUNTAS. Katy Secombe, nunca tive o prazer de conhecer e trabalhar com alguém tão doida como você! Obrigada por todas as suas histórias e sua mágica. Chamá-la de minha amiga é uma honra para mim. Zoe Doano, sua generosidade, paciência, serenidade e amor para com este mundo agitado e assustador é uma joia rara e eu tenho muita sorte de ter passado tanto tempo envolta em sua aura. Segue aqui uma longa e adorável amizade! Emma Kingston, o que posso dizer? Você é simplesmente brilhante! Merece ter muito sucesso, e não vejo a hora de apontar seu nome no programa de seu próprio show na Broadway, e eu rebentando de gritar para a plateia que nós trabalhávamos juntas. (Mas eu não vou tirar nenhuma foto durante o show, prometo!) Há muitas outras pessoas que não posso ficar sem mencionar! Hazel Hayes, Dodie Clark, Emma Blackery, Rachelle Ann Go; todos vocês me inspiraram de uma maneira que não consigo nem começar a expressar. Obrigada!!!

Em terceiro lugar, também sinto muito amor pelos amigos que inspiraram os homens em *Do outro lado*. Alex Banks, sua amizade é rara. Você é maravilhoso de um jeito muito hilário e sempre conseguiu me fazer rir. Gary C, você é uma estrela. Sempre lá e sempre brilhando. Tenho muito amor por você. Jack Howard... sinto muito orgulho de você, Jackaroo. Simplesmente pelo homem que você é. Tudo o que você faz me surpreende. Você inspirou demais este livro e espero que sempre saiba quanto o considero. Rock'n'Roll. Sempre. Peter Bucknall. Minha Grande Árvore. Você me entende melhor que qualquer um e está sempre por perto para me servir de apoio. Mesmo quando ambos sabemos que estou sendo extremamente doida. Amo você demais.

Em quarto lugar, agradeço à minha família! Minha mãe e meu pai, vocês são as pessoas mais amorosas, protetoras e loucas e eu não tenho como agradecer o suficiente por tudo que vocês têm feito e continuarão fazendo por mim. Nan e vovô, eu não teria vencido sem seu apoio durante estes anos. Muita coisa neste livro é sobre casamento e relacionamentos e, se vocês não tivessem definido um exemplo tão brilhante de como deve ser um casamento, eu não teria sido capaz de escrever este livro. Obrigada! Tom e Gi, sempre presentes com palavras de sabedoria, observar vocês trabalhando com tanto empenho e driblar suas próprias vidas é uma forte inspiração. Não sei como conseguem. Vocês são super-heróis! Buzz e Buddy, vocês dois são muito jovens para ler este livro ou para saber que estou agradecendo a vocês, mas seus rostinhos luminosos me fazem querer ser uma pessoa melhor e criar um mundo melhor para vocês viverem quando estiverem mais velhos. Eu estarei SEMPRE aqui se precisarem de mim.

Em quinto lugar, quero dizer um imenso obrigada a todos que me apoiaram, me ajudaram e acreditaram em mim durante todos estes anos. Marc Samuelson, obrigada por ter depositado sua fé em mim. Sem você, eu nunca teria chegado aqui tão rapidamente, e jamais serei capaz de lhe agradecer o suficiente. Ray Lamb, meu professor de canto quando eu era bem menina. Você me ensinou o verdadeiro significado de confiança e esta compreensão tem sido inestimável. Sr. David Brown, meu professor de inglês no ensino médio. Obrigada por me incentivar em todas as minhas superentusiasmadas tentativas de escrever um romance durante minha adolescência. Suponho que este seja um pouco melhor que qualquer coisa que eu tenha jogado em cima de sua mesa para sua avaliação. Sinto muito por tudo aquilo e muito obrigada por nunca ter deixado de me encorajar. Isto é algo de que nunca vou esquecer. Dr. Ian Roche, meu professor de música no ensino médio. Você não foi apenas um professor, mas um grande amigo que sempre me incentivou a fazer o meu melhor. Obrigada por me livrar das aulas de física e matemática para que eu pudesse focar naquilo que realmente era importante para mim. E a todos no Northwood College que me ensinaram e apoiaram durante o tempo em que lá estive. Posso garantir que sempre farei bom uso de todo o conhecimento, toda a confiança e estímulo que me deram. A Helen, Simon, Nick, Jono e Ang por me aceitarem em seu grupo com tanta simpatia e amor. Vocês todos significam o mundo para mim.

Em sexto lugar, a todos na Curtis Brown, não dá nem pra começar a agradecer a vocês por terem sido tão solidários, presentes em cada etapa do caminho, acreditando em mim mesmo quando eu mesma não acreditava. Vocês me encorajaram a tentar coisas novas que serviram não apenas para que eu evoluísse como atriz e cantora, mas também como pessoa. Obrigada a vocês, Fran, Jess, Emma, Flo, Alastair e Helen. Tenho MUITA sorte de ter vocês ao meu lado.

Finalmente, obrigada a todos que me apoiaram a distância. Todos aqueles que assistiram a um vídeo meu, leram meus livros, foram me ver em shows ou simplesmente me enviaram uma mensagem gentil. Tudo foi muito bem recebido e, embora eu não possa retribuir a cada um individualmente, de fato posso ver todos e estou sempre envolvida pelo seu carinho e apoio. OBRIGADA!

Impressão e Acabamento:
INTERGRAF IND. GRÁFICA EIRELI